KB115453

일 득 록

— 정 조 대 왕 어 록 —

편역자 남현희(南賢熙)

성균관대학교 한문학과 박사과정을 수료하고, 현재
전통문화연구회 번역실장으로 있다. 펴낸 책으로
『조선선비, 일상의 사물들에게 말을 걸다』, 『우리말·
한자어 사전』(공저)이 있다.

일득록 |정조대왕어록|

개정판 1쇄 발행 2018년 8월 25일

옮긴이 남현희
펴낸이 조율숙
펴낸곳 문자향
신고번호 제300-2001-48호
주소 서울 양천구 목동서로 186 성우네트빌 201호
전화 02-303-3491
팩스 02-303-3492
이메일 munjahyang@korea.com

값 15,000원

ISBN 978-89-90535-55-9 03810

일득록

정조대왕어록

남현희 편역

문자향

서문

　'李祘', 조선의 제22대 임금 정조의 이름이다. 한자로 써 놓기는 했으나, 어떻게 읽어야 할지 고민이다. '李' 자야 성이니 '이'라고 읽으면 될 터이다. 문제는 '祘'이다. 임금의 이름이기 때문에 당연히 흔히 쓰지 않는 글자를 썼다. 이 글자는 일반적으로 '산'이라 읽는다. 중국의 『설문해자』와 『강희자전』에서도 '산'으로 읽으라 했다.

『규장전운』의 "祘".
⑤은 중국 음이고, ⑥은 조선음이다.

　그런데 우리나라에서 간행된 운서韻書와 자전字典은 그렇지가 않다. 정조 이후 간행된 『규장전운』(1796년), 『전운옥편』(정조 무렵), 『자전석요』(1909년) 등에서는 일관되게 '祘'의 음을 '셩'이라 했다. 단모음화 현상을 고려하면 '셩'은 '성'이 된다. 그리고 그 위에는 '어휘御諱(임금의 이름)'라고 적어 놓았다. 여기서 임금은 당

4

연히 정조이다.

하지만, 옛 기록을 살펴보면 정조 초기까지는 '祘'을 '산'으로 읽었음을 알 수 있다.

"호조의 산학산원算學算員을 주학계사籌學計士로 고치고, 이산理山을 초산楚山으로 고치고, 이산尼山을 이성尼城으로 고쳤으니, 어명御名과 발음이 같기 때문이다."

『정조실록』 정조 즉위년(1776) 5월 22일의 기사이다. 산학산원算學算員의 '算'은 '祘'의 뜻과 발음이 모두 같기 때문에 바꾼 것이고, '理山'과 '尼山'은 '李祘'과 똑같은 '이산'으로 발음되기 때문에 바꾼 것이다.

그러다가 정조 20년(1976) 8월 11일 『규장전운』을 전국에 반포한 뒤부터는 상황이 달라져, '祘'을 '성'으로 발음하기 시작했다. '이성'으로 발음되는 지명을 바꾸어야 한다는 논의도 곧바로 일어났다.

"『규장전운』을 반포한 뒤로, '관북의 읍명'은 마땅히 개정해야 하는 상황에 놓였습니다. '호서의 읍명' 같은 경우도 마땅히 옛 이름을 써야 합니다. 신과 여러 재신宰臣들이 깊이 상의한 지 오래되었습니다."

『승정원일기』 정조 20년 9월 15일의 기사로, 우의정 윤시동

尹蓍東이 건의한 것이다. 여기서 관북의 읍명이란 함경도의 '이성利城'을 가리킨다. 그리고 호서의 읍명이란 충청도의 '이성尼城'을 가리키며, 옛 이름은 정조 즉위년에 '이성尼城'으로 바꾼 바로 그 '이산尼山'이다. 어휘에 저촉되는 '이성'이란 발음을 곧바로 말하지 못하여, '관북의 읍명' 또는 '호서의 읍명'이라 에둘러 말한 것이다.

『규장전운』은 운자의 체계와 발음을 바로잡기 위해 정조가 지시하여 편찬한 운서이며, 정조가 직접 교정을 보기도 할 정도로 공을 들인 책이다. 그렇다면 '祘'의 음을 '산'에서 '성'으로 고친 것은 정조가 직접 승인한 것이나 다름없다. 그런 것을 오늘날 굳이 '산'으로 읽어야 할 타당한 이유는 없다. '이성尼城'을 '이산尼山'으로 다시 바꾸어야 한다는 논의가 있었던 것을 보아도, '이산'은 『규장전운』 이후로 더 이상 임금의 이름이 아니었던 것이다.

한편, '성祘' 자의 의미에 대해, 『규장전운』에서는 '성省(살피다)'의 뜻이라 했다. 『설문해자』에서도 '밝게 살펴서 헤아린다(明視以第之)'는 뜻이라 했다. '성祘' 자의 자형 또한 '示(보일 시)+示(보일 시)'로 된 글자이니, 두 번 세 번 여러 번 보라는 의미가 된다. 따라서 '성祘'이란 이름에는 자기를 성찰하고 민생을 밝게 살펴서 헤아리라는 뜻이 담겨 있다 하겠다. 영조가 지어 준 정조의 자 또한 '형운亨運'이니, 자기를 성찰하고 민생을 밝게 살피면 운수가(運) 형통해져(亨) 태평성세를 이루리라는 뜻이 담겨 있다고 하겠다. 임금의 이름으로 잘 어울리는 이름이 아닐 수 없다.

호는 홍재弘齋·탕탕평평실蕩蕩平平室·만천명월주인옹萬川明月主人翁·홍우일인재弘于一人齋이다. 부모나 웃어른이 지어 주는 이름이나 자와는 달리, 호는 대개 자기 스스로 짓는 경우가 많다. 그래서 호를 보면 그 사람이 추구한 삶의 지향점을 알 수 있다. 그것은 정조의 경우도 예외는 아니어서, 이 호에는 정조의 인생철학과 정치철학이 함축되어 있다.

먼저 '홍재弘齋'부터 살펴보자. 이 호는 정조가 세손 시절 동궁의 연침燕寢에 붙인 이름으로, 『논어』의 '홍의弘毅'에서 따온 것이다. "선비는 도량이 넓고(弘) 의지가 굳세지(毅) 않으면 안 되나니, 책임은 무겁고 길은 멀기 때문

정조의 인장 '홍재弘齋'

이다(士不可以不弘毅, 任重而道遠)."(『논어』「태백」) 이는 증자曾子의 말이다.

사람이 역량과 의지가 약해서는, 자기에게 주어진 책무를 제대로 수행할 수 없다. 장차 한 나라의 왕이 될 세손이니, 맡은 임무가 그보다 더 클 수 없다. 따라서 그 책무를 잘 이행하려면, 먼저 자기의 역량을 강화시키고, 의지를 굳건하게 할 필요가 있었던 것이다. 더구나 정조는 왕위에 오르기까지 그 과정이 무척 험난했기 때문에, 만약 역량과 의지가 약했더라

면 자칫 왕위에 오르지 못했을 수 있었다. 역량과 의지를 강화시키기 위해 정조가 가장 공력을 들인 것은, 바로 독서와 학문이었다.

다음은 '탕탕평평실蕩蕩平平室'이다. 이것은 정조 14년(1790) 침실에 붙인 이름이다. '탕탕평평'은『서경』「홍범」의, "편벽되지 말고 편당 짓지 않으면, 왕도가 넓고 넓으리라. 편당 짓지 않고 편벽되지 않으면, 왕도가 평탄하고 평탄하리라(無偏無黨, 王道蕩蕩. 無黨無偏, 王道平平.)." 하는 말에서 따온 것이다. 정조는 그 의도를 이렇게 설명하고 있다.

"나는 침실 이름을 새로 지어 '탕탕평평실'이라 하노라. '탕평' 두 글자는 곧 우리 성조聖祖(영조) 50년의 성대한 덕업이다. 내가 밤낮 생각하는 한 가지는, 오직 선대의 공렬을 뒤따라 계승하는 데 있다. 동이거나 서이거나,

정조의 인장 '탕탕평평평평탕탕蕩蕩平平平平蕩蕩'

남이거나 북이거나, 시거나 짜거나, 느슨하거나 준엄하거나 따지지 않고, 오직 인재를 선발하고 취하여 온 세상이 함께 협력함으로써, 모두 대도大道에 이르러 길이 화평和平의 복을 누리게 하려는 것이다. 특별히 당실에 편액을 거는 것은, 오늘날 조정 신하들 모두에게 내가 표준을 세운 뜻을 알리고자 함이다."(『일득록』「정사」)

영조는 당쟁의 폐단을 근절하기 위해 탕평책을 실시하였다. 그리고 영조가 추진한 탕평책의 핵심은 쌍거호대雙擧互對였다. 쌍거호대란, 인물을 등용할 때 한쪽 붕당을 천거하면 똑같이 다른 쪽 붕당의 인물도 천거하여 수적으로 균형을 맞추는 것을 말한다. 그러나 이것은 노론과 소론 사이의 세력 균형을 유도하는 미봉책에 불과한 조처였다.

정조는 영조의 탕평책을 계승하되, 그것을 더욱 발전적으로 확대시켜 나갔다. 곧 노론이니 소론이니 남인이니 북인이니 하는 당파를 고려하지 않고, 오직 능력에 따라 인재를 등용하려 하였다. 그뿐만 아니라 정조는 즉위한 이듬해(1777), '서류소통절목庶類疏通節目'을 만들어 서얼들에게도 관직에 진출할 기회를 주었다.

다음은 '만천명월주인옹萬川明月主人翁'이다. '만 개의 시내에 비친 밝은 달의 주인 늙은이'란 뜻으로, 정조 22년(1798) 12월 3일에 지은 호이다. 그 의미와 의도에 대해서는 「만천명월주인옹자서萬川明月主人翁自序」에 자세한 설명이 있다.

정조의 인장 '만천명월주인옹萬川明月主人翁'

"달은 하나이고, 물의 종류는 만 개이다. 물이 달빛을 받으면, 앞 시내에도 달빛이 비치고, 뒷 시내에도 달빛이 비친다.

그리하여 달과 시내의 수가 같게 되나니, 시내가 만 개면 달 역시 만 개가 된다. 그렇지만 하늘에 있는 달은 진실로 하나뿐이다. … 물은 세상 사람들이요, … 달은 태극太極이요, 태극은 나다."

정조의 인장 '극極'

불교에서는 이를 월인천강月印千江, 즉 천 개의 강물에 도장 찍힌 달이라 한다. 임금인 자신의 덕화德化가 널리 만백성에게 고루 미치기를 바라는 염원을 담은 호이다. 정조가 자신의 역량과 의지를 강화하고, 인재를 고르게 등용하는 데 힘쓴 것도, 결국에는 만백성에게 두루 자신의 은택을 미치기 위한 것이었다.

마지막으로 '홍우일인재弘于一人齋'이다. 정조 24년(1800) 정조는 자기의 문집을 간행하고, 그 이름을 『홍우일인재전서弘于一人齋全書』(지금의 『홍재전서』는 순조 때 간행)라 하였다. '홍우일인'이란 『상서대전尙書大傳』 「우하전虞夏傳」의, "해와 달의 광채가 한 사람에 의하여 널리 퍼진다(日月光華, 弘于一人.)"는 말에서 따온 것이니, 하나의 달이 만 개의 시내에 비친다는 의미의 '만천명월주인옹'과 유사한 의미를 담

'홍우일인재弘于一人齋' 현판

고 있다 하겠다.

그러나 그해 6월 28일 자기의 원대한 포부를 제대로 펴 보지도 못하고, 불귀의 객이 되어 평소 꿈에도 그리던 아버지 사도세자 곁에 안장되었다. 당시 항간에서는 그 죽음을 두고 숱한 의혹이 나돌기도 하였다. 능호는 '건릉健陵'이니, 『주역』 건괘乾卦의, "하늘의 운행이 굳세니(健), 군자가 보고서 스스로 힘쓰고 쉬지 않는다(天行健, 君子以, 自强不息.)"는 말에서 따온 것이다.

정조의 사후에 신하들은 '문성무열성인장효文成武烈聖仁莊孝'라는 시호와 정종正宗이란 묘호를 지어 올렸다. 이 시호와 묘호는 정조에 대한 신하들의 평가가 담긴 것이며, 그 자세한 의미는 『정조실록』「정조대왕행장」에 나와 있다.

천하를 경륜하여 잘 다스린 것을 '문文'이라 한다(經天緯地曰文).
예禮와 악樂을 밝게 갖춘 것을 '성成'이라 한다(禮樂明具曰成).
천하를 보유하고 공을 세운 것을 '무武'라 한다(保大定功曰武).
아름다운 덕을 지키고 세업世業을 따른 것을 '열烈'이라 한다(秉德遵業曰烈).
사물의 이치를 궁구하고 자기의 본성을 다한 것을 '성聖'이라 한다(窮理盡性曰聖).
인을 베풀고 의를 따른 것을 '인仁'이라 한다(施仁服義曰仁).
올바른 길을 걷고 화평을 지향한 것을 '장莊'이라 한다(履正志和曰莊).

선왕의 뜻을 계승하여 일을 이룬 것을 '효孝'라 한다(繼志成事曰孝).
정도正道로 사람을 복종시킨 것을 '정正'이라 한다(以正服之曰正).

고종 광무 3년(1899)에는 '경천명도홍덕현모敬天明道洪德顯謨'라
는 존호를 추상하고, 정종이란 묘호도 '정조正祖'로 바꾸었으
며, '선황제宣皇帝'로 추존하였다. 이것을 종합하면, '정조 경천
명도홍덕현모 문성무열성인장효 선황제'가 정조에 대한 공식
호칭이다.

『일득록』은 신하들의 눈에 비친 정조의 언행을 기록한 책이
다. 정조 7년(1783) 규장각 직제학 정지검鄭志儉의 건의로 처음
시작되었는데, 사관史官의 기록과는 별도로 규장각 신하들이
평소 보고 들었던 것을 기록해 두었다가, 연말에 그 기록을
모으고 편집하여 규장각에 보관하도록 하였다. 정조는 이 책
을 편집하게 한 의도를 이렇게 설명하고 있다.

"이것은 반성의 자료로 삼기 위한 것이며, 또한 그 기록을
통해 신료들의 문장과 논의도 살펴볼 수 있으리라는 생각에
서였다. 지금 만약 지나치게 좋은 점만 강조하여 포장하려
한다면, 그저 덕을 칭송하는 하나의 글이 될 뿐이니, 어찌 내
가 이 책을 편집하게 한 본뜻을 어긴 정도일 뿐이겠으며, 뒷

날 이 책을 보는 이들이 지금 이 시대를 어떻다 할 것이며, 규장각 신료들을 또 어떻다 하겠는가? 이러한 의미를 규장각 신하들은 반드시 알아야 할 것이다."「일득록서」

『일득록』은 본래 '학學, 지행知行, 성명性命, 이기理氣, 경사經史, 예禮, 악樂, 치治, 도道, 경천敬天, 근민勤民, 용인用人, 이재理財, 숭유崇儒, 강무講武, 휼형恤刑, 역대歷代, 본조本朝, 이모詒謨, 훈신료訓臣僚, 시문詩文'의 21항목으로 편차되었다고 한다.「군서표기」「일득록」 그런데 현재 『홍재전서』에 실려 있는 『일득록』을 보면 '문학文學, 정사政事, 인물人物, 훈어訓語'의 4항목으로만 편차되어 있다. 아마도 순조 때 『홍재전서』를 편집하는 과정에서 통합된 것으로 추정된다.

본 역서는 이 네 항목을 다시 '성심省心, 처기處己, 학문學問, 독서讀書, 처사處事, 사절士節, 시폐時弊, 절용節用, 애민愛民, 정사政事, 형정刑政, 훈어訓語'의 12항목으로 재편하였다. 그 과정에서, 전문 지식이 있어야 이해할 수 있는 것, 오늘의 현실에 맞지 않는 것, 내용이 중복되거나 유사한 것 등은 제외하였다. 그리고 각 단락마다 짤막한 평설을 달아 놓았다. 평설이라고는 했으나, 기실 역자의 개인적인 생각보다는, 옛사람들의 말을 전술傳述하여 내용을 보충하는 데 역점을 두었다.

이 책에 실린 정조의 언행은, 우리의 내면 세계를 돌아보도록 이끌어 주기도 하며, 더 나아가 우리 시대를 비판적으로 성찰하게 하는 안목을 길러 주기도 한다. 그래서 그 한마디 한마디가, 시간을 초월하여 여전히 같은 공간에서 살고 있는 우리에게 큰 의미로 다가온다. 마지막 책장을 넘기는 그 순간, 흐뭇한 마음으로 충만했으면 한다.

술이부작재述而不作齋에서

남현희 쓰다.

차례

일 독 록

1

성심 省心

나는 매사에 마음으로
부끄러움이 없는 것을
추구할 따름이다.

마음이 좋은 뒤라야 사람이 좋고, 사람이 좋은 뒤라야 말이
좋다.

마음은 사람의 모든 행위와 지각의 주체이다. 그것이
마치 만백성을 다스리는 임금과 같다 하여, 마음을
'천군天君'이라 하기도 한다. 그러므로 제 몸을 주재하는
마음이 좋은 뒤라야, 좋은 사람이 될 수 있고, 또한 좋은
말도 나올 수 있는 것이다.

心好而後人好, 人好而後言好.

나는 매사에 마음으로 부끄러움이 없는 것을 추구할 따름이다.

　"사람은 자기의 불선不善을 부끄러워하지 않으면 안 되
　나니, 부끄러워함이 없는 것을 부끄럽게 여긴다면,
부끄러워할 일이 없게 될 것이다."(『맹자』「진심 상」)
　부끄러움을 알아야 부끄러움이 없으며, 부끄러움을 아
는 것은 떳떳한 삶의 지표이자, 의로움의 출발점이 된다.

予於每事, 只求無愧於心已矣.

증자曾子가 날마다(日) 자신을 살폈다(省)는 교훈은, 학자의 실천 공부에 가장 절실하고 요긴한 것이다. 나는 어려서부터 이 가르침을 가슴속에 담고 있다. 오늘날의 『일성록日省錄』이 바로 그러한 뜻이다. 또한 밤에는 하루 동안 한 일을 점검하고, 월말에는 한 달 동안 한 일을 점검하고, 연말에는 한 해 동안 한 일을 점검한다. 이렇게 여러 해가 되고 보니, 정령政令과 일을 처리하는 과정에서, 잘하고 잘못한 것과 편리하고 그렇지 못한 것이, 마음속으로 깨달아지는 점이 많았다. 이 역시 날마다 살피는 한 가지 방도이다.

마음에 부끄럽지 않으려면, 먼저 나 자신을 살피는 일부터 시작해야 한다. 증자는 날마다 세 가지로 자기를 살폈다 한다.

"다른 사람을 위해 일을 도모함이 충실하지 못한 것은 아닌가? 벗과 사귀는 데 신의를 잃은 것은 아닌가? 스승에게 배운 것을 익히지 않은 것은 아닌가?"(『논어』「학이」)

스스로를 살피기 위해 정조는 세손 시절부터 일기를 쓰는 습관이 있었다. 그것이 『존현각일기尊賢閣日記』이며, 『일성록』은 이 일기에 기반을 두고 시작되었다.

曾子日省之訓, 於學者踐履之工, 最爲切要. 予自幼時, 服膺乎斯訓. 今之『日省錄』, 卽此意也. 而又夜則點檢一日之所爲, 月終則點檢一月之所爲, 歲終則點檢一歲之所爲. 如是者, 屢歲, 而於政令事爲之間, 得失便否, 輒多默悟於心中. 此亦日省之一道也.

『일득록』 또한 날마다 살핀다는 뜻이다. 규장각 신하는 내가 아침저녁으로 대하는 사람으로 좌우의 사관史官과 다름없으니, 다만 사실대로 기록하여 내 마음을 경계시켜야 할 것이다. 절대로 과실을 과대 포장하여, 내 마음을 저버리는 일이 없도록 하라. 내가 어찌 가까운 신하로 하여금 아첨하고 잘 보이려는 생각을 키우게 하랴!

남의 눈에 있는 티는 보면서 내 눈에 있는 들보는 보지 못하는 법, 내가 미처 살피지 못한 나의 잘못은 남의 눈으로 살펴야 한다.

"나의 잘못을 비판하는 사람은 나의 스승이요, 나의 미덕을 칭찬하는 사람은 나를 해치는 적(攻吾過者是吾師, 談吾美者是吾賊)"이라 했다. 남의 비판을 달게 받을 줄 알아야 더 큰 사람, 더 나은 사람이 될 수 있다.

『日得錄』, 亦日省之義也. 閣臣, 予所朝夕, 無異左右史, 但當記實, 俾警予心. 切勿鋪張爽誤, 以負予心. 予豈使近臣長他阿好底意思!

잘못을 고치는 데 인색하지 않는 것은, 제왕의 훌륭한 절행節行이다.

"잘못이란 걸 알았다면 그것을 고치는 것을 꺼려서는 안 된다."(『논어』「학이」)

"잘못을 저지르고도 그것을 고치지 않는 게 더 큰 허물이다."(『논어』「위령공」)

내 스스로 나를 반성하고, 남이 나의 잘못을 지적해 주며, 그 잘못을 그 즉시 고친다면, 세상을 살아가는 동안 부끄러울 일이 적을 것이다.

改過不吝, 帝王之盛節也.

나는 하루 동안의 생각과 행위를 점검해 보고, 만일 말할 만한 게 없으면, 밥상을 대하고도 그다지 젓가락을 대고픈 생각이 없다. 무릇 아름다운 옷을 입고 좋은 음식을 먹으면서, 하는 일 없이 안일하게 지내는 사람들은, 과연 마음이 편할 수 있을까?

무의미한 하루를 보낸 뒤에는, 좋은 옷도 편치 않고, 만난 음식도 맛있지 않다. 마음속에 부끄러움이 있기 때문이다.

중국 당나라 때의 선승인 백장百丈은 늙어서도 매일같이 밭을 갈았다 한다. 제자들이 말려도 그만두지 않았다. 보다 못한 제자들이 하루는 스승의 농기구를 감추어 버렸다. 그날 백장은 음식을 입에 대지 않았다. 안절부절 애태우며 제자들이 까닭을 묻자, 백장은 대답했다.

"하루 일하지 않았으니, 하루 먹지 않는 게야.(一日不作, 一日不食.)"

予於一日之內, 點檢猷爲, 如不有可言者, 對饌, 實無下箸意. 凡侈衣華食, 而逸居無所事者, 能安於心否乎?

한 해가 막 저물려 한다. 내 스스로 한 해의 공과功過를 따져
보니, 기록할 만한 공은 없고 고치지 못한 허물만 있다. 거백
옥伯玉이 나이 오십에 잘못을 깨달았으나, 어찌 반드시 참으
로 잘못이 있어서였겠으며, 또한 어찌 오십에 이른 뒤에야
비로소 자기 잘못을 깨달았겠는가!

  학문이 나날이 진보한다면 마음은 저절로 만족하지 못하고,
만족하지 못하기 때문에 잘못을 깨닫게 되는 것이다. 이미 자
기 잘못을 깨달았다면 후회할 만한 허물은 없게 된다. 내가
오늘 한 해를 따져 보는 마음으로 하나하나 점검해 보니, 나
도 모르게 그 때문에 두려워진다.

거백옥蘧伯玉은 이름이 원瑗이요, 춘추시대 위나라의 어
진 대부이다. 그는 평생토록 잘못을 고치는 데 철저
했던 인물이다. "나이 오십에 지난 사십구 년 동안의 잘
못을 알았으며"(『회남자』「원도훈原道訓」), "나이 육십이 되도록
육십 번 변화하였나니, 처음에는 옳게 여기던 것도 나중
에 그르다고 부정하지 않은 적이 없었다"(『장자』「칙양則陽」)고
한다.

歲且暮矣. 自計一歲之功過, 功無可紀, 過有未改. 蘧瑗之覺
非, 豈必眞有其非! 亦豈到五十以後, 始覺其非也! 學日進,
則心不自滿, 惟其不滿, 是以覺非. 旣覺其非, 過無可悔. 以
子今日歲計之心, 一一點檢, 不覺爲之瞿然爾.

낮에 한 일을 밤에 스스로 점검해 보아도 오히려 스스로 만족하지 못하는 게 많거늘, 어떻게 한평생 동안 한 일이 자기의 마음에 다 만족하기를 바라겠는가!

한 사람이 모든 일에 완벽할 수는 없다. 때로는 실수도 있고 때로는 오류도 있게 마련이다. 다만 똑같은 실수와 오류를 반복하지 않도록 노력한다면, 한평생을 돌이켜 볼 때 후회의 탄식이 적을 것이다.

晝之所事, 宵而自檢, 尚多不能自慊處, 則豈望一世之盡厭其心哉!

함양涵養이란 곧 고요할 때의 공부이고, 성찰省察이란 곧 움직일 때의 공부이다. 그리고 본체가 확립된 뒤에 행동을 하므로 학자의 공부는 마땅히 함양을 우선으로 해야 한다. 또한 함양할 줄만 알고 성찰에 힘쓰지 않아서야 되겠는가? 그 때문에 덕성을 높이는 것과 학문을 하는 것은 어느 한쪽으로 치우치거나 폐기하여서는 안 되는 것이다.

함양이란, 마음속의 감정이나 욕망이 아직 일어나기 이전의 고요한 상태에서 몸을 닦고 품성을 기르는 내적 수양을 가리킨다.

성찰이란, 마음속의 감정이나 욕망이 일어난 뒤에 사심私心과 사욕私慾을 절제하는 외적 자기반성을 가리킨다.

涵養, 卽靜時工夫, 省察, 卽動時工夫. 而體立然後, 用有以行, 則學者工夫, 固當以涵養爲先. 亦豈可徒知涵養而不務省察乎? 是以, 尊德性, 道問學, 不可偏廢也.

옛 선비는 '극기克己란 모름지기 성품이 치우쳐 극복하기 어려운 것부터 극복해 가는 것'이라 하였다. 나는 어려서부터 이 말을 깊이 음미하고, 생각이 처음 싹틀 때마다 혹시 한 생각이라도 편벽되는 게 있으면, 치열하게 성찰하고 검속하지 않은 적이 없다.

성품이 치우쳐 중도中道를 잃은 상태에서는, 마음이 평정심을 잃어, 무슨 일을 처리하건 이치에 어긋나기 십상이다. 우선 마음의 평정심을 되찾아, 중도를 유지하여야 한다.

기쁨에 달떠 있을 때는 기쁨을 다스리고, 분노가 치밀 때는 분노를 다스리고, 슬픔이 북받칠 때는 슬픔을 다스리고, 두려움이 엄습할 때는 두려움을 다스리고, 사랑에 집착할 때는 사랑을 다스리고, 증오가 치밀 때는 증오를 다스리고, 욕망에 휩싸일 때는 욕망을 다스려야 한다. 사업도 공부도, 모두 그 다음의 일이다.

先儒謂'克己, 須從性偏難克處克將去.' 予自幼時, 深有味乎此言, 每於思慮初萌之時, 或有一念之偏, 則未嘗不猛加省檢.

사람이 드러내기는 쉽고 억제하기는 어려운 것으로, 분노가 가장 심하다. 이를테면 분노가 막 치밀어 오를 때, 사리를 살피지 않고 먼저 소리부터 지르고 성질부터 부리면, 분노가 더욱 치밀어 일을 도리어 그르치고 마니, 분노가 사그라진 이후에는 후회스럽기 그지없다.

나는 비록 깊이 성찰하는 공부는 없지만, 늘 이것을 경계하고 있다. 어쩌다가 분노가 치밀어 오르면, 반드시 분노를 삭이고 사리를 살필 방도를 생각하여, 하룻밤을 지낸 뒤에야 비로소 일을 처리하니, 반드시 마음을 다스리는 데 일조가 되었다.

화가 난다 하여 우선 화부터 내고 나면, 뒷날 후회스럽기 그지 없다. 분노에 대한 경계, 그것은 정조의 아버지 사도세자의 가르침이기도 했다. 사도세자는 이렇게 말한 바 있다.

"사람의 칠정七情 가운데, 분노가 가장 참기 어렵나니, 한때의 분노를 참아내면, 후회의 탄식이 없을 것이다."(『능허관만고』「사전우여인창寫賤又與寅昌」)

人之易發難制者, 惟怒爲甚. 若使乘其方發之機, 不察事理, 先加聲氣, 則怒益熾, 而事轉錯. 怒已之後, 將不勝其悔矣. 子雖無審察之工, 而每以是爲戒, 或當怒, 則必思息怒觀理之道, 經一宿而後, 始乃處事, 則未必不爲治心之一助也.

선을 좋아하고 악을 미워하며, 죽음을 싫어하고 삶을 좋아하는 것은, 사람 마음의 공통점이다. 그러나 제 스스로 악에 빠져들고 제 스스로 죽음에 이르는 것은 본성 탓이 아니라, 지혜가 그 방향을 잘 선택하지 못하고 물욕에 구속되었기 때문이다.

선악善惡이나 사생死生에 대한 호오의 감정은 사람이라면 누구나 똑같이 가지고 있다. 그런데도 악행을 저지르고 죽음을 자초하는 것은, 지혜롭게 선악을 분별하지 못하고, 물욕에 집착하기 때문이다.

好善而惡惡, 惡死而好生, 人情之所同. 其自歸於惡, 自臻於死, 非性然也, 智不能擇其方, 而物欲拘之故也.

나는 평소 태양증太陽證이 있어서 다른 사람의 옳지 못한 점을 보면, 그때마다 심사가 뒤틀리고 평정심을 잃어 말과 표정에 드러나는 지경에 이른다. 이것은 제왕의 본모습이 아니므로, 근래에 비록 통절하게 스스로의 마음을 안정시켜 모나지 않으려 애쓰지만, 끝내 이러한 기질을 고치기 어려워 이따금 격정에 휩싸이면 스스로 억제하지 못하곤 한다.

태양증이란, 성격이 강직하고 불의를 참지 못하는 것을 말한다. 정조가 흠모했던 송나라 때의 학자 주희는 태양증에 대해 이렇게 말한 바 있다.

"남에게 작은 잘못이 있는 것을 보면 참고서 말하지 않으려다가 부득이하여 말하게 되면, 입에서 막 튀어나와 반드시 일을 그르치고 마니, 이 또한 태양증의 여파이다."(『주자대전』「답여백공答呂伯恭」)

子素有太陽證, 見人不韙處, 輒覺輪囷不平, 至發於辭氣間. 此非帝王本色, 故近來雖痛自按住, 以沒模稜爲主, 終是氣質難改, 往往衝激之時, 不能自抑.

나의 성격이 악을 미워하는 게 지나쳐, 이 때문에 다른 사람을 언짢게 한 적이 많다. 그러나 본디 명예와 의리를 맛있는 고기보다 더 좋아하는지라, 명예와 의리를 배반하는 사람을 보면, 실로 내가 더럽혀진 듯한 생각이 든다.

"이치와 의리가 우리 마음을 기쁘게 하는 것은, 맛있는 고기가 우리 입을 기쁘게 하는 것과 같다."(『맹자』「고자 상」)

명예와 의리라는 인간의 도리를 저버리고 신체적 욕구를 충족시키는 데만 열중하는 사람은, 결국 '배부른 돼지'가 될 뿐이다.

子性過於嫉惡, 以此, 積忤於人. 而素好名義甚於芻豢, 見人之畔於名義者, 實有若浼之意.

사람의 마음이 편안한 곳은, 곧 의리가 보존되어 있는 곳
이다.

편안하다는 것은 즐거워한다는 것이다. 의로운 일을 행
하면 마음이 즐겁고, 의롭지 못한 일을 행하면 마음
이 언짢은 게, 인지상정이다.

人情之所安, 卽義理之所存也.

입으로만 그렇다 하고 마음은 그렇지 않다면, 어떤 사람이 믿으려 하겠으며, 또한 옥루屋漏에 부끄럽지 않겠는가!

말과 마음이 따로인 사람은, 대인 관계에서도 불성실한 사람이요, 자기 스스로에게도 불성실한 사람이다. 옥루屋漏란, 방의 서북쪽 모퉁이를 뜻하며, 깊고 은밀한 곳을 비유한다. 『시경』「억抑」편에 나온다.

"네가 방에 있는 것을 보니, 여전히 옥루에 부끄럽지 않도다.(相在爾室, 尙不愧于屋漏.)"

어둡고 은밀한 방에 홀로 있을 때도 부끄러운 짓을 하지 않는 신독愼獨은 수신修身의 출발점이다.

口然而心不然, 人誰肯信之, 亦不愧屋漏耶!

마음을 다스리는 요체로는 '과욕寡慾(욕망을 적게 함)'을 가장 우선으로 삼아야 한다.

예로부터 인간이 기본적으로 가진 일곱 감정을, '칠정七情'이라 하였다. 기쁨(喜), 노여움(怒), 슬픔(哀), 즐거움(樂), 사랑(愛) 또는 두려움(懼), 미움(惡), 욕망(慾). 이 가운데 가장 다스리기 어려운 것은 욕망이다.

그래서 욕망은 특별히 '오욕五慾'이라 하여, 다섯 가지로 나누기도 한다. 재물욕(財), 색욕(色), 식욕(食), 명예욕(名), 수면욕(睡). 사람이 이 욕망을 완전히 없애는 건 매우 어려운 일이기 때문에, 무욕無慾이라 하지 않고 과욕寡慾이라 한 것이다.

治心之要, 當以寡慾爲先.

'성인聖人은 고정된 마음이 없고, 백성의 마음을 자기 마음으로 삼는다'는 말을 나는 평소 가슴속에 담아 두고 있다. 그래서 벽을 새로 도배하면, 그때마다 이 말을 써서 좌우명을 대신하곤 한다.

노자는 말했다.

"성인은 고정된 마음이 없고, 백성의 마음을 자기 마음으로 삼는다. 선한 자를 나는 선하게 여기고, 선하지 않은 자도 나는 선하게 여겨서, 선을 얻는다. 신의가 있는 자를 나는 신의로 대하고, 신의가 없는 자도 나는 신의로 대하여, 신의를 얻는다. 성인은 천하에 있으면서 천하와 그 마음이 일체가 된다. 그래서 백성들이 눈과 귀를 집중하고, 성인은 그들을 어린아이처럼 대한다."(『노자』)

'聖人無常心, 以百姓爲心', 子平生服膺. 故壁褙新塗, 輒書此十箇字, 庸替座右銘.

과녁을 맞히는 활쏘기에서도 마음공부를 살필 수 있다. 마음이 보존되어 있으면 명중하고, 마음이 보존되어 있지 않으면 명중하지 못한다.

『예기』「사의射儀」에, "활을 쏘는 자는 사대射臺에 오르고 내리는 것과 읍하고 사양하는 예절을 반드시 예에 맞게 해야 하니, 안으로는 뜻을 바르게 하고 밖으로는 몸을 곧게 한 뒤라야 활과 화살을 잡는 것이 세심하고 견고하며, 활과 화살을 잡는 것이 세심하고 견고한 뒤라야 과녁을 맞힌다고 말할 수 있으니, 이 활쏘기로 덕행을 볼 수 있다" 하였다.

　마음속으로 다른 생각을 하고, 몸의 자세가 삐딱한 상태에서는, 과녁을 정확하게 맞힐 수 없는 법이다. 그러므로 활쏘기를 할 때는 우선 마음과 몸부터 바르고 곧게 다스려야 한다.

貫革之射, 亦可以觀心學. 心存則中, 心不存則不中.

사람의 마음은 잠시라도 놓아 버려서는 안 되며, 그렇다고 줄곧 구속만 해서도 안 된다. 잠시라도 놓아 버리면 달아날 우려가 있고, 구속만 하면 가로막히는 폐단이 있으니, 배우는 사람은 마땅히 이 점을 잘 살펴서, 두 가지 공부를 병행하여야만 한다.

　　사람의 마음은 잠시라도 태만한 생각을 가졌다가는, 방종과 나태에 빠지기 십상이다. 그렇다고 지나치게 구속할 일도 아니다. 지나치게 구속하다 보면, 마음을 졸이며 안절부절 편안치 못하기 때문이다. 마음이 편치 않으면 학문이든 일이든 제대로 될 리가 없다. 이에 대해 퇴계 이황은 이렇게 말한 바 있다.

　　"구속하면 몸이 피곤하고 손상되므로 싫어하면서 괴로워하는 마음이 생기고, 너무 절박하게 하면 마음이 번거롭고 조급해지므로 편안하지 못하니, 이 때문에 오래 지속하기 어렵게 된다."(『퇴계집』「답이굉중문목答李宏仲問目」)

人心, 不宜頃刻少放, 然亦不可一向拘束. 少放, 則有走失之患, 拘束, 則有窒礙之弊, 學者, 當於此審察, 而竝用工夫也.

사랑하고 미워하는 자기의 마음에 따라, 다른 사람이 살기를 바라기도 하고 죽기를 바라기도 한다. 사랑하는 마음이 지극할 때는 그 사람이 반드시 살기를 바라고, 미워하는 마음이 극심할 때는 그 사람이 반드시 죽기를 바라니, 인정人情이 사랑과 미움에 미혹된 자라면, 이런 것이 이상할 게 없다.

그러나 먼저는 반드시 살기를 바라다가 뒤에는 또다시 죽기를 바라는 경우에는, 사랑하는 마음과 미워하는 마음, 살기를 바라는 마음과 죽기를 바라는 마음이, 가슴속에서 교전交戰하는 자이니, 미혹된 자 중에서도 더욱 미혹된 자가 아니겠는가!

공 자가 말했다.

"사랑할 때는 그가 살기를 바라고, 미워할 때는 그가 죽기를 바라게 마련이니, 살기를 바라다가 다시 죽기를 바라는 것, 이것이 미혹이다."(『논어』 「안연」)

以己之愛惡, 欲人之生死. 當其愛之之至, 輒欲其人之必生, 當其惡之之甚, 輒欲其人之必死. 人情之惑於愛惡者, 無怪其如是. 而至於先旣欲其生, 旋又欲其死, 乍愛乍惡, 俄生俄死, 交戰於胸中者, 尤豈非惑之又惑者耶!

산보다 더 높은 게 없고, 바다보다 더 넓은 게 없지만, 높은 것은 끝내 포용하는 게 있을 수 없다. 그러므로 바다는 산을 포용할 수 있어도, 산은 바다를 포용하지 못하는 것이다. 사람의 가슴속은 진실로 드넓어야지, 한결같이 높은 것만 추구해서는 안 된다.

산꼭대기는 아무리 높다 해도 사람 하나 포용하기 힘들다. 그러나 바다는 땅보다 낮은 데 있지만 넓고 넓어 온 세상을 감싸고 있다.

莫高於山, 莫廣於海, 而高者終不能有所容. 故海能包山, 而山不能包海. 胸次, 正宜恢拓, 不可一味高絕.

내가 비록 구중궁궐 깊은 곳에서 나라의 온갖 정무를 살펴
느라 짬을 낼 경황이 없기는 하지만, 내 마음만은 여태껏
천고의 세월을 더듬어 올라가지 않은 적이 없고, 사방팔방
으로 두루두루 돌아다니지 않은 적이 없다.

나라 안에서 벌어지는 어떤 일도 임금의 일이 아닌 게
없다. 그래서 임금의 온갖 정무를 '만기萬機'라 한다.
　　사람 사는 세상은 가지각색으로 다양한지라, 어느 하루
도 조용할 틈이 없다. 잠시라도 짬을 내려 해도 그럴 경황
이 없다. 그러니 마음으로 대신할 수밖에.

予雖深處九重, 不遑自暇於萬機, 然其心未嘗不遡攬千古, 周
遊八表也.

너가 깊이 경계하는 것은 '쾌快' 한 글자에 있다. 매사에 만약 쾌락을 좇으려 한다면 후회하는 일이 많아질 것이다.

더 자극적이고 더 강렬한 것을 추구하는 쾌락의 달콤한 유혹은, 정신을 황폐하게 만들고 육체를 타락시킨다. 그러니 후회가 많아질 수밖에.

子所深戒, 在於一快字. 每事若欲從快, 多致後悔.

무릇 생각이나 말에 조금이라도 자랑하려는 마음이 생긴다면, 그 즉시 잘라 버려야 한다. 필부가 자랑을 하더라도 몸을 망치는 것을 면치 못하리니, 만약 조정의 벼슬아치가 자랑을 한다면 그 폐해는 장차 말로 표현하지 못할 지경에 이를 것이다.

제자랑을 늘어놓는 사람, 그런 사람은 아무도 좋아하지 않는다. 노자의 표현을 빌자면, '발끝으로 서고 다리를 크게 벌리는' 사람이다. 커 보이기 위해 발끝으로 서지만 그 모양이 얼마나 위태롭겠으며, 빨리 가기 위해 다리를 크게 벌리지만 그 자세가 얼마나 불편하겠는가?

"발끝으로 서면 제대로 서 있지 못하고, 다리를 크게 벌리면 제대로 가지 못한다. 스스로 내세우면 밝게 나타나지 않고, 스스로 옳다고 우기면 널리 드러나지 않고, 스스로 자랑하면 공이 없어지고, 스스로 뽐내면 오래 가지 못한다. 그것을 도道에서는 먹다 남은 밥과 군더더기 행동이라 한다. 만물은 그런 것을 싫어하나니, 도가 있는 사람은 그런 처신을 하지 않는다."(「노자」)

凡念慮言語, 纔有夸心, 卽截斷却. 匹夫之夸, 猶不免壞身, 若朝廷人夸, 其害將至難言.

봄에 만물이 처음 소생할 때, 지극한 이치를 볼 수가 있다. 꽃봉오리가 아직 맺히지 않았을 때는 색色과 상相이 모두 공空이나, 생명의 의지는 그 속에 들어 있으니, 이는 곧 우리 사람의 감정이 아직 발동하지 않았을 때이다. 꽃잎이 비로소 피어나면 붉은빛·자줏빛으로 나뉘어, 나무마다 각각의 꽃을 피우니, 이는 곧 마음이 이미 발동한 뒤의 기상이다.

안개의 장막이 꽃을 덮어 꽃이 안개 속에 있을 때, 안개 밖에서 꽃을 보면 희미하여 구분할 수 없을 듯하지만, 가까이 다가가서 꽃을 보면 또렷이 보인다. 안개가 걷히고 꽃이 드러나면 꽃은 예전처럼 본래 그대로 있으니, 이것이 꽃의 본모습이다. 여기에서 비록 외물에 얽매어 가려져도, 성품은 본래대로 회복될 수 있다는 이치를 알 수 있으리라.

멀리는 온갖 꽃들이 피고 지는 것과, 가까이는 마음이 고요하고 감응하는 것이, 어느 것 하나 이 이치 아님이 없으니, 모름지기 모두 몸소 깨달아야 한다.

한겨울, 꽃나무는 잎도 없고 꽃도 없어, 언뜻 죽은 듯이 보이지만, 그 속에는 생명의 싹이 잠재되어 있다. 이때는 꽃이, 빛깔도 없고, 모양도 없다. 그러다가 따뜻한 봄날이 되면, 차츰 꽃눈으로 자라나고, 꽃봉오리로 맺히고, 꽃으로 피어난다.

사람의 선한 본성도 마찬가지라, 평소에는 내면에 잠재해 있다가, 외부의 자극을 받으면 그것이 감정으로 드러난다.

그러나 꽃은 때때로 안개에 가려지기도 하고, 사람의

본성도 때때로 욕망에 가려지기도 한다. 그렇다고 안개에 가려진 것이 꽃의 본모습일 수 없고, 욕망에 가려진 것이 사람의 본성일 수 없다. 안개가 걷히고 욕망이 제거된 상태, 바로 이 상태가 꽃의 본모습이요, 사람의 본성인 것이다.

春物初敷, 至理可見. 花之蓓蕾未動, 色相俱空, 而生意却在其中, 則卽吾人未發底時節也. 瓣蘂纔開, 紅紫已分, 而一樹各具一花, 則卽此心已發後氣象也. 方其霧羃花外, 花在霧中, 自霧外看花, 則依微若不可辨焉, 就花上看花, 則的歷有不可掩者. 及霧收花出, 而花固自在依舊, 是花本色矣. 此可見物累雖蔽, 而性自有可復之理者耶. 遠而百花開落, 近則一心寂感, 無適而非此理, 須皆體認也.

산에서 넘어지지 않는 것은 마지막을 잘 경계하였기 때문이고, 평지에서도 넘어지는 것은 시작을 삼가지 않았기 때문이다. 마무리를 잘하는 것이 진실로 드물지만, 처음을 잘하는 것도 어렵다 하겠다.

"처음이 없는 사람은 없으나, 마무리를 잘하는 사람은 드물다.(靡不有初, 鮮克有終.)"『시경』「탕蕩」

누구나 일을 시작하기는 쉽고, 잘 마무리 짓기는 어렵다. 그러나 첫 단추를 잘못 꿰면 마지막 단추는 끼울 수가 없는 법이다. 시작을 쉽게 보아 소홀히 하면 실수가 따르게 마련이요, 시작이 잘못되면 마무리도 있을 수 없게 된다.

不躓於山者, 克戒於終也. 躓於平地者, 不謹乎始也. 有終固鮮矣, 有初其難矣乎哉.

나는 세손 시절 연침燕寢에 '홍재弘齋'라는 편액을 걸어 두었는데, 대개 군자는 도량이 넓고 의지가 굳세야 한다(弘毅)는 의미를 취한 것이다.

그리고 십여 년 전에는 문미門楣에다 '탕탕평평실蕩蕩平平室'이라는 편액을 걸었다. 근래에는 또 벽에다 '만천명월주인萬川明月主人'이라고 써 놓았다.

여러 신하들이 나의 은미한 속뜻을 알아차리고 있는지 모를 일이다.

홍재, 탕탕평평실, 만천명월주인은 모두 정조의 자호自號이다. 바로 이 세 가지 호에 정조가 평생을 추구했던 인생관과 정치철학이 함축되어 있다.

'홍의弘毅'는 『논어』 「태백」에 나오는 말이다.

"선비는 도량이 넓고(弘) 의지가 굳세지(毅) 않으면 안 되나니, 책임은 무겁고 길은 멀기 때문이다."

'탕탕평평'은 『서경』 「홍범」에 나오며, 당쟁을 해소하기 위해 시행했던 탕평책의 '탕평'도 여기서 따온 말이다.

"편벽되지 말고 편당을 짓지 않으면, 왕도가 넓고도 넓으리라(蕩蕩). 편당을 짓지 않고 편벽되지 않으면, 왕도가 평탄하고 평탄하리라(平平)."

'만천명월주인'은 만 개의 시내에 비친 밝은 달의 주인이란 뜻으로, 정조가 지은 「만천명월주인옹자서萬川明月主人翁自序」에 자세한 설명이 있다. 시내가 만 개이면 달 역시 만 개가 되어 온 시내에 비치듯이, 임금인 자신의 덕화德化가 널리 만백성에게 고루 미쳤으면 하는 염원을 담은 호이다.

정조는 자신의 호를 편액으로 걸었을 뿐만 아니라, 인장으로 새겨서 자기가 읽은 책, 또는 그림이나 글씨에 즐겨 찍기도 하였다. 한 연구에 의하면 정조가 사용한 인장은 100여 종이 넘는다고 한다.

予在春邸時, 扁于燕寢曰'弘齋'. 蓋取君子弘毅之義. 而十數年前, 揭于門楣曰'蕩蕩平平室'. 近又書壁曰'萬川明月主人'. 諸臣庶幾知予微意否.

일득록

2

처기 處己

나는 빈둥거리며
허송세월하지 못하나니,
접견하거나 정무를 보는
여가에는 책을 읽고,
그렇지 않으면 활쏘기라도 하여
반드시 하는 일이 있다

날씨가 매우 더운 어느 날 주상께서 침실 남쪽 건물에 계셨는데, 처마가 너무 짧아 한낮의 햇볕이 뜨겁게 내리쬐었다. 신(서유방徐有防)이 아뢰었다.

"이 방은 협소하여 한여름이면 너무 불편합니다. 건물을 별도로 짓자는 담당 관리의 주청은 비록 윤허를 얻지 못하였으나, 서늘한 곳을 가려서 시원하게 지내시는 게 좋을 듯합니다."

주상께서 대답하셨다.

"지금 좁은 이곳을 버리고 서늘한 다른 곳으로 옮겨가면, 거기에서도 참고 견디지 못하여 틀림없이 더 서늘한 곳을 생각하게 될 것이다. 그렇게 되면 어떻게 만족을 알 때가 있겠는가? 이곳에서 잘 참고 견디면 바로 이곳이 서늘한 곳이 된다. 이로써 미루어 나간다면 '지족知足(만족을 앎)'의 두 글자가 해당되지 않을 곳이 없다. 그러나 학문하는 공부와 나라를 태평하게 다스리는 도리만은 작은 성취를 가지고 만족을 안다고 하면 안 된다. 더욱 힘쓰고 정진하면서도 언제나 부족하다는 탄식을 가져야 할 것이다."

인간의 욕망은 끝이 없는지라, 안락하면 안락해질수록 더욱더 안락을 추구하게 마련이다. 그 욕망을 채울 수 있는 비결은 딱 하나, '절제'이다. 지족知足, 만족을 아는 것은, 곧 욕망의 절제를 말한다.

하지만 작은 성취에 만족하고 안주해서는 안 되는 일도 있다. 정조는 두 가지를 들었다. 자기를 수양하고 성취시키는 공부, 나라를 태평하고 풍요롭게 다스리는 정치, 이

두 가지는 늘 부족하게 여기며 탄식해야 한다고 했다. 부족한 줄을 알아야 그 부족함을 채우려 더 많은 노력을 기울이기 때문이다.

때로는 만족할 줄을 알면서, 때로는 부족한 줄을 알면서, 그렇게 살다 보면 우리의 삶은 더욱 여유롭고 성숙해질 터이다.

一日苦熱, 上御寢室南楹, 而簷甚短, 午陽下曝. 臣奏曰, "此室狹隘, 尤妨盛夏. 有司別構之請, 雖未蒙允可, 而擇一爽塏處納凉, 恐無不可." 上曰, "今若捨此湫隘, 就彼爽塏, 又不能耐過, 必更思爽塏處. 如是而豈有知足之時乎? 果能耐過此, 便是爽塏處. 推此以廣, 則知足二字, 無處不當. 而但學問之工, 平治之道, 不可以小成謂之知足. 益勉進進, 而恒懷不足之歎, 斯可矣."

나는 정령政令과 조처를 버리는 과정에서, 명예를 구하는 일은 하고자 하지 않는다.

명예를 구하는 것은, 인기에 영합하는 것이다. 인기에 영합해서는 소신껏 정책을 세우지도 못하고, 옳고 그름에 대한 가치판단도 갈팡질팡한다. 그러다 보면, 겉으로는 민생을 내세워도 결국 민생은 뒷전이 되고 만다.

왕이 내리는 정령과 조처는 민생을 안정시키고 나라를 평안히 하려는 것이다. 그러므로 정령과 조처가 잘 시행되어 민생이 안정되고 나라가 평안해지면, 명예는 애써 구하지 않아도 저절로 따라온다.

子於政令施措之間, 不欲爲干譽之事.

나는 공사公事에 대해, 크건 작건, 긴요하건 긴요하지 않건, 일찍이 며칠씩 보류하거나 지체시킨 적이 없었다. 대개 성격이 번거로운 것은 견딜 수 있어도, 한가한 것은 견디지 못하기 때문이다.

'네가 헛되이 보낸 오늘은 어제 죽은 이가 그토록 그리던 내일이다' 하는 제목의 책이 있다. 오늘을 헛되이 보내며 오늘의 일을 내일로 미루지 말지어다. 그 오늘은 어제 죽은 이가 그토록 그리던 내일이니.

予於公事, 無論大小緊漫, 不曾留滯曠日. 蓋性能耐煩, 而不能耐閒也.

나는 한밤중이 되기 전에는 잠자리에 든 적이 없었고, 날이 밝기 전에 반드시 옷을 준비시켜 입는다. 서울과 지방에서 올린 보고서를 하루도 책상에서 지체시킨 적이 없었고, 매일 조정 신하를 접견하지 않은 적이 없었다.

나태하고 안일한 사람에게는 하루도 십 년같이 길게 느껴지지만, 자기의 일에 부지런히 몰두하는 사람에게는 하루가 찰나처럼 짧게 느껴지는 법이다.

그러니 남들이 잠든 뒤에 잠을 자고, 남들이 일어나기 전에 일어나는 것이다. 이것이 곧 오늘 해야 할 일을 내일로 미루지 않는 비결이다.

子於夜分前, 未嘗就寢, 天未明, 必求衣. 京外狀牘之登徹者, 未嘗一日滯案, 每日未嘗不接見朝臣.

나는 빈둥거리며 허송세월하지 못하나니, 접견하거나 정무를 보는 여가에는 책을 읽고, 그렇지 않으면 활쏘기라도 하여 반드시 하는 일이 있다.

"배불리 먹고 하루를 마치면서 마음 쓰는 곳이 없다면, 딱한 노릇이다. 장기나 바둑도 있지 않은가? 그것이라도 하는 게 아무것도 하지 않는 것보다 나으리라."(『논어』「양화」)

돼지우리 속의 돼지는 먹고 싸고 자는 게 하루 일의 전부이다. 하는 일 없이 빈둥거리며 하루를 보내는 사람도 그 돼지와 다를 바 없다. 그러니 딱한 것이다.

予不能悠泛送日, 酬務之暇讀書, 否則雖射的, 必有事焉耳.

나는 백성과 나라의 일에는 감히 잠시라도 마음을 풀지 않았고, 심지어 예사로운 사물까지도 마음에 둔 적이 없었다. 비록 눈앞의 책상이나 기물 따위를 가지고 말하더라도, 어째서 이것이 솜씨 있는 것인지, 어째서 이것이 졸렬한 것인지를 모르고, 아울러 바둑과 잡기도 알지 못한다. 조정 신하들을 접견하는 여가에는, 오직 책상 위의 서적을 가지고 스스로 즐길 뿐이다.

민생과 국사에 전념하느라, 다른 것에는 관심을 두지 않는다. 독서를 하는 것도, 자기계발을 함으로써 민생과 국사를 돌보는 데 보탬이 되고자 하는 것이다.

予於民國事, 不敢霎時放下, 而至於尋常事物, 未嘗經意. 雖以眼前几案器物之屬言之, 不知何如是巧侈, 何如是拙陋, 竝與棊奕雜技而不能解. 朝臣引接之暇, 惟以案上書籍, 自娛而已.

사람은 막말로 한때의 쾌감을 얻으려 해서는 안 된다. 나는 비록 미천한 마부에게라도 일찍이 '이놈 저놈' 하고 부른 적이 없다.

말이란, 잘 쓰면 약이 되지만, 잘못 쓰면 독이 된다. 말 한마디로 천 냥 빚도 갚는다고 한다. 그러나 한때의 기분풀이로 내뱉은 막말은, 상대방에게 큰 상처를 줄 뿐만 아니라, 나를 곤경에 빠뜨릴 수도 있다.

입은 화를 부르는 문이요,	口是禍之門
혀는 몸을 베는 칼이다.	舌是斬身刀
입을 닫고 혀를 깊이 간직하면,	閉口深藏舌
몸이 편안하여 어디서나 안정되리.	安身處處牢

– 풍도馮道, 「설시舌詩」

人不可以口業取快於一時. 予雖於僕御之賤, 未嘗以這漢那漢呼之也.

나를 비방하는 사람은 타산지석이 되므로 해로울 게 없다.

남이 나를 비방하는 소리는 중요하지 않다. 내가 비방
받을 짓을 했는지, 하지 않았는지가 중요하다.

내가 비방받을 짓을 했다면, 그것을 계기로 고쳐 나갈
수 있으니, 오히려 유익한 것이다. 내가 비방받을 짓을 하
지 않았다면, 비방하는 소리는 나와는 무관한 것이니, 한
귀로 듣고 한 귀로 흘려버리면 그만이다.

그러니 나를 비방하는 소리를 들었을 때는 먼저 스스로
에게 물어 보라. 내가 과연 비방받을 만한 짓을 했는지를.

毁我者, 不害, 爲他山之石.

일찍이 신하들과 함께 작은 과녁에 활쏘기를 하였는데, 5순 巡에 상이 24발을 맞히고는 하교하였다.

"활쏘기는 진실로 군자의 다툼이니 군자는 남보다 더 위에 서려고 하지 않으며, 게다가 사물을 모조리 취하는 것도 기필하지 않는다."

그리고는 마지막 화살을 쏘았는데, 화살이 정곡을 살짝 빗나갔다. 다음날에도 상이 10순에 49발을 맞히고, 50번째 화살은 이전처럼 빗나갔다.

1순은 다섯 발의 화살을 쏘는 것을 이르는 말이니, 5순이면 25발이고, 10순이면 50발이다.

군자의 다툼은 이익을 탐하는 소인의 다툼과는 다르다.

"군자는 다투지 않나니, 꼭 그래야 한다면 활쏘기일 것이다. 예를 갖추며 사대射臺에 올랐다가, 내려와서는 술을 마신다. 이러한 다툼이 군자의 다툼이다."(『논어』「팔일」)

이 구절을 정조는 이렇게 설명하였다.

"이겨도 자만하지 않고, 지더라도 감히 원망하지 않는다. 다툼은 승부를 겨루는 게 아니라, 곧 심력心力을 겨주어 보는 것이니, 다툼과 유사한 점이 있지만 실제로는 다투지 않는 것이다."(『홍재전서』「노론하전魯論夏箋」)

또한 군자는 사물을 남김없이 모조리 취하는 데 마음을 두지 않는다. 공자는 젊은 시절 가난했기 때문에, 부모를 봉양하고 제사를 지내기 위하여, 비록 "낚시질은 하였으나 그물질은 하지 않았다"(『논어』「술이」)고 한다. 낚시질을 하는 것은 필요한 만큼만 물고기를 잡자는 것이요, 그물질을 하는 것은 물고기를 닥치는 대로 모조리 잡으려는 것이다.

　무엇이든 필요 이상으로 과도하게 취하는 것은 욕심이다. 정조는 그 욕심을 경계하기 위해 한 발의 화살을 일부러 빗맞혔던 것이다. 그 한 발의 양보로 우리가 사는 세상은 더 너그럽고 더 넉넉해질 수도 있는 법이다.

嘗與諸臣射小帿, 凡五巡而御矢二十四中, 廼敎曰, "射固君子爭, 而君子不欲多上人, 且盡物取之, 亦不必爾." 遂發之, 矢去鵠尺咫. 次日, 又御十巡, 獲四十九矢, 至第五十矢, 又如之.

나는 나의 방법을 사용하나니, 그것은 남으로부터 받을 수도 없고, 또한 남에게 줄 수도 없다.

사람은 저마다 성향도 다르고, 살아온 환경도 다르다. 따라서 어떤 일을 하든지 자기의 성향과 환경에 꼭 맞는 자기만의 방법을 개발해야만, 독보적인 경지에 이를 수 있다. 그저 남이 하던 대로 따라할 뿐이라면, 영원히 아류로 전락하고 말 것이다.

予法予自用之, 不可以受諸人, 亦不可以與諸人.

나는 여태껏 다른 사람에게 식언食言한 적이 없다.

식언이란, 한번 입 밖에 낸 말을 도로 입 속에 넣는다는 뜻
으로, 약속을 지키지 않거나 말을 번복한다는 말이다.

입으로 뱉어낸 것을 다시 주워 먹는 것은 여간 더러운
일이 아니다. 남의 입은 물론이요, 제 입으로 뱉어낸 것이
라 하더라도, 더럽긴 마찬가지이다. 음식이건, 말이건.

子未嘗食言於人.

나는 음식에 대해, 어떤 것을 유난히 즐기지도 않고, 또한 먹지 못하는 것도 없다. 그때그때 나오는 대로 먹는다.

그 이유를 정조는 이렇게 설명한다.

"나는 음식을 가릴 줄 모른다. 타고난 천성이 그럴 뿐만 아니라, 음식은 백성이 하늘로 여기는 것인지라, 좋고 나쁨을 가릴 필요가 없는 것이다." (『일득록』, 「훈어」)

子於飮食, 無偏嗜之物, 亦無不能食者. 隨所遇而進之.

나는 아침저녁의 두 끼 이외에는 여태까지 자주 음식을 들어
본 적이 없다. 기무機務를 처리하는 틈틈이, 더러는 대낮이 지
나서 아침을 들 때도 있고, 밤중이 되어 저녁을 들기도 한다.

　　나라에 가뭄이나 홍수 따위의 재해가 있을 때, 임금이
　　몸소 근신하는 뜻으로 며칠 동안 음식을 줄이는 전통
이 있었다. 이를 '감선減膳'이라 한다. 영조는 이를 정례화
시켰다.

　"나랏법에 내선부內膳夫가 하루 다섯 번 왕의 찬선饌膳을
바치게 되어 있으나, 왕께서는 하루 세 번의 찬선을 드시
고, 그 찬선도 배불리 드신 적이 없으므로, 궁중에서 드디
어 낮과 밤 두 번의 찬선을 폐지하였다."(『영조실록』「영조대왕
행장」)

　정조는 그것을 다시 두 번으로 줄였다. 정사를 돌보느
라 식사시간도 아까웠던 것이다. 그나마 식사 때를 놓치
기가 일쑤였다.

子於朝夕兩時外, 未嘗頻御膳羞. 機務之暇, 或朝膳過午, 夕
膳侵夜.

나는 성품이 본래 소활하여 나 자신의 일에는 전혀 생각을 기울이지 못한다. 밥을 먹을 때 한 가지 반찬에 젓가락을 대었다 하면, 이따금씩 다른 그릇에 반찬이 있다는 사실을 잊어버리기도 한다. 그러나 스스로 생각하기에, 백성과 나라의 일에는 마음을 다하고 정신을 괴롭혀 조금도 소홀한 적이 없었다.

발분망식發憤忘食이라 했거니, 어떤 일에 열중하느라 발분하면 먹는 것도 잊어버리는 법이다. 밥을 먹을 때도 늘 백성과 나라의 일에 온통 마음이 빼앗겨, 수라상의 음식에는 관심이 가지 않는 것이다.

予性本疏闊, 於自己事, 全不致意. 當食之時, 下箸於一味, 則往往忘其有他器. 而自謂於民國事, 盡心勞神, 未嘗少忽.

옛사람이 반드시 의관을 바르게 하고 시선을 공경히 하는 것을 귀중하게 여겼던 것은, 외면의 행동을 제어함으로써 내면의 마음을 기르기 위해서였다.

의관을 바르게 하고 시선을 공경히 하는 것은 예를 차리는 것이요, 예를 차리는 궁극적인 목적은 내면의 마음 바르게 하려는 데 있다.

"안연이 '자기의 사욕을 극복하여 예禮를 회복하는 극기복례克己復禮'의 조목을 묻자, 공자가 '예가 아니면 보지 말고, 예가 아니면 듣지 말고, 예가 아니면 말하지 말고, 예가 아니면 움직이지 말라' 하였다. 이 네 가지는 몸의 작용인데, 내면의 마음에서 말미암아 외면의 행동으로 반응하는 것이니, 외면의 행동을 제어하는 것은, 내면의 마음을 기르기 위해서이다(制於外, 所以養其中)."(정이程頤, 「사물잠四勿箴」서문)

古人必貴正衣冠尊瞻視者, 爲其制之於外, 所以養其內也.

단정하고 엄숙한 자세는 비록 외면의 공부이지만, 경敬을 유지하려면 이것을 버리고는 달리 구하기 어렵다. 경을 유지하는 것은 우선 눕지 않는 데서부터 시작된다.

일상생활에서 누워 지내면 나태한 생각이 일어나게 마련이요, 나태한 생각이 일어나면 '경'을 유지하기 어렵게 된다. '경'은 성리학에서 가장 중요시하는 수양법이다.

整齊嚴肅, 雖是外面工夫, 而欲爲持敬, 舍此難求. 持敬, 先從不臥始.

나는 다른 사람을 나 자신처럼 믿는 버릇이 있어서, 한번 교분을 맺으면 곧 나의 속내를 남김없이 털어놓는다. 그래서 이따금씩 도리어 폐단이 생겨나기도 한다. 그러나 이미 '서로 잘 지내자'고 한 이상, 어찌 성심誠心을 털어놓지 않을 수 있겠는가!

다른 사람과 교제를 할 때에는 성심으로 대해야 한다. 오직 성심만이 사람을 감동시키고, 마음으로 따르게 할 수 있기 때문이다. 제갈량이 일곱 번이나 맹획을 사로잡았다가 풀어준 것도, 다 성심을 보임으로써 그의 마음을 사로잡기 위한 것이었다.

子有信人如己之癖, 一與之交, 便自傾倒無蘊. 故往往反生弊端. 然旣曰相好云爾, 則何可不推赤心也!

너가 사람을 대할 때 성심으로 대한다면 그 사람도 나를 성심으로 대할 것이다. 나의 정성은 다하지 못하면서 남에게 나를 성심으로 대하라고 요구한다면, 이는 '서恕' 자 공부가 전혀 없는 것이다. 너가 평생토록 추구한 것은 이 한 글자에 있다.

후後한을 세운 광무제光武帝가 건국하는 과정에서 자기와 적대 관계에 있던 사람들을, 조금도 경계하지 않고 자기 사람처럼 대하자, 사람들은 모두 이렇게 말했다 한다.

"소왕蕭王(광무제)은 자기의 마음을 뽑아 다른 사람의 뱃속에 두니(推赤心置腹中), 어찌 목숨을 바쳐 싸우지 않겠는가?"

이 고사를 추심치복推心置腹 또는 추성치복推誠置腹이라 하는데, 성심으로 다른 사람을 대하는 말로 쓰인다.

그리고 '서恕'자를 파자하면, '여심如心'이 된다. 마음이 같다는 뜻이다. 내가 좋아하는 것은 남도 좋아하고, 내가 싫어하는 것은 남도 싫어하게 마련이다. 나와 남의 공통된 마음, 이것이 곧 '서恕'이다. 내 마음을 기준으로 다른 사람의 마음을 헤아리니, 성심으로 대하게 되는 것이다.

吾於待人, 若能推誠置腹, 人亦待予以誠. 不盡在吾之誠, 而責人之誠於我者, 全欠恕字工夫. 顧予平生需用, 在此一字.

내가 사람의 관상을 보는 데에 뛰어난 감식안이 있는 것은 아니다. 그러나 대저 마음이 온화하면 기운이 온화하게 되고, 기운이 온화하면 저절로 얼굴에 나타나, 숨길 수 없게 마련이다. 이것을 미루어 사람을 살펴보면 십중팔구는 틀리지 않을 수 있다.

얼굴은 마음의 거울이라 한다. 마음이 기쁘면 얼굴에 기쁜 빛을 띠고, 마음이 슬프면 얼굴에 슬픈 빛을 띠게 마련이다. 그래서 얼굴을 잘 들여다보면 그 사람의 마음까지도 읽을 수 있게 되는 것이다.

子於相人, 非日有藻鑑. 而大抵, 心和則氣和, 氣和則自有所發于面貌, 而不可廋者. 推是而觀人, 可以八九分不失也.

나를 보좌하고 인도한 남南·박朴 두 사람과, 너의 조부인 옛 정승은, 참으로 충忠과 애愛가 간절하고, 또한 크게 학식이 있는 사람들이다. 내가 말을 배우고 글을 배을 때부터 날마다 귀로 들은 것은, 모두가 학식이 담긴 논의였다. 나를 훈도하여 점차 학문에 물들게 하고, 나를 바르게 가르쳐서 몸가짐을 단정하게 하였으니, 나의 학문이 이 경지에 오를 수 있었던 것은, 이 세 사람의 공이다.

남南은 남유용南有容, 박朴은 박성원朴聖源이다. 그리고 너의 조부는, 이 말을 기록한 서영보徐榮輔의 조부 서지수徐志修이다. 남유용은 1754년에 원손보양관元孫輔養官이 되어, 당시 세 살이었던 원손 정조를 무릎에 앉혀 놓고 글을 가르쳤다. 박성원은 세손강서원世孫講書院 유선論善이 되어 정조를 가르쳤다. 서지수는 세자시강원 빈객賓客으로 정조의 아버지 사도세자를 가르쳤을 뿐만 아니라, 세손강서원 유선으로 정조를 가르치기도 했다.

정조는 이들을 생각하는 마음이 각별하여, 왕위에 오른 뒤에 이들의 자손들을 돌보아 주기도 하였다. 특히 남유용의 아들 남공철南公轍과 서지수의 손자 서영보가 과거에 급제하였을 때는, 친히 제문을 써서 남유용과 서지수에게 제사 지내게 할 정도로 기뻐하였다.

輔導子者, 如南朴二人, 爾祖故相, 眞箇忠愛懇款, 亦復大有學識. 予自學語受書, 日聞於耳者, 皆有識之論. 薰陶漸染, 蒙養克端, 問學之占得地位, 此三人之功也.

나에게는 본래 총애하는 궁녀가 없나니, 이에 대해서는 옛날의 명철한 임금에게도 부끄럽지 않을 것이며, 조정의 신하들 또한 그것을 알고 있을 터이다.

정조는 정비인 효의왕후 김씨 이외에 4명의 후궁(원빈 홍씨, 화빈 윤씨, 의빈 성씨, 수빈 박씨)을 두었으며, 후궁을 들인 것도 결국은 후사를 위한 고육책에서 나온 것이었다.

효의왕후 김씨, 원빈 홍씨, 화빈 윤씨에게는 소생이 없었고, 의빈 성씨의 소생으로 문효세자文孝世子와 옹주 한 사람이 있었으나 모두 일찍 죽었으며, 수빈 박씨의 소생인 순조純祖와 숙선옹주淑善翁主만 살아 남았다.

子本無內寵, 此則庶不愧於古先哲辟, 外廷亦或知之矣.

학문 學問

비록 재주와 지혜가 있는 사람이라도
학문에 힘을 쓰려 하지 않는다면,
오히려 더디고 둔한 사람이
고생스럽게 학업에 힘쓰는 것만 못하다.

뜻을 확립하는 것은 학문을 하거나 정치를 하는 근본이 된다. 이를테면 집을 지을 때 먼저 기초를 다지고 기초가 튼튼해야 집이 기울지 않는 것과 같다.

세태에 따라 여기저기로 기웃거리는 학자와 정치가는, 확고부동한 제 뜻이 없는 것이요, 줏대가 없는 것이다. 작은 비로도 작은 바람에도 기우뚱하는, 모래 위의 집처럼….

立志之爲爲學爲治之本. 譬如築室, 而先築基址, 基址牢固, 然後屋宇不傾矣.

선유先儒들이 모두 뜻을 확립하는 것을, 최초의 공부로 삼은 것은 참으로 옳다. 보통 사람들이 어떤 일을 할 때는, 모두 기氣를 작용으로 삼고 뜻(志)을 장수로 삼는다. 따라서 뜻이 만약 완전히 확립되면, 학문 역시 완전한 경지에 이를 수 있게 된다.

내 마음의 주체적 작용인 뜻이 확립되어야만, 혈기가 신체적 욕구나 욕망에 동요되지 않는다. 그래서 맹자는 말했다.

"뜻은 기氣의 장수요, 기는 몸에 충만한 것이니, 뜻이 최고이고 기는 그 다음이다."(『맹자』「공손추 상」)

先儒, 皆以立志爲最初工夫, 固然. 而凡人之有爲, 皆氣爲用而志爲帥. 故志苟立得十分, 則學亦可到十分地頭.

'경敬'은 위아래로 철두철미하게 관통하는 도리이니, 곧 학문하는 지극한 공부이다. 그리고 초학자들이 덕으로 들어가는 것도, 이 '경'을 버리고는 얻을 수 없다. 따라서 '경'의 뜻이 매우 크다.

'경敬'은 성리학의 핵심적인 개념이다. 성리학에서 말하는 '경'이란, 대인관계에서 상대방을 존중하고 성심으로 대하는 것을 가리킬 뿐만 아니라, 자신의 몸과 마음을 성실하게 가다듬는 것도 포함한다.

그래서 다른 사람을 대할 때 성심으로 대하는 것도 '경'이요, 공부를 할 때 한눈팔지 않고 열심히 하는 것도 '경'이요, 일을 할 때 게으름 피지 않고 부지런히 하는 것도 '경'이다. 곧, 마음을 한 가지 일에 집중하여 외부의 자극에 흔들리지 않게 하는 모든 것이 '경'이다.

敬者, 徹上徹下底道理, 乃學問之極功. 而初學入德, 亦舍此不得. 敬之義大矣.

덕성을 높이는 것과 학문을 추구하는 것은 어느 한쪽으로 치우치거나 폐기해서는 안 되나니, 조금이라도 한쪽으로 치우치면 잘못이 생기게 된다.

지식과 실천으로 구분하여 말해 보면, 강론講論하는 것은 참된 지식이 아니고, 궁리窮理·격물格物하여 깊이 파고들어야만 비로소 참된 지식이 되나니, 궁리·격물의 공부가 완전한 경지에 이르면 저절로 실천해 나갈 수 있게 된다. 무릇 실천을 제대로 하지 못하는 경우, 그 근본을 따져 보면 모두가 지식이 참되지 못한 데서 비롯된다.

사람이 만일 불선不善을 해서는 안 된다는 것을 알기를, 진실로 독초를 먹을 수 없는 듯이 한다면, 틀림없이 불선을 행할 리가 없다. 다만 궁리·격물만을 위주로 하는 사람은, 그 폐단이 자칫 실천을 소홀히 하는 데로 귀결될 수도 있다.

입으로만 이러쿵저러쿵 떠든다고 참된 지식을 얻을 수 없다. 참된 지식을 얻기 위해서는, 개별 사물이나 현상 속에 내재한 이치를 끝까지 파고들어 지식을 완전하게 하여야 한다. 이를 '격물치지'라 한다.

그렇게 쌓은 지식이라야, 참된 지식이 되며, 내 몸에 절실하고 요긴한 지식이 된다. 말은 번지르르하고 그럴싸한데 실천을 소홀히 하는 것은, 격물치지하여 참된 지식을 얻지 못했기 때문이다.

독초를 먹어서는 안 된다는 것을 알면서도 먹는 사람은 없다. 자기 생명과 직결되어 그만큼 절실하기 때문이다. 하지만 나쁜 짓을 해서는 안 된다는 것은, 알면서도 하는 사람이 있다. 자기에게 절실하지 못하기 때문이요, 그 앎이 참되지 못하기 때문이다.

尊德性, 道問學, 要之不可偏廢, 少偏則有差. 而以知行之分言之, 講論不足當眞知, 窮格到底, 方是眞知, 窮格之工, 旣到十分, 則自能行將去. 凡行有未至者, 究其本, 皆由於知之未眞. 人苟知不善之不可爲, 眞如烏喙之不可食, 則必無爲不善之理. 但主窮格者, 其弊或歸於忽踐履.

'지知(지식)'와 '행行(실천)' 두 글자는, 마치 수레의 두 바퀴와도 같고 새의 양 날개와도 같아서 어느 하나라도 없앨 수 없다는 점은, 여러 학자들이 이미 곡진하게 설명한 바 있다.

그리고 이른바 '참된 지식'이란, 선을 행해야 하고 악을 저질러서는 안 된다는 것에 대해, 배고플 때는 밥을 먹고 목마를 때는 물을 마시는 것처럼, 깊은 물에 뛰어들지 않고 뜨거운 불을 몸에 대지 않는 것처럼, 그렇게 분명하게 아는 것이다.

그래야만 비로소 '참된 지식'이 되어서, 한 푼의 지식을 터득하면 한 푼의 실천으로 옮기고, 열 푼의 지식을 터득하면 열 푼의 실천으로 옮기게 된다. 만약 '지식'에 참되지 못한 바가 있게 되면, '실천'으로 미치지 못하는 점이 있게 된다.

지식과 실천은 어느 하나라도 없어서는 안 된다. 그러나 실천보다는 지식이 먼저이니, 알아야 실천으로 옮길 수 있다는 것이다. 다시 말해 사물에 담긴 이치를 먼저 깨달은 다음, 이것을 바탕으로 실천에 옮긴다는 것이다. 이를 선지후행先知後行이라 하며, 주희朱熹의 학설이다.

평소 주자학에 깊이 빠졌던 정조도, 이 학설을 계승하여, "'학學(배움)'이란 한 글자는, 포괄적으로 말하자면 지식(知)과 실천(行)을 겸하지만, 개별적으로 말하면 지식에 중점이 있다"(『일득록』, 「문학」)고 말한 바 있다.

그렇다고 확실하고 완전한 지식을 터득한 뒤라야 실천으로 옮길 수 있다는 것은 아니다. 열에 하나의 지식을 터득한 상태에서는 열에 하나의 실천으로 나타나고, 열에 열의 지식을 터득한 상태, 곧 완전한 지식을 터득한 상태

에서는 완전한 실천으로 나타난다는 것이다. 물론 아는
게 전혀 없다면 실천도 전혀 없을 것이다.

知行二字, 如車輪鳥翼, 不可偏廢, 諸儒說得已盡. 而所謂眞
知者, 知善之可爲, 惡之不可爲, 如飢食渴飮, 水不可蹈, 火
不可狎. 如此, 方爲眞知, 知得一分, 行得一分, 知得十分, 行
得十分. 若知有所未眞, 則行有所未逮.

학문이란, 다만 날마다 일상적으로 행동하는 데 있을 뿐이다. 자기 자신의 경우에는 행동하고 멈추고 말하고 침묵하는 것이고, 집안의 경우에는 어버이를 섬기고 형을 섬기고 아내와 자식을 가르치는 것이고, 나라의 경우에는 적임자에게 맡기고 백성을 다스리는 것이고, 책의 경우에는 책을 읽고 이치를 궁구하는 것이다. 이와 같이 쉽고 가까운 것을 버려 두고, 다시 어디에다 힘을 쓴단 말인가!

일상의 모든 것이 학문이다. 그런데 현실은 어떠한가? 가깝고 쉬운 것은 싫증내고, 고원하고 어려운 것만 추구한다. 일상적인 것은 하찮게 여기고, 희귀한 것만 중요시한다.

"도道가 가까운 데 있는데도 먼 데서 찾고, 일이 쉬운 데 있는데도 어려운 데서 찾는다."(『맹자』「이루 상」)

爲學, 只在常行底日用間. 在己, 則一動一靜一言一默也, 在家, 則事親事兄敎妻敎子也, 在國, 則任人治民, 在書, 則讀書窮理也. 捨此淺近, 更將向那裏去著力麼!

화려함을 없애고 실질에 **나아가며**, 말단을 버리고 근본을 추구해야 하나니, 실질과 근본이 곧 학문이다.

내손가락은 달을 가리키건만, 달은 보지 않고, 손가락이 예쁘다느니 밉다느니 말하는 사람이 있다. 근본을 버리고 말단을 구하는 사람이다. 또한 말은 그럴싸한데 쓸 만한 말이 없는 사람이 있는가 하면, 외모는 말쑥한데 머리에는 든 것이 없는 사람이 있다. 빛 좋은 개살구요, 속이 빈 강정이다.

"자네는 먹을거리 중에 강정이란 게 있는 것을 보았을 테지? 쌀가루를 술에 담갔다가 누에 크기로 잘라서 따뜻한 구들에 말린 다음, 기름에 튀겨서 부풀리면 그 모양이 누에고치처럼 된다네. 그것이 깨끗하지 않거나 아름답지 않은 것은 아니지만, 그 속은 텅텅 비어 먹어도 배가 부르지 않고, 그 성질은 쉽게 부스러져 입으로 불면 눈처럼 날린다네. 그 때문에 무릇 사물 가운데 겉모습은 아름답지만 속이 빈 것을 강정이라 한다네. 요즈음은 대체로 개암, 밤, 찹쌀, 멥쌀 따위를 사람들이 대수롭지 않게 여기지만, 실질이 아름답고 실제로 배부르게 하는 것이니, 하늘에 제사를 지낼 수도 있고, 큰 손님에게 폐백으로 드릴 수도 있네."(『연암집』「순패서旬稗序」)

祛華就實, 舍末求本, 實與本, 卽學問.

박람강기博覽强記만으로는 남의 스승이 되기에 부족하다. 왜냐?
겉만 배우기 때문이다.

박람강기, 곧 책을 많이 읽고 기억을 잘하는 것은 학문
을 하는 데 큰 장점일 수 있다. 그러나 그것만으로는
속 빈 강정이 되기 십상이다.

박람강기도 좋지만, 반드시 깊이 있는 사색이 있어야
한다. 그리하여 은미하게 숨어 있는 진리를 찾아내고,
내 몸에 절실한 것으로 만들어야 한다. 그것이 참된 학
문이다.

정조 그 자신이 박람강기의 대표적 인물이다. 그러나
정조는 폭넓게 독서하는 한편, 깊이 사색하고 치열하게
궁리하는 데도 힘을 쏟았다.

博覽强記, 不足以爲人師. 何者? 以其所學者外也.

총명은 사람마다 제각기 달라서, 보는 즉시 외웠다가 곧바로 잊어버리는 사람이 있고, 처음에는 더디고 둔한 듯해도 끝까지 지키는 사람이 있다. 끝까지 지키는 사람이 위기爲己의 학문을 하는 것이요, 한순간의 날래고 빼어난 재능은 끝내 크게 성취하지 못하고, 단지 한순간 사람들을 놀라게 할 뿐이다.

> "**날**쎄게 나아가는 사람은 물러가는 것도 빠르다."(『맹자』 「진심 상」)

서두르느라 한꺼번에 힘을 쏟다 보면 쉽게 지치고, 지치면 포기하거나 성의 없이 건성으로 하게 마련이다. 그러니 어찌 큰 성취를 바라랴!

토끼의 날쌘 다리는 하늘이 준 좋은 선물이다. 그러나 그 다리를 갖고도 토끼는 거북이에게 졌다. 제 재주만 믿고서 자만하고 나태했던 탓이다.

위기지학爲己之學은 자기를 위한 학문, 곧 자기의 도덕성을 함양하는 학문을 가리킨다. 이와 달리 위인지학爲人之學은 남을 위한 학문, 곧 남에게 잘 보이려 하는 학문을 가리킨다.

聰明, 人各不同, 或有過目成誦, 旋卽遺失者, 或有始若遲鈍, 終能持守者. 畢竟持守者, 爲爲己之學. 而一時尖利之才, 未曾有大成就, 只博得一霎驚人而已.

비록 재주와 지혜가 있는 사람이라도 학문에 힘을 쓰려 하지 않는다면, 오히려 더디고 둔한 사람이 고생스럽게 학업에 힘쓰는 것만 못하다.

재주가 아무리 뛰어나고 지혜가 아무리 비상하다 한들, 무섭게 파고드는 사람을 당해 낼 수 없다.

조선의 학자 백곡柏谷 김득신金得臣(1604~1684)이 그랬다. 그는 타고난 둔재였다. 그것도 자타가 공인하는 둔재였다. 심지어 그의 아버지도 그것을 인정했다. 그럼에도 그는 포기하지 않았다. 눈물겨운 노력으로 그것을 극복했다. 이해되지 않는 글은 이해될 때까지 읽었다. 만 번 이상 읽은 글만도 36편이었다. 심지어 『사기』 「백이열전伯夷列傳」은 11만 3천 번을 읽었다고 한다. 그 결과 마침내는 시인으로 큰 명성을 얻었다. 이에 대해 그는 이렇게 말한 바 있다.

"학문에 힘쓰는 자는, 재주가 남만 못하다고 제 스스로 한계를 긋지 않는다. 나보다 노둔한 사람도 없을 터이나, 결국에는 성취가 있었으니, 오직 힘쓰는 데 달려 있을 뿐이다"(『백곡집』 「가선대부동지중추부사안풍군김공묘갈명」)

雖有才慧之人, 不肯俛力於學, 反不如遲鈍者之苦攻其業也.

옥이 쪼고 갈지 않아도 규장圭璋을 이루고, 사람이 학문에 기대지 않고도 성현聖賢이 되는 것은, 사리로 따져 보면 있을 수 없는 일이다.

규장圭璋은 옥으로 만든 귀중한 그릇, 또는 예식에서 장식으로 쓰는 구슬이다. 훌륭한 인품을 비유하는 말이기도 하다.

"옥은 다듬지 않으면 그릇을 이루지 못하며, 사람은 배우지 않으면 도를 알지 못한다.(玉不琢, 不成器, 人不學, 不知道.)"『예기』「학기」

옛 속담에도, "구슬이 서 말이라도 꿰어야 보배"라 했다. 아무리 좋은 재주를 타고났다 한들, 부지런히 배우고 익히지 않으면 성현의 높은 경지에 이를 수 없다.

玉不假磨琢而成圭璋, 人不資學問而爲聖賢, 求諸事理, 無有是處.

성인은 남달리 뛰어난 점이 있었던 게 아니고, 단지 한 걸음 한 걸음 나아가다가, 최고의 경지에 이르러서야 멈추려 했을 뿐이다. 보통 사람들은 문을 나서기만 하면, 곧장 한달음에 뛰어 달리고자 다른 샛길을 찾다가, 끝내는 경황없이 허우적거리게 된다.

배우는 자가 비록 일일이 성인의 공부를 뒤좇지는 못할지라도, 그 학문의 방도는 마음속으로 강구하지 않으면 안 된다.

"군자의 도는 비유하자면, 먼 길을 갈 때 반드시 가까운 곳에서 출발하는 것과 같고, 높은 곳에 오를 때 반드시 낮은 곳에서 시작하는 것과 같다."(『중용』)

첫술에 배부를 리 없고, 천릿길도 한 걸음부터. 학문의 길이 비록 멀고도 멀지만, 한 걸음씩 차근차근 성실하게 나아가면, 언젠가는 최고의 경지에 이를 것이다.

聖人, 無他過人處, 只是一步步進將去, 到極至處, 方肯駐脚. 凡人, 纔出門, 便欲蹴過這邊, 更尋別蹊, 畢竟回徨乾沒. 學者, 雖不能一一追聖人工夫, 其學之之方, 不可不講在心頭.

학문에는 본래 단계에 맞는 공부가 있으므로, 이것을 건너뛰어서는 안 된다. 그러나 또한 일단의 활법活法이 있으니, 정해진 틀을 떨쳐 버려야 할 곳에서는 결코 한 가지에만 집착해서는 안 된다.

정해진 과정을 무시하거나, 현재의 처지와 수준을 고려하지 않고, 무리하게 등급을 건너뛰다 보면, 폐단이 생기기 십상이다. 이런 것을 두고 '엽등躐等의 폐단'이라 한다.

그렇다고 잘못된 절차나 과정을 고지식하고 융통성 없게 집착해서도 안 된다. 그러다 보면 '고식姑息의 폐단'이 생기게 마련이다.

'엽등'이나 '고식'은 모두 학문하는 데 반드시 경계해야 하는 폐단이다.

學問, 自有次第工夫, 雖不可躐等做去. 然亦有一段活法, 擺却套圈處, 決不宜一味泥滯.

여름 벌레가 얼음을 의심하는 것은 얼음을 모르기 때문이다. 아래로 인간의 일을 배워서(下學) 위로 하늘의 이치에 통달하는(上達) 공부를, 현묘하고 멀어서 찾기 어렵다 여기는 것이 어찌 이와 다르랴!

여름 벌레는 여름이란 시간밖에 모른다. 우물 안 개구리는 우물이란 공간밖에 모른다. 그들이 경험할 수 있는 세계가 한정되어 있기 때문이다.

"우물 안 개구리에게 바다 이야기를 할 수 없음은, 좁은 곳에 구속되어 살기 때문이다. 여름 벌레에게 얼음 이야기를 할 수 없음은, 여름 한 철에 얽매어 살기 때문이다. 편협한 선비에게 도를 이야기할 수 없음은, 한 가지 가르침에 속박되어 살기 때문이다."(『장자』,「추수秋水」)

夏蟲疑冰, 不識冰故也. 下學做上達之工, 看作玄遠難尋, 何異於是!

배우는 자는 식견과 목표를 원대하게 하지 않으면 안 된다. **만약 제한된 범위 안에 있는 것에만** 공력을 들인다면, 좁은 곳에 **국한되는 폐단**이 있을 것이다.

"**가**장 높이 나는 갈매기가 가장 멀리 본다"(『갈매기의 꿈』)고 했다. 현실에 안주하고 제한된 범위에 만족하다가는, 우물 안 개구리가 되고, 여름 벌레가 되고, 편협한 선비가 된다.

學者, 所見所期, 不可不遠且大也. 若只在圈套中下工, 則其弊也局.

군자가 진실로 도道를 배우고자 한다면, 마땅히 식견을 근본으로 삼아야 한다. 일을 처리하는 것은 그 다음이다.

어떤 사람이 여기에 있다 하자. 그의 역량力量과 재기才器가 비록 사공事功을 수립할 만하다 해도, 지혜를 밝혀 줄 수 있는 식견이 없다면, 다른 사람의 시비와 선악, 일의 버외와 본말에 대해, 때때로 막막하여 가려버지 못할 수도 있다. 그렇다면 일의 처리가 어떻게 적절할 수 있겠으며, 시행된 조처가 어떻게 합당할 수 있겠는가?

그러므로, "배움에는 먼저 식견을 밝히는 게 중요하다" 하는 것이다.

사람은 보고 듣는 경험이 쌓일수록, 사리를 분별하는 지혜가 더욱 밝아진다. 콩을 보지 못하고 보리를 보지 못한 사람은, 그것이 콩인지 보리인지 분별하지 못한다. 그런 사람을 우리는 숙맥菽麥이라 한다.

君子, 苟欲學道, 當以見識爲本. 事行次之. 有人於此. 力量才器, 雖足以樹立事功, 苟無見識而可以明知, 則於人之是非善惡, 事之內外本末, 時有茫然而不能鑑別. 如此, 則處置何由得宜? 施措何由得當? 故曰, "學貴乎先明見識也."

토론과 독서는 수레의 바퀴나 새의 날개와 같아서, 한 가지만 버려도 학문을 할 수 없다.

혼자서 책을 읽다 보면 자기의 주관적인 세계에 빠지기 쉽다. 그 폐단으로 독선과 독단이 생겨나기도 한다. 누군가와 함께하는 토론은 그것을 보완해 준다.

　사람은 저마다 이해의 폭과 깊이가 다른지라, 스승이나 벗들과 토론하는 과정에서, 때로는 몰랐던 것을 깨닫기도 하고, 때로는 의문점이 풀리기도 한다. 그러면서 학문이 더 깊어지고 더 넓어진다. 이런 것 역시 식견을 밝히는 일의 하나이겠다.

討論與讀書, 如車輪鳥翼, 偏廢便不得爲學.

학문이 정도正道에 보탬이 없다면 학문이 없느니만 못하고, 문장이 실용에 합당하지 않다면 문장이 없느니만 못하다.

이말 속에 정조의 학문관과 문장관이 함축적으로 제시되어 있다. 정조는 당시 유행처럼 번진 패사소품체의 문장을 지독히 싫어하였다. 실용에 무익할 뿐 아니라 마음을 방탕하게 한다는 이유 때문이었다.

그래서 중국에서 패관서를 수입하는 것을 금지시키기도 하였고, 대책문에 패사소품체의 문장을 쓴 신하에게 반성문을 쓰게 하기도 하였다. 특히 정조는 문풍을 그르친 '원흉(?)'으로 조선 후기의 대문호인 연암 박지원의 『열하일기』를 지목하기도 하였다.

정조의 이러한 문예정책은 표현의 자유를 탄압했다는 비판을 받기도 하지만, 정도와 실용을 중시한 그의 가치관과 당시의 시대 상황을 고려하면 이해의 여지가 없는 것은 아니다.

學無益於正道, 不如無學, 文無當於實用, 不如無文.

책을 저술하는 것은 중대한 일이므로, 만약 마음과 뜻을 다하지 않는다면, 안목을 갖춘 사람의 비난을 면치 못할 것이니, 참으로 삼가지 않을 수 없다.

마음과 뜻이 담기지 않은 책은, 허공에 뜬 구름과도 같아, 다 읽은 뒤 아무것도 남는 게 없다. 공연히 읽느라 아까운 시간만 허비했을 뿐.

著書自是大事, 若不專心致志, 則率不免具眼者之譏議, 信乎其不可不愼也.

문체는, 번다하게 하려 하면 쓸데없이 걸어져서 읽을 만하지 못하고, 간결하게 하려 하면 껄끄러워져서 읽을 수가 없다. 번다하거나 간결한 것은, 모두 의도를 가지고 구해서는 안 된다. 마치 바람이 물 위를 지나가듯 저절로 그렇게 되어야 한다.

"초 나라 사람이 정나라 사람에게 구슬을 팔 때, 향기로운 계수나무로 만든 상자에 담았더니, 정나라 사람이 상자만 사고 구슬은 돌려보냈다."(『문심조룡』「의대 議對」)

온갖 미사여구로 가득 찬 화려한 문장은, 자칫 내용이 산만해지거나 본질을 가려 버릴 수도 있다. 상자만 사고 구슬은 돌려보내는 것처럼.

그렇다고 간결한 문장이 꼭 좋은 것은 아니다. 간결함도 지나치면 문장이 너무 단조로워지거나 의미가 모호해져서 가독성이 떨어지기 십상이다.

文體, 欲煩則冗長而不足讀, 欲簡則僻澀而不可讀. 煩簡, 皆不可有意必求. 如風行水上, 自然而然.

문장은 달리 어려운 게 아니라, 좋은 대목을 구사하기가 매우 어렵다. 전편全篇을 두고 보면, 잠깐 사이에 수천 수만의 문장을 이루는 곳도 있으나, 핵심에 이르게 되면 한 글자를 쓰는 것도 어려워진다. 글쓴이가 어려운 대목에 정신을 집중하고 쉬운 곳은 손 가는 대로 써 버려간다면, 좋은 문장은 바로 그 속에 있을 것이다.

화롱점정畵龍點睛이니, 용을 그릴 때 비록 열에 아홉을 거침없이 완성했다 해도, 신채神彩를 발하는 눈동자를 그리는 데 신중하지 않으면, 결코 좋은 그림이 될 수 없다. 좋은 문장 역시 그렇게 얻어진다.

文章無他難, 佳處甚不易. 就全篇中, 頃刻可千萬言, 而到肯綮時, 下一字夏夏. 作者須於難處著眼, 易處信手, 則好文字正在此中.

독서 讀書

책을 읽는 사람은
날마다 읽을 과정을
정해 놓는 것이 가장 중요하다.
비록 하루 동안 읽는 양이
많지는 않더라도
공부가 누적되어 의미가 푹 배어들면,
한꺼번에 여러 권의 책을 읽고는
곧바로 중단한 채 잊어버리는 사람과는,
그 효과가 몇 곱절은 차이 날 것이다.

뜻은 배움으로 인하여 확립되고, 이치는 배움으로 말미암아 밝아진다. 독서의 공효에 기대지 않고도, '뜻이 확립되고 이치가 밝아진다는 말을, 나는 들어보지 못했다.

널리 배워야 올바른 뜻이 굳건하게 세워지고, 널리 배워야 삼라만상의 이치를 확연하게 깨달을 수 있다. 배움이란 체험의 과정이다.

그러나 세상은 넓고 사람의 능력과 환경은 한계가 있기 때문에, 세상에서 직접 체험할 수 있는 것은 극히 일부분에 지나지 않는다. 직접 체험으로 얻지 못한 것은 모두 간접 체험으로 보완해야 하는데, 간접 체험의 가장 효과적인 방법은 '독서'이다.

志因學立, 理由學明. 不資讀書之功, 而曰'志立理明', 予未聞也.

책을 읽는 사람은 날마다 읽을 과정을 정해 놓는 것이 가장 중요하다. 비록 하루 동안 읽는 양이 많지는 않더라도 공부가 누적되면 의미가 푹 배어들 것이니, 한꺼번에 여러 권의 책을 읽고는 곧바로 중단한 채 잊어버리는 사람과는, 그 효과가 몇 곱절은 차이 날 것이다.

책을 읽되 계획적으로 읽어야 한다. 자기의 능력과 여건을 헤아려서, 하루의 분량, 한 달의 분량, 한 해의 분량을 정해 놓고 규칙적으로 꾸준히 읽어야 한다. 그래야 읽다 말다 하는 병폐가 없어진다.

讀書者, 最貴日課. 雖一日所讀不多, 工夫積累, 意味浹洽, 與一時間讀得累卷書, 而旋卽間斷而忘之者, 其效不啻倍蓰矣.

나는 어려서부터 책을 읽을 때마다 반드시 과정을 정해 놓았다. 병이 났을 때를 제외하고는, 과정을 채우지 못하면 그만두지 않았다. 임금이 된 뒤로도 폐기한 적이 없다. 때로는 저녁에 응접을 한 뒤, 아무리 밤이 깊어도 잠시나마 쉬지 않고, 반드시 촛불을 켜고 책을 가져다 몇 장을 읽어서 일과를 채워야만, 잠자리가 편안해진다.

계획을 세우는 사람은 많다. 그러나 그 계획을 제대로 실천하는 사람은 많지 않다. 책을 읽는 것도 과정을 정해 놓았다고 능사가 아니다. 실천이 뒤따라야 한다. 실천이 없다면, 과정은 그저 과정일 뿐이다.

予自幼少, 每讀書, 必設程課. 除非疾病, 不盈課, 則不止也. 及臨御後, 亦未嘗廢焉. 或當竟夕應接之餘, 雖値夜深, 未或少息, 必引燭取書, 看到幾板, 準課而後, 寢乃安焉.

새로 벼슬길에 나온 근신에게 하교하였다.

"그대들은 요즘 무슨 책을 읽는가?"

읽지 못한다고 대답하자, 다시 하교하였다.

"이는 하지 않는 것이지 못하는 게 아니다. 공무로 비록 여가가 적기는 하겠지만, 하루 한 편의 글을 읽고자 한다면 그것은 그다지 어렵지 않을 것이다. 이렇게 과정을 세워 날마다 규칙적으로 읽는다면, 일 년이면 몇 질의 경적經籍을 읽을 수 있고, 쉬지 않고 몇 년 동안 꾸준히 읽는다면 칠서七書를 두루 읽을 수 있다. 지금 별도로 책 읽을 날짜를 구하려 한다면, 책을 읽을 수 있는 때가 없을 것이다. 선비라면서 경서經書를 송독誦讀하여 익히지 못하면, 선비다운 선비가 될 수 없다."

책상에 반듯하게 앉아서만 책을 읽을 수 있는 게 아니다. 주어진 여건에 맞춰 짬짬이 책을 읽어도 좋은 공부가 될 수 있다. 물론 집중력이야 떨어지겠지만, 그래도 전혀 책을 읽지 않는 것보다는 나을 것이다.

"진실로 책을 읽는 데 뜻을 둔다면, 어찌 벼슬살이로 여가가 없는 것을 근심하랴!"(「일득록」,「문학」)

바쁘다느니 피곤하다느니 하는 것은 핑계에 지나지 않는다. 책에 마음이 없는 것이고, 책을 읽겠다는 뜻이 확고하지 못한 것이다.

틈이 나는 대로 꾸준히 조금씩이라도 읽다 보면, 어느새 책의 마지막 장은 넘어가게 마련이다. 쉬운 책부터 시작하여 책에 재미를 붙이는 것도 좋다. 그렇게 읽은 책은 나를 키우는 훌륭한 자양분이 된다.

칠서七書란, 유가의 핵심이 되는 주요 경전인『대학』·『중용』·『논어』·『맹자』의 사서와,『시경』·『서경』·『주역』의 삼경을 이른다.

教新進近臣曰, "爾輩近讀何書?" 對以未能, 教曰, "是不爲也, 非未能也. 公務雖少暇, 如欲日讀一篇書, 是自不難. 遵此立課, 日以爲度, 則一年可了數帙經籍, 行之不息, 計以數歲, 七書自當讀遍. 今欲別求得讀書日子, 是無時可讀也. 爲士而不能誦習經書, 無以爲士也."

나는 일찍부터 초록하는 공부를 가장 좋아하여, 직접 써서 편編을 이룬 것이 수십 권에 이른다. 그 과정에서 효과를 얻은 게 많으니, 범범히 읽어 가는 것과는 차원이 다르다.

초록鈔錄이란, 책을 읽으면서 나에게 긴요한 구절을 별도로 뽑아서 기록하는 것이다.

책을 읽되, 범범히 읽어서는 내 것이 될 수 없다. 중요한 대목은 따로 뽑아 기록하거나 방점을 찍어 두고, 깨달음을 얻은 대목에서는 나의 깨달음을 행간에 기록해 두고, 의심나는 것은 따로 표시해 두었다가 훗날 스승이나 벗에게 물어 보아야 한다. 요즘에는 인터넷 검색도 한 방법일 것이다. 그렇게 하면, 그저 눈으로 보고 입으로 읊는 것보다 몇 배의 효과를 얻을 것이다.

予嘗最好鈔集工夫, 而手寫成編者, 殆至屢數十卷. 間多有以此收效處, 其視泛然看讀, 不可同日而語矣.

나는 젊어서부터 책 읽는 것을 좋아하여, 바쁘고 소란스러운 와중에도 날마다 정해 놓은 분량을 채웠는데, 읽은 경經·사史·자子·집集을 대략만 계산해 보아도 그 수가 매우 많다.

그래서 독서기를 만들고자, 경·사·자·집의 사부四部로 분류한 다음 책마다 밑에 편찬자와 의례義例를 상세하게 기록하였으며, 끝에는 어느 해에 읽었다는 것과 나의 평설을 덧붙여서 하나의 책으로 만들었다.

그렇게 함으로써, 내가 책을 음미하고 품평한 것을 사람들이 모두 두루 볼 수 있게 되었을 뿐만 아니라, 나 또한 한적한 시간에 한가로이 뒤적여 보면 평생의 공부가 또렷이 눈에 들어와, 반드시 경계하고 반성할 곳이 많아질 것이다.

정조의 독서노트 작성법이다. 책을 분야별로 분류하고, 편찬자와 체제를 기록하고, 읽은 날짜와 자기의 평설을 부기한다. 그것이 쌓이고 쌓이면 평생토록 읽은 책이 한눈에 들어와, 나의 중요한 지적 자산이 된다.

그런 과정을 거쳐 만든 정조의 독서기가 바로 『군서표기群書標記』이다. '군서표기'란 여러 책을 식별하는 간단한 기록이란 뜻이며, 이 책의 초고본은 정조 23년(1799) 경·사·자·집의 사부 분류로 편집되었다.

얼마 전 안정복安鼎福(1712~1791)의 손때가 고스란히 묻은 『고려사』를 소개한 책이 출간된 바 있는데, 그 『고려사』의 여백에는 안정복이 각종 문헌에서 찾아낸 새로운 사실들이 빼곡히 적혀 있었다. 그 기록을 바탕으로 안정복은 유명한 『동사강목』을 저술하였다고 한다.

독서란 이렇게 해야 한다. 따로 노트를 만들지 않아도

책의 행간을 잘 활용하면, 훌륭한 독서노트가 될 수 있다. 밑줄 치고, 방점 찍고, 내 생각을 기록하고…. 그리고 그렇게 읽은 책은 이 세상 어디에도 없는 나만의 책이 된다.

予自少喜讀書, 雖倥傯膠擾之中, 未嘗不日有課程, 所讀經史子集, 約略默計, 其數甚夥. 欲作讀書記, 以四部分其類, 每書下, 又以撰人與義例詳註之, 而末附以何年誦讀, 己意評騭, 作爲一書. 蓋不特味玆題品, 人皆可以廣周見, 子亦淸燕之暇, 閒加披閱, 平生工夫, 歷歷在目, 必多有警省處也.

글을 곱씹어 보고 깊이 음미하는 것은 오직 인내심을 갖고 글을 읽는 데 달려 있고, 잘 기억하려면 반드시 중요한 대목을 기록해 두어야 한다.

음식의 맛은 씹을수록 깊어진다. 문장도 마찬가지. 곱씹어 볼수록 묘처를 음미하여 참 맛을 보게 된다.

그러자면 책은 조금씩 느리게 읽어야 한다. 다독과 속독을 하다 보면 이식피지耳食皮舐, 곧 귀로 먹고 껍질만 핥는 꼴이 되기 십상이다.

咀嚼只在耐讀, 强記須箚錄.

외물外物의 맛은 잠깐은 좋아할 **만하지만**, 오래되면 반드시 싫증이 난다. 독서하는 맛은 오래될수록 더욱 좋아, 읽어도 읽어도 싫증이 나지 않는다.

갖고 싶어 애태우던 물건도, 일단 갖고 나면 오래지 않아 시들해지기 십상이다. 그러나 좋은 책은 반복해서 읽다 보면, 처음에 읽었을 때와는 다른 새로운 맛을 느낄 때가 많다. 그것이 바로 책이 가진 매력이다.

外物之味, 乍有可好, 久必可厭. 讀書之味, 愈久愈好, 而愈不可厭.

나는 평소 성색聲色을 좋아하지 않아, 온갖 정무를 돌보는 여가에 시간을 보내는 것은 오직 서적뿐이다. 그러나 패관의 속된 글들은 어려서부터 지금까지 한 번도 본 적이 없다. 이들 문자는 실용에 무익할 뿐 아니라, 그 말류의 폐해는 마음을 바꾸게 하고 뜻을 방탕하게 하는데, 이루 다 말할 수 없을 정도이다. 세상에 실학에 힘쓰지 않고 외치外馳(마음이 밖으로 달려가는 것)에 힘쓰는 자들을 나는 매우 애석하게 여긴다.

어떤 책을 읽을 것인가? 정도正道에 보탬이 되거나 실용에 맞는 책을 읽고, 마음을 방탕하게 하거나 실용에 무익한 책은 물리쳐야 한다. 그것이 정조의 지론이다.

子雅不好聲色, 萬機之餘, 所消遣者, 惟是墳典而已. 而至於稗官俚語, 自幼至今, 一未嘗經眼. 蓋此等文字, 非但無益於實用, 其流之害, 移心蕩志, 有不可勝言. 世之不務實學, 而務外馳者, 予甚惜之.

책을 읽을 때는 체험이 가장 중요하니, 만약 정밀하게 살피고 밝게 분변하여 몸과 마음으로 체득하지 못한다면, 날마다 다섯 수레의 책을 암송한들 자기와 무슨 상관이 있으랴!

"널리 배우고, 자세히 묻고, 깊이 생각하고, 분명히 분변하고, 독실히 행하라."(『중용』)

책은 무턱대고 많이 읽는다고 좋은 게 아니다. 요모조모 따져 보거나 이 책 저 책 참고하며 세밀하게 살펴야 한다. 그래도 의심나는 것은 스승이나 벗들에게 물어서, 그 의심을 완전히 풀어 버려야 한다.

그래야만 나의 살이 되고 나의 피가 된다. 눈 따로 입 따로 마음 따로, 이렇게 책을 읽어서는, 책을 다 읽은 뒤에 아무것도 남는 게 없다.

讀書, 最好體驗, 苟不能精察明辨, 體貼心身, 則雖日誦五車, 更管自己何事!

책은 많이 읽으려 힘쓸 게 아니라 전일하고 정밀하게 읽어야 하며, 신기한 것을 읽으려 힘쓸 게 아니라 평상적인 것을 읽어야 한다. 전일하고 정밀한 독서 속에 자연히 폭넓은 이치가 들어 있게 마련이요, 평상적인 내용 속에 자연히 오묘한 이치가 들어 있게 마련이다.

요즘 사람들은 책을 읽을 때 대체로 많이 보려고만 들고 정밀하게 읽는 데는 힘쓰지 않으며, 신기한 것만 좋아하고 평상적인 것은 달가워하지 않는다. 이 때문에 많이 읽으면 읽을수록 도道에서 더욱 멀어지는 것이다.

책을 아무리 많이 읽은들, 생각이 깃들지 않으면, 읽지 않은 것이나 마찬가지다.

"실제로는 허기진 배를 조금도 채우지 못한 채 갖가지 진수성찬에 침만 흘리다가는, 한 그릇 밥과 국물도 필경에는 먹지 못하고 만다. 다섯 수레 열 상자의 책을 설렁설렁 대충 읽느니보다는, 차라리 한 권 책의 절반이라도 깊이 읽어서 진정으로 터득하는 게 낫지 않겠는가? 『시경』에 '큰 밭을 일구지 말라, 잡초만 무성하리라(無田甫田, 維莠驕驕.)' 하였다."(『일득록』「문학」)

書不必務博, 要在專精, 書不必務奇, 要在平常. 專精之中, 自有豁處, 平常之中, 自有妙處. 今人讀書, 類多務博而不務精, 好新奇而不屑平常. 此所以讀愈多而道愈遠矣.

책을 읽을 때는 먼저 큰 요점을 파악해야 한다. 요점을 파악하면 갖가지 현상이 하나의 근본으로 귀결되어, 절반의 노력으로도 갑절의 효과를 얻을 수 있지만, 요점을 파악하지 못하면 온갖 사건과 사물이 서로 연관되지 않아서, 종신토록 외우고 읽어도 성취하는 바가 없을 것이다.

책을 읽을 때는 일목요연한 요점을 꿰뚫어볼 줄 알아야 한다. 요점을 꿰뚫어보지 못하면, 독서로 얻은 지식이 산만하고 잡다해져서, 자칫 알맹이를 놓치고 껍데기만 취하기 쉽다.

讀書, 須先識得大要. 得其要, 則萬殊一本, 事半而功倍, 不得其要, 則事事物物, 不相貫聯, 終身誦讀而無所成矣.

책을 읽을 때는 모름지기 옛사람의 본의本意와 옛사람의 기상
氣象을 몸소 깨우쳐야 한다. 책을 읽고도 그것을 몸소 깨우치
지 못한다면 읽지 않은 것과 마찬가지이다.

책을 다 읽고도, 글쓴이가 말하고자 한 본뜻과 글쓴이
의 웅혼한 기상을 체득하지 못했다면, 그것은 책을
읽지 않은 것이나 마찬가지이다. 그저 독서를 위한 독서
에 불과하다.

讀書, 須要體認得古人本意古人氣象. 讀而不能體認, 便與不
讀一般.

어떤 사람은, '가슴이 답답한 사람은 책을 읽을 수 없는 게 근심'이라 한다. 내가 근일 신료들을 드물게 접견하고 서적을 가까이하여 정해진 분량을 읽느라 밤을 새우기도 하는데, 읽으면 읽을수록 심기가 편안하고 탁 트이는 것을 깨달았다. 책을 한 번 읽는 게 차 한 잔 마시는 것보다 나은데도, 요즘 사람들은 이런 맛을 잘 모른다.

마음에 맞는 책은, 마음에 맞는 벗과 같아, 책을 대하노라면 늘 마음이 편안해지고, 막혔던 가슴이 확 뚫린다. 요즘 사람들도 이런 맛을 잘 모른다.

人或稱, '膈滯者, 患不能讀書.' 而予於近日, 罕接臣僚, 所親者書籍, 課讀, 或至徹漏, 而愈讀愈覺心平氣豁. 讀一遍書, 勝飮一椀茶, 今人, 鮮能知此味.

요즘 사람들 중에는 평소 책을 읽는 사람이 드물어, 나는 그것을 무척 괴이하게 여긴다. 세상의 아름답고 귀한 것 중에, 책을 읽고 이치를 궁리하는 것만 한 게 어디 있으랴!

나는 일찍이, '경전經傳을 궁리하고 옛날의 도를 배워서 성인聖人의 정미精微한 경지를 엿보는 것, 널리 인용하고 밝게 분변하여 천고에 판결되지 않은 사안을 결론짓는 것, 호방하고 웅장한 문장으로 빼어난 글을 구사하여 작가의 동산에서 거닐고 조화의 오묘함을 빼앗는 것, 이것이야말로 우주 사이의 세 가지 유쾌한 일'라고 생각하였다.

이것이 어찌 과거시험을 위한 공부나 옛사람의 글귀나 따서 글을 짓는 학문과 견주어 논의할 수 있는 것이랴!

정조의 삼쾌사三快事, 곧 세 가지 유쾌한 일이니, 여기에서 호학군주好學君主의 면모가 여실하게 드러난다.

近來人, 鮮有平居讀書者, 予甚怪之. 天下之可艶可貴者, 豈有如讀書窮理者乎! 予嘗以爲'窮經學古, 而窺聖人精微之蘊, 博引明辨, 而破千古不決之案, 宏詞雄文, 吐屬雋穎, 而步作家之苑, 奪造化之妙, 此乃宇宙間三快事.' 是豈帖括尋摘之學, 所可擬議者!

책을 읽는 사람은 자잘한 일에는 비록 오활하더라도, 중대한 일에는 본래부터 지키는 바가 있다. 그러므로 사대부의 염치 廉恥와 명절名節은, 모두 책을 읽는 데서 나오는 것이다.

책을 읽지 않는 사람은 재주와 지모가 비록 출중하더라도, 끝내는 근본이 부족하여 성취가 보잘것없게 될 것이다.

책을 읽는 것은 여러 사람의 경험을 내 안에 축적하는 것이다. 책을 읽지 않으니 축적된 경험이 없고, 축적된 경험이 없으니 하는 일이 미숙하다. 그러니 무슨 성취가 있겠는가?

讀書之人, 細務雖或迂闊, 大處自有操持. 故士大夫之廉恥名節, 都從讀書中出來. 而不讀書之人, 才具也智謀也, 雖或超出等夷, 畢竟田地欠闕, 成就蔑劣.

옛사람은 일을 당해 사리를 파악할 때 반드시 두세 겹으로 꿰뚫어보았다. 그런데 요즘 사람은 반 겹도 꿰뚫어보지 못할 뿐만 아니라, 일이 목전에 닥치면 망연자실하여 어떻게 조처해야 할지 모른다. 이는 바로 책을 읽지 않아서 그런 것이다.

책속에는 다양한 이론과 사례가 들어 있으며, 그 이론과 사례는 현실 문제를 해결하는 간접적인 지식과 경험을 우리에게 제공해 준다. 따라서 책을 읽지 않으면 지식과 경험이 축적되지 않아, 현실 문제를 해결하는 데도 많은 어려움을 겪게 되는 것이다.

古人, 遇事見理, 必透得二三重. 今人, 不惟不透得半重, 事到眉頭, 茫不知如何措置. 此政坐不讀書耳.

책을 보는 것이 베개를 베고 자는 것보다 나으며, 토론을 하는 것이 쓸데없이 잡담하는 것보다 낫다. 하루 이틀 좋은 시간을 허송한다면, 어찌 너무 아깝지 않겠는가?

틈만 나면 빈둥빈둥 베개를 벗하고, 친구들과 아니면 이웃들과 부질없는 잡담을 나누는 사이, 좋은 시간은 헛되이 흘러간다. 그렇게 내 인생도 허무하게 흘러간다. 하니, 너무 아깝지 않은가? 그 시간들이.

看書, 勝於藉枕, 討論, 勝於浮談. 一日二日, 虛送好箇光陰, 豈不大可惜耶?

눈 버리는 밤에 글을 읽거나 맑은 새벽에 책을 펼칠 때, 조금이라도 나태한 생각이 일어나면, 문득 달빛 아래서 입김을 불며 언 손을 녹이는 한사寒士와 궁유窮儒가 떠올라, 정신이 번쩍 뜨이지 않은 적이 없었다.

등잔 기름과 땔나무를 살 돈이 없어, 달빛을 비추고 언 손을 호호 불며 책장을 넘기는 궁핍한 선비를 생각하면, 한 나라의 지존으로서 퍼뜩 정신이 들지 않을 수 없다. 정조는 궁핍한 독서인에 대한 애정이 남달랐다. 한번은 이런 적도 있었다.

"금호문 밖에 왕태王太라는 사람이 있는데, 술집에서 품팔이를 하고 있었다. 독서를 좋아하여 시를 잘 지었지만, 가난하여 생계를 꾸릴 수 없었다. 주상께서 소문을 듣고 불러서 시를 시험하였는데, 왕태는 능히 시를 지어 올렸다. 다시 그에게 소원을 물으니, 『통감강목』, 『시경』, 『서경』 그리고 제자백가의 글을 읽는 것이라 하였다. 주상께서 기특히 여겨 장용영에 명하여 그의 이름을 군적에 올리고 월급을 주어 독서하게 하였다."(『일득록』「인물」)

每當雪夜伊吾, 清曉卷舒之時, 一念卽倦, 則輒思乘月呵凍之寒士窮儒, 未嘗不惺惺焉.

언젠가는 한밤중까지 책을 읽고 있노라니, 정신이 나태해지고 졸음이 몰려왔다. 그때 홀연 한 줄기 닭 울음소리가 들려오자, 혼몽한 기운이 단박에 사라지고 청명한 기운이 저절로 생겨나, 이 마음을 일깨울 수 있었다.

고요한 한밤의 정적을 깨고서 '꼬끼오' 하고 들려오는 한 줄기 계명성鷄鳴聲, 나태와 졸음을 깨는 데는 이만한 것도 없다. 그것은 어둠을 밝히는 소리요, 새로운 시작을 알리는 소리이다.

嘗讀書至夜半, 神氣欲倦, 睡思方來. 忽聞一聲鷄鳴, 昏翳頓祛, 清明自生, 足可以喚惺此心.

나는 사람들이 글 읽는 소리 듣는 걸 좋아한다. 한밤중에 등불을 밝히고 무릎을 쳐서 박자를 맞추며 글을 읽노라면, 갖가지 악기를 연주하는 것 못지않다.

옛사람들은 책을 읽을 때, 눈으로만 보지 않고 소리를 내어서 읽었다. 그 속에는 나름대로의 고저장단도 있었다. 언뜻 들으면 창唄을 듣는 듯도 느껴진다. 그래서 고요한 밤 무릎 박자에 장단을 맞추며 글을 읽노라면, 악기를 연주하는 소리가 부럽지 않은 것이다.

子喜聞人讀書聲, 夜闌燈灺, 擊節伊吾, 未必不若敲金拊石也.

만뢰가 고요한 한밤중에 촛불을 환희 밝히고, 뜻 가는 대로 책을 읽는 것 역시 진기한 운치이다.

만뢰萬籟란, 하늘과 땅과 만물의 소리를 가리킨다. 일체의 소리가 끊긴 한밤에, 촛불을 밝히고 읽는 마음 맞는 책, 그 속에 고아한 풍치가 들어 있다. 깊은 밤에도 한낮 같은 요즘의 도시생활에선 결코 맛볼 수 없는 운치이다.

萬籟俱寂, 明燭熒然, 隨意佔畢, 亦是奇趣.

책을 읽는 게 어느 때고 즐겁지 않으랴**만**, 깊고 적막한 겨울 밤이라면 더욱 좋다.

책읽기 좋을 때를 가리키는 삼여三餘라는 말이 있다. 삼 여란, 세 가지의 잉여시간을 뜻하는데, 곧 한 해의 잉 여시간인 겨울, 하루의 잉여시간인 밤, 계절의 잉여시간인 장마철이 그것이다. 중국 삼국시대의 동우董遇가 한 말이다.

동우는 학문을 좋아하여 그에게 배우려는 사람들이 매 우 많았다 한다. 그러나 그는 그들을 가르치려 하지 않았 다. 다만 "책을 백 번 읽으면 의미가 저절로 나타난다(讀書 百遍義自見)"는 말만 할 뿐이었다. 배우려는 사람들은 책 읽 을 겨를이 없다고도 하였다. 그들에게 동우는 삼여의 시 간을 활용하면 된다고 일러 주었다.

겨울에다 밤이면, 삼여의 시간에서 두 경우에 해당하니, 책 읽기에 더욱 좋지 아니한가? 더구나 겨울과 밤과 비가 오는 날 은 우리의 감성이 어느 때보다 풍부해지는 시간이기도 하다.

2천 년에 가까운 세월이 흐른 오늘날, 동우의 삼여가 여 전히 잉여시간인 것은 아니다. 하지만 망중한忙中閑이라고 하듯, 아무리 바쁘게 살아도 잉여시간은 있게 마련이다.

잉여시간이라고 그저 남아도는 시간이 아니다. 어쩌면 잉여시간이야말로 온전히 나만을 위한 시간일지도 모른 다. 생존을 위한 업무나 학업에 쪼들리다 지친 몸과 마음 을 추스를 시간일 수도 있고, 독서나 취미를 즐기며 따분 한 삶에 활기를 찾게 하는 시간일 수도 있을 터이다.

讀書, 無時不樂, 而冬夜深寂之中尤佳.

더위를 물리치는 데, 책 읽는 것만큼 좋은 게 없다. 책을 읽을 때는 몸이 삐딱해지지 않고 마음에 주재主宰가 있게 되어, 외기外氣가 자연히 들어오지 못한다.

독서삼매讀書三昧에 빠져 들면, 마음이 책 속에 집중되어 있어, 더위도 추위도 나를 괴롭히지 못한다.

독서삼도讀書三到란 말도 있다. 송나라 때의 학자 주희朱熹가 제시한 독서법으로, 입과 눈과 마음을 집중해서 책을 읽으라는 것이다.

"독서에는 삼도三到가 있으니, 마음을 집중하는 심도心到와, 눈을 집중하는 안도眼到와, 입을 집중하는 구도口到이다. 마음이 책에 있지 않으면 눈에도 자세히 보이지 않는다. 또 마음과 눈이 집중하지 않으면 입으로 읽어도 기억하지 못하고, 기억하더라도 오래가지 못한다. 그래서 삼도 가운데 심도가 가장 급선무이다. 마음이 이르면 눈과 입이 어찌 이르지 않으랴!"(『주자독서법(朱子讀書法)』)

排暑, 莫如讀書. 讀書, 則身不偏倚, 心有主宰, 外氣自不能入也.

책을 읽는 공부의 경우, 사람들은 모두 어릴 때 터득한 것을 평생토록 쓸 밑천으로 삼는다. 대개 정신이 전일하고 기욕嗜慾이 아직 싹트지 않은지라, 반드시 먼저 배우고 익힌 것이 중심이 되기 때문이다.

독서만 그런 게 아니라, 무릇 백공百工의 기예에 관한 일이 모두 그렇지 않은 게 없다.

세살 버릇 여든까지 간다고 한다. 백지 같은 어린 시절, 무엇을 읽고 무엇을 배웠는지에 따라, 그 사람의 학문이나 인생의 방향이 결정되기 마련이다.

讀書之工, 人皆以幼時所得, 爲平生需用之資. 蓋精神專一, 而嗜慾未萌, 政以先入爲主. 不但讀書爲然, 凡百工技藝之事, 莫不皆然.

역사책은 보지 않으면 안 된다. 선한 일을 보면 문득 보고 느끼는 바가 있고, 악한 일을 보면 문득 경계하고 두려워하는 마음을 갖게 된다. 당나라는 환관 때문에 망하였으니 경계하여 멀리하고, 송나라는 소인 때문에 망하였으니 거울삼아 물리친다.

"지난 일을 잊지 않는 것은, 뒷일의 스승이 되기 때문이다(前事之不忘, 後事之師)."(『전국책』「조책趙策」)

지난 시대의 역사책을 보다가, 잘된 것은 본받아 계승하고, 잘못된 것은 경계하여 물리친다. 그래서 지난날의 역사는 오늘날의 스승이 된다. 우리가 역사책을 보는 가장 중요한 이유가, 바로 이것이다.

史册不可不見. 見善輒有觀感, 見惡輒有懲創. 唐以宦寺亡, 而戒而遠之, 宋以小人亡, 而監而斥之.

역사책을 읽을 때 주관적 의견이 개입되는 게 가장 꺼려진다. 학문이 고명한 사람에 대해서는 비록 의심스러운 일 하나가 있어도 반드시 왜곡하여 옳다 여기고, 명성이나 덕망이 보잘것없는 사람에 대해서는 취할 만한 점 하나가 있어도 반드시 싸잡아서 무시하는데, 이런 게 바로 주관적 의견이다.

역사적 평판이 좋은 사람이라 해도 잘못한 것은 비판할 줄 알아야 하고, 역사적 평판이 나쁜 사람이라 해도 잘한 것은 인정할 줄 알아야 한다. 이것이 역사책을 대하는 올바른 자세이다.

"뭇사람들이 미워해도 반드시 살펴야 하며, 뭇사람들이 좋아해도 반드시 살펴야 한다."(『논어』「위령공」)

讀史, 最忌私意. 學問高明之人, 一事雖有可疑, 必曲成其是, 名德蔑裂之類, 一節雖有可取, 必同歸無稱, 此便是私意.

처사 處事

세상에는 할 수 없는 일이란 없다.
일이 손앞에 다닥치면 저절로
그 일을 맡아서 처리할 방도가 생기게 마련이니,
서 있을 때도 눈앞에 나타나게 해야 하고,
수레에 탔을 때도 눈앞에 나타나게 해야 한다.
요즘 사람들은 평소 궁리하고 격물하는 공부가 없어서,
그 때문에 일을 당하면 어떻게 손을 쓸지 모른다.

일을 할 때는 모름지기 중요한 근본을 먼저 세우고, 그 다음으로 세부의 조목을 정리해야 한다. 중요한 근본이 서 있지 않은 상태에서, 비록 조목들이 만족스럽다 한들, 그것이 무슨 보탬이 되겠는가!

일을 시작할 때는 먼저 토대가 되는 근본부터 세워야 한다. 그런 다음 그것을 실현시킬 구체적인 세부 항목을 마련한다. 이것이 일의 순서이다.

근본이 마련되어 있지 않은 상태에서는 세부 항목을 아무리 치밀하게 세워 놓아도 소용없다. 예컨대 집을 지을 때 기초 공사가 부실하면, 기둥과 서까래와 지붕이 제 아무리 아름다워도 그런 집이 오래가지 못하는 것과 같다.

做事, 須先立大本, 次整條目. 大本不立, 則雖或有條目間得意, 亦安所補!

무릇 사람은 일에 임할 때, 먼저 차분해져야지 동요하는 생각을 드러내서는 안 된다. 혹시 가슴속에서 조금이라도 동요가 생겨나면, 밖으로 이미 드러나 온통 어수선해지나니, 그때는 억제하고 금하여도 뜻대로 되지 않아, 실패하지 않는 일이 드물 것이다.

무슨 일이든, 흥분과 기대로 달떠 있거나, 초조와 불안으로 애태우면, 일이 제대로 될 수 없다. 일에 앞서, 흔들리는 마음부터 차분하게 가라앉혀야 할 것이다. 그래야 마음에 여유도 생기고 시야도 넓어질 수 있다.

大抵, 人臨事, 先要安詳, 不著些動意思. 一或, 腔子裏, 有半點兒動了, 外面已透露, 十分底擾亂, 制不得, 禁不得, 不敗事, 鮮矣.

일을 처리할 때 점진적으로 하지 않으면, 기상氣象이 다급해지고 위축된다.

욕속부달欲速不達이니, 빨리 하고자 서두른다고 일이 내 뜻대로만 되지 않는다. 모든 일에는 시기와 과정이 있는 법, 긴긴 여름의 불볕더위를 견뎌야만 가을에 오곡이 결실을 맺고, 긴긴 겨울의 혹독한 추위를 견뎌야만 봄에 나무가 꽃을 피울 수 있다.

作事無漸, 則氣象迫促矣.

빠른 효과를 구하지 말고, 반드시 원대한 계획을 품어라. 이 것이 오늘날의 급선무이다.

조급함은 실패를 부른다. 마부작침磨斧作針이요, 우공이 산愚公移山이다. 원대한 목표를 정해 두고, 그 목표를 이루기 위해 성실하게 임하다 보면, 도끼도 바늘처럼 가 늘게 만들 수 있고, 산을 다른 곳으로 옮길 수도 있다.

毋求近效, 必懷遠圖. 是今日急務.

무릇 세상일은 모두 적절한 때가 있어서, 때가 오면 저절로 이루어지나니, 인력으로 재촉하려 해서는 안 된다. 재촉하면 도리어 해가 되기도 한다.

마음이 성급하면 일을 서두르게 되고, 일을 서두르다 보면 조장助長하려는 마음이 생긴다.

"송나라에 볏모가 빨리 자라지 않는 것을 근심하여 볏모를 뽑아 올려 준 사람이 있었다. 그는 멍청하게 집으로 돌아와서 가족들에게 말했다. '오늘은 무척 피곤하군. 내가 볏모가 자라도록 도와주었거든.' 그의 아들이 달려가서 보았더니, 볏모는 이미 말라 있었다."(『맹자』「공손추 상』)

大凡天下事, 皆有其時, 時來則自成, 不要人力催促. 促之則反或爲害.

일은 크건 작건, 신중히 해야지 허술하게 해서는 안 된다. 작은 일을 허술하게 하게 되면, 큰 일도 허술하게 하게 된다. 큰 일을 허술하게 하지 않는 것은, 작은 일을 허술하게 하지 않는 것으로부터 시작된다.

쉬운 일 작은 일도 제대로 해 내지 못하는 사람이, 어찌 어려운 일 큰 일을 해 내랴!

"어려운 일은 쉬운 데서 도모하고, 큰 일은 작은 데서부터 한다. 세상의 어려운 일은 반드시 쉬운 데서 시작되며, 세상의 큰 일은 반드시 작은 데서 시작된다."(『노자』)

事大小, 愼不可放倒. 小事放倒, 則大事便放倒. 大事不放倒, 自做小事不放倒始.

모든 일에는 모름지기 시작이 있으면 끝마무리가 있어야 한다. 나는 비록 예사로운 일을 하는 동안에도 반드시 그 끝마무리를 구한다. 심지어 문한文翰과 필묵筆墨의 유희를 즐길 때라도, 시작만 있고 끝마무리가 없었던 적이 없다.

시작이 물론 중요하다지만, 끝까지 잘 마무리하는 것도 매우 중요하다. 작심삼일에 그친다면, 시작이 아무리 거창한들, 그게 무슨 소용이랴!

"시작하지 않으면 당연히 끝도 없지만, 끝이 없다면 시작이 무슨 소용이랴!"(이황李滉)

凡事要須有始有終. 予雖於尋常事爲之間, 必求其有終. 以至翰墨遊戲之際, 未嘗有始而無終也.

무릇 사람은 위아래를 막론하고, 하루 동안 하루에 해야 할 일을 끝내야 한다.

하루살이에게는 내일이 없다. 하루살이가 오늘을 마무리하는 마음으로 오늘 해야 하는 일은 오늘 마쳐야 한다. 오늘 일을 내일로 미루면서 '내일 하면 되지' 하다가, 다시 모레로 미루면서 '하룻밤 안 자면 되지' 한다. 그러다가 그것이 쌓여 한 주일이 되고 한 달이 되면, 결국에는 하지 못하고 포기하고 만다.

그렇게 오늘 일을 내일로 미루는 사이 우리 인생은 아무런 성취도 없이 허무하게 끝난다.

凡人無論上下, 一日須了一日事.

꼭 해야 할 일은 용감하게 **나아가** 곧바로 실행하고, 꼭 해서는 안 될 일은 용감하게 결단하여 곧바로 물리쳐야 한다.

할 **만하기도** 하고 안 할 **만하기도** 한 일은, 반드시 충분히 헤아리고 깊이 생각하여, 해야 할 한계와 해서는 안 되는 한계를 분명히 보게 되면, 역시 용감하게 결단하고 가슴속에 담아 두지 말아야 한다.

이 눈치 저 눈치 살피느라, 아니면 게으름을 피우느라, 꼭 해야 하는 일을 미적미적 미루다 보면, 때를 놓치고 만다.

사사로운 욕망을 채우려, 아니면 제 것을 잃지 않으려, 꼭 해서는 안 되는 일을 저지르면, 악의 구렁텅이에 빠지고 만다.

해야 할 일은 그 즉시 실행으로 옮기고, 해서는 안 될 일은 그 즉시 물리쳐야 한다. 그래야 뒷날 후회가 없다.

"해서는 안 될 일을 행하면 뒷날 번뇌를 불러올 것이요, 선을 행하면 늘 복을 받고 순탄하여 가는 곳마다 후회가 없으리라."(『법구경』「지옥품」)

事之十分當爲者, 勇往直做, 事之十分不當爲者, 勇決直却. 事在當爲不當爲之間者, 必熟量深思, 的見其當爲底境界, 不當爲底境界, 亦當勇決, 毋濡滯胸中.

무릇 일을 할 때는, 대략 열에 일고여덟이 좋으면 해야 하고, 나머지 한두 가지마저 다 좋기를 바랄 필요는 없다. 다 좋기를 바란다면 용감하게 결단하는 때가 드물 것이다.

모든 일마다 옳고 그름의 경계가 명확한 것은 아니다. 그 경계가 모호하기 때문에 사람들은 망설일 때가 많다. 이런 상황에서 완전히 옳다는 판단이 설 때까지 기다리다가는, 자칫 일을 그르치거나 아무것도 못하는 경우도 생긴다.

그러므로 이리도 재어 보고 저리도 재어 보되, 열에 일고여덟이라도 좋다면 한번 해 볼 만한 것이다.

凡做事, 大約十分上, 七八分好則做去, 不必要一二分盡好. 要盡好, 鮮有勇決時.

당시에 하기 어려운 일을 처리하는 게 어렵다. 옛날에 어려웠던 일이라고 오늘날 반드시 어려운 것은 아니며, 오늘날의 어려운 일이라고 옛날에 반드시 어려웠던 것은 아니다.

숙종조에는 인재를 등용하고 내치는 것을 어려운 일로 여겼고, 선조先朝(영조조)에는 탕평을 어려운 일로 여겼다. 오늘날에는 오늘날의 어려운 일을 구하여 잘 처리해 나가야만, 어려운 일을 처리하였다고 할 수 있을 것이다.

숙종 때는 당쟁으로 인해 집권층이 대거 바뀌는 정변이 세 차례 있었다.

첫 번째로 숙종 6년(1680) 남인이 실각하고 서인이 정권을 잡는 사건이 일어났는데, 이를 경신환국庚申換局 또는 경신대출척庚申大黜陟이라 한다.

그 다음으로, 숙종 15년(1689)에는 경신환국으로 실각한 남인이 서인을 몰아내고 재집권하는 사건이 일어났는데, 이를 기사환국己巳換局이라 한다.

마지막으로, 숙종 20년(1694)에는 서인에서 분파된 노론과 소론이 남인을 몰아내고 재집권하는 사건이 일어났는데, 이를 갑술환국甲戌換局이라 한다.

정조는 숙종시대에 일어난 일련의 이 사건들을 두고 '인재를 등용하고 내치는 것을 어려운 일로 여겼다' 한 것이다.

그 뒤로는 또 노론과 소론 사이에 당쟁이 격화되었는데, 그것은 영조가 즉위한 뒤로도 이어졌다. 그래서 영조는 당쟁을 타파하기 위해 탕평책에 심혈을 기울였다.

그럼에도 뿌리깊은 당쟁은 기세가 꺾이지 않아, 장헌세자(사도세자)의 죽음을 계기로, 이 죽음이 당연하다는 입장

을 취한 벽파僻派와, 이와 반대의 입장을 취한 시파時派로
나뉘어 대립하기도 하였다.

當時做難事爲難. 古之難事, 今未必爲難, 今之難事, 古未必
爲難. 肅廟朝, 用捨爲難事, 先朝, 蕩平爲難事. 今日, 則求今
日之難事, 克將做去, 方可謂做難事.

무릇 일에는 모두 주체와 객체가 있다. 학문을 하거나 정치를 시행하거나 사람을 등용할 때 그렇지 않은 게 없다. 저것이 주체이면 이것은 객체인데, 주체 중에도 더 주체인 것이 있고 객체 중에도 더 객체인 것이 있으니, 언제나 주체가 객체보다 비교우위에 놓이게 한다면, 거의 옳게 된 것이라 하겠다.

학문은 경술經術을 주체로 삼고, 다스리는 법은 의리義理를 주체로 삼고, 등용하는 법은 선한 무리를 주체로 삼는다. 경술 중에도 입이나 귀로만 하는 경우가 있는가 하면 실천 공부를 하는 경우가 있으며, 의리 중에도 껍데기만 보고 마는 경우가 있는가 하면 긴요한 것을 맛보는 경우도 있으며, 선한 무리 중에도 깊이의 차이가 있다. 이것이 이른바 주체 중의 주체이며, 객체의 경우도 그러하다.

일을 할 때는 경중과 완급을 잘 따져서, 중요하고 급한 일부터 먼저 처리해야 한다. 그리하여 주인이 주인 행세를 못하고, 도리어 객이 주인 노릇을 하게 내버려 두어서는 안 된다.

凡事, 皆有主客. 爲學也, 做治也, 用人也, 罔不如此. 彼爲主, 此爲客, 而主中有主, 客中有客, 常使爲主者, 較勝於爲客, 則殆庶幾. 學問, 以經術爲主, 治法, 以義理爲主, 用道, 以善類爲主. 經術中, 有口耳之資, 有踐履之工, 義理中, 有皮膜之見, 有喫緊之效, 善類中, 有際遇淺深. 此所謂主中之主也, 於客亦然.

세상에는 할 수 없는 일이란 없다. 일이 손앞에 다닥치면 저절로 그 일을 맡아서 처리할 방도가 생기게 마련이니, 서 있을 때도 눈앞에 나타나게 해야 하고, 수레에 탔을 때도 눈앞에 나타나게 해야 한다.

요즘 사람들은 평소 궁리窮理하고 격물格物하는 공부가 없어서, 그 때문에 일을 당하면 어떻게 손을 쓸지 모른다.

"서 있을 때는 앞에 놓여 있는 것을 보고, 수레에 탔을 때는 멍에에 기대 있는 것을 보아야 한다(立則見其參於前也, 在輿則見其倚於衡也)."(『논어』「위령공」)

자기의 뜻이 세상에 행해지게 하려면 어떻게 해야 하느냐는 자장子張의 물음에 공자가 대답한 말이다. 어디에 있든, 어떤 상황에 처했든, 늘 잊지 말고 생각해야 한다는 뜻이다.

어떤 일에 집중하고 골몰하다 보면, 서 있을 때도 그 일이 눈앞에 아른거리고, 수레에 탔을 때도 그 일이 눈앞에 아른거리게 마련이다. 그렇게 궁리에 궁리를 거듭하다 보면, 세상에는 처리하지 못할 일이 없을 것이다.

天下無不可爲之事. 事到手頭, 自有句當之道理, 參於前, 倚於衡也. 今人, 素無窮格工夫, 所以當事茫然, 不知何以措手.

요즘 사람들은 걸핏하면 할 **만한** 일이 없다고 하는데, 진실로 정신을 기울이고 힘을 들이고자 한다면, 수천 리 **나라** 안에 무슨 일인들 할 **만한** 일이 아니겠는가!

할 만한 일이 없다고 하는 사람은, 애초부터 무엇을 하고자 하는 마음이 없는 것이다. '유지자有志者 사경성事竟成'이랬거니, 마음이 있는 사람과 뜻이 있는 사람은 일을 끝내 이루리라.

今人輒稱無事可做, 苟欲留神著力, 數千里域內, 何事非可做底事!

무릇 세상일은 작으면 작을수록 더욱더 전일해지고, 전일하면 전일할수록 더욱더 정밀해진다. 그러므로 작은 과녁이 큰 과녁보다 낫고, 밤에 활 쏘는 것이 낮에 활 쏘는 것보다 낫다.

대상이 작으면 작을수록 의식을 한곳으로 집중하기가 쉽다. 활쏘기를 예로 들면 과녁이 작으면 작을수록, 그것을 맞히기 위해 더욱더 정신을 집중하게 마련이다. 그래서 정조는 활쏘기를 할 때 작은 과녁을 즐겨 썼다.

"과녁이 큰 것을 싫어하여 작게 하였다. '장혁掌革'은 작기가 손바닥만 하고, '편포片布'와 '편혁片革'은 베로 만든 과녁으로 아주 작은 것이고, '적的'은 곧 철전방패鐵箭防牌이다. 또 이보다 작은 것이 있으니, '곤棍(곤봉)', '접선摺扇(쥘부채)', '단선團扇(둥글부채)'이다. 쏠 때마다 맞히지 않은 적이 없고, 맞히면 반드시 관통하였다. 하교하기를, '활쏘기의 묘미는 정신을 집중하는 데 있다. 그러므로 표적이 작을수록 정신이 더욱 전일해져, 비로소 이(蝨) 한 마리가 수레바퀴처럼 보이는 경지를 알 것이니, 이런 것이 삼매법三昧法이다' 하였다."(『일득록』, 「훈어」)

凡天下事, 愈小而愈專, 愈專而愈精. 故小的勝於大的, 夜射勝於晝射.

정신은 반드시 기상氣象이 좋을 때 집중되고, 일은 반드시 정
성精誠을 다한 곳에서 이루어진다.

무슨 일이든 집중하고 정성을 다하면 이루지 못할 게
없다. 서한西漢의 명장 이광李廣이 어느 날 사냥을 나
갔다가, 수풀에 숨어 있는 호랑이를 발견하고 활을 쏘았
다. 화살은 그대로 명중하였다. 그런데 가까이 다가가서
보았더니, 자기가 쏜 화살이 바위에 박혀 있었다. 바위를
호랑이로 착각하였던 것이다. 화살이 바위에 박힌 게 신
기하여 이광은 다시 활을 쏘았다. 그러나 화살이 바위에
박힐 리가 없었다.(『사기』「이장군열전」)

숲속에서 호랑이와 맞닥뜨린 절체절명의 순간, 호랑이
를 맞히지 못하면 내가 죽는다는 생각에, 온 정신을 한곳
에 집중시킬 수 있었던 것이다.

"양기가 발하면 쇠와 돌도 뚫어지나니, 정신이 한곳에
모이면 무슨 일인들 이루지 못하랴!(陽氣發處, 金石亦透, 精神一
到, 何事不成!)"(『주자어류朱子語類』)

神必會於氣象好時, 事必成於精誠到處.

무릇 어떤 일이 어렵다 하는 것은 모두 하지 않는 것이지, 할 수 없는 게 아니다.

사람의 재능과 분수는 본래 한계가 있으나, 달가운 마음으로 지향하면 이루지 못할 일이 없고, 나태한 마음으로 지향하면 허물어지지 않는 일이 없다.

일을 기뻐하는 사람은 달가운 마음을 가지고 있기 때문에 늘 쉽다고 느끼지만, 일을 싫어하는 사람은 나태한 마음을 가지고 있기 때문에 늘 어렵다고 느낀다.

모든 일은 즐거운 마음으로 임해야 한다. 마음이 즐겁다면 일이 어렵거나 쉬운 것은 문제가 되지 않는다. 정조보다 약간 앞선 시기의 학자 조귀명趙龜命(1692~1737)은 이렇게 말한 바 있다.

"달가운 마음으로 지향하면, 온몸이 유연해지고, 만물이 순종하여, 귀신도 그 때문에 피한다. 무릇 어떤 일이 어렵다 하는 것은, 마음으로 달갑지 않은 것이다. 마음에 달갑거나 달갑지 않은 게 있지, 일에는 어렵거나 쉬운 게 없다."(『동계집東谿集』 「정제靜諦」)

凡曰某事難者, 皆不爲也, 非不能也. 人之才分, 固有限量, 而肯心所指, 事無不成, 怠心所指, 事無不毁. 人之喜事者, 以有肯心, 而常覺於易也, 人之厭事者, 以有怠心, 而常覺於難也.

일을 할 때는, 시간이 부족할까 염려하지 말고, 오직 마음이 미치지 못할까 염려하라.

물론 시간이 충분하면, 조급하지 않아 실수도 줄어들고, 생각도 하면서 능동적으로 일을 할 수 있다. 하지만 시간보다는 마음이 더 중요하다.

마음이 없으면 모든 걸 건성으로 하게 마련, 그렇다면 시간이 아무리 많다 한들 그게 무슨 소용이랴!

做事, 不患日力不足, 但患心力不逮耳.

세상일은 변화가 무궁하다. 그래서 비록 어떠한 일을 일일이 미리 강구할 수는 없다 해도, 일이 없을 때도 언제나 일이 있을 때처럼 생각한다면, 막상 일이 닥쳤을 때 저절로 힘을 얻어 허둥대는 지경에 빠져 들지 않을 것이다.

정조는 일이 닥쳤을 때 당황하지 않고 궁색하지 않으려면 평소 독서를 많이 해야 한다고 강조하였다.

"옛사람들은 일을 할 때 서너 단계 앞을 미리 내다보았는데, 지금 사람들은 일을 할 때 한 단계나 반 단계도 내다보지 못한다. 일이 손앞에 닥쳐서야 요란을 떨며 어찌할 바를 모르니, 이것은 곧 독서를 하지 않은 탓이다."(『일득록』「훈어」)

天下之事, 變無窮. 雖不可以某事某事預先講究, 而無事時, 常常理會如有事時, 則及到有事時, 自爾得力, 便不走入擾攘境界.

일을 할 때는, 십분 견고하고 치밀하게 하지 않아도 안 되지만, 또한 앞에서 한 걸음을 양보할 필요도 있다. 그래야만 물러설 때의 군색함을 면할 수 있다.

무작정 앞으로만 나아가다가는 낭패를 보기 십상이다. 때로는 뒤도 돌아보며, 한 걸음쯤 물러서는 것도 좋다. 한 걸음 물러서는 것은, 한 걸음 나아가는 것의 근본이 된다.

"사람의 마음은 반복무상하고, 세상의 길은 험난하다. 가기 어려운 곳에서는 한 걸음 물러설 줄 알아야 하고, 가기 쉬운 곳에서는 삼분三分의 공을 양보하는 데 힘써야 한다."(『채근담』)

做事, 不可不十分堅緻, 亦須讓一步在前, 可免退却之窘.

큰 일을 처리하지 못하고 큰 공을 세우지 못하는 것은, 다름이 아니라 그 병통이 '고식姑息' 두 글자에 있다.

'고식'이란, 우선은 탈이 없고 보자는 무사안일을 말한다. 정조는 위미구차委靡苟且라 했으니, 기운이 쇠퇴하여 활력이 없고 구차하게 미봉한다는 뜻이다.

정조는 이 고식의 폐단을 책문策問으로 내어 신하들이 답하도록 한 적도 있다. 다음은 그 가운데 일부이다.

"대저 정치는 분발하는 것을 우선으로 하며, 학문은 용감하게 매진하는 것을 중시한다. 정치를 하되 분발한 뒤라야 융성한 덕화를 이룰 수 있으며, 학문을 하되 용감하게 매진한 뒤라야 인재를 성취시키는 효과를 이룰 수 있다. 말세 이후로는 고식적인 게 습관이 되어, 정치를 하여도 온통 늘어지고 게을러져서 임시방편으로 땜질이나 하는 것으로 세월을 보내고, 학문을 하여도 자포자기에 안주하여 낡은 인습을 따르며 시일만 보낸다. 규모가 구차하여 원대한 계책이 없고, 기질이 유약하여 분발하려는 의지가 없으니, 대개는 명예와 이욕의 수렁에 빠져 들어 덕업德業의 공부는 조금도 진작되지 못한다. 이러하니 어떻게 융성한 시대와 인재를 성취시키는 효과를 바랄 수가 있겠는가?"(『홍재전서』「책문 고식姑息」)

不能辦大事建大功者, 無他, 病在姑息二字.

오직 성품이 나약하고 도량이 얕은 사람은, 대사大事를 처리하거나 대업大業을 세울 수 없다.

성품이 나약한 사람은 우유부단하여 결단을 내리는 데 머뭇거리고 소신껏 일을 처리하지 못한다. 도량이 좁은 사람은 사소한 일에도 몹시 놀라거나 뜬소문에도 마음이 흔들린다. 그러니 어찌 대사를 처리하고 대업을 이룰 수 있으랴!

惟性懦與量淺者, 不能辦大事立大業.

일을 할 때는 반드시 복잡하게 얽히고설킨 것부터 먼저 해결해 나가야 한다.

사람은 어려운 일을 겪은 뒤라야, 성품이 굳건해지고 도량이 넓어지는 법이다. '반착盤錯'이란, 반근착절盤根錯節의 줄임말로, 뿌리와 마디가 얽히고설킨 것처럼 복잡하여 처리하기 힘든 일을 뜻한다. 이와 관련하여 다음과 같은 고사가 전한다.

후한 안제 때 외척으로 권력을 장악한 등즐鄧騭은 평소 미워하던 우후虞詡를 조가 지역의 현령으로 임명하였다. 당시 조가는 수천 명의 도적들이 반란을 일으킨 지역으로, 주변 고을에서도 전혀 손을 쓰지 못하고 있었다. 여차하면 도적들의 손에 죽을 것이요, 요행히 살아난다 해도 직무를 태만히 했다는 죄를 물을 수 있었으니, 우후를 해치려던 등즐에게는 꽃놀이패였던 것이다. 친구들이 위로하자, 우후는 태연히 웃으며 대답했다.

"뜻은 안이함을 구하지 않고, 일은 어려움을 피하지 않는 것이, 신하의 직분일세. 얽히고설킨 뿌리와 마디를 만나지 않는다면 어떻게 예리한 칼날을 구별할 수 있겠는가?(志不求易, 事不避難, 臣之職也. 不遇盤根錯節, 何以別利器乎?)"

결국 우후는 뛰어난 책략으로 반란을 평정하였다.(『후한서』「우부개장열전虞傅蓋臧列傳」)

做事, 必先從盤錯處開將去.

세간에 떠도는 말이 많더라도, 이에 흔들리지 않고 곧장 앞으로 나아가, 내가 마땅히 해야 할 일만을 한다면, 떠도는 말은 저절로 사라질 것이다.

내가 추진하고자 하는 일이 도덕성과 타당성을 갖춘 것이라면, 세간에서 이러쿵저러쿵 떠도는 비난은 뜬구름에 불과하니, 그저 묵묵히 그 일을 할 뿐이다.

"장용영을 신설한 뒤에 바깥의 여론이 분분하였는데, 지금은 이미 잠잠하게 사그라졌고, 장용영의 모든 일이 더러는 다른 영문營門보다 낫다. 참으로 소인小人과는 이루어진 것을 함께 즐길 수는 있어도, 시작을 함께 꾀할 수는 없는가 보다."(『일득록』「정사」)

世間浮曉之言雖多, 苟能不撓不動, 而直前做去, 但爲吾所當爲, 則浮曉之言, 亦自然帖息矣.

모든 일은 나에게서 말미암는 것도 있고, 나에게서 말미암지 않는 것도 있다. 천하의 사물은 이 두 가지에서 벗어나지 않는다.

나에게서 말미암는 것은 의리(義)에 달려 있고, 나에게서 말미암지 않는 것은 천명(命)에 달려 있다. 그러므로 군자는 나에게서 말미암는 것을 다함으로써, 나에게서 말미암지 않는 것을 기다린다.

의(義)는 사람의 도리이며, 사람이 하는 모든 일의 판단 기준이 된다. 그리고 자기가 한 어떤 일이 의롭거나 의롭지 않은 것은, 자기의 선택에 따른 것이지, 다른 데 원인이 있는 게 아니다.

사람은 무슨 일을 하든, 지혜롭게 의와 불의를 구별하여, 의에 맞는 일이면 최선을 다하고, 의에 맞지 않는 일이면 과감하게 버려야 한다.

그런 다음, 일의 성패는 천명에 달려 있는 것이니, 결과를 묵묵히 기다리고 겸허히 받아들일 따름이다. 그래서 진인사대천명盡人事待天命 또는 수인사대천명修人事待天命이라 한다.

凡事, 有由於我者, 有不由於我者. 天下事物, 不外乎此二者而已. 由於我者有義在, 不由於我者有命在. 故君子, 盡其由於我者, 以俟其不由於我者.

사절 士節

의리가 무궁하니,
선비는 의리에 대해
마땅히 안목을 높여야지,
2등으로 떨어져서는 안 된다.

의리가 무궁하니, 선비는 의리에 대해 마땅히 안목을 높여야
지, 2등으로 떨어져서는 안 된다.

이익과 욕망을 다투는 것이라면 2등으로 떨어져도 좋
다. 아니 꼴등이 되어도 좋다. 그러나 의리는 1등을
추구해야 한다. 그것이 참된 선비의 길이다.

"1등은 다른 사람에게 양보하고 자기는 2등이나 되겠다
고 말하지 말라. 이렇게 말한다면 이는 곧 스스로를 포기
하는 게 된다. 비록 인仁에 살지 않고 의義를 실천하지 않
는 자와는 차이가 있을 터이나, 자기 자신을 작게 여기는
것은 마찬가지이다."(「근사록」,「위학爲學」)

義理無窮, 士於義理上, 當高著眼目, 不可墮在第二等.

사대부는 마땅히 의리를 맛있는 고기처럼 여겨야 하고, 명예와 절개를 일상의 평범한 음식처럼 여겨야 한다. 이것을 버리면 어떤 사람이 되겠는가?

맹자가 말했다. "의리가 우리 마음을 기쁘게 하는 것은, 고기 요리가 우리 입을 기쁘게 하는 것과 같다(理義之悅我心, 猶芻豢之悅我口.)."고. 입을 기쁘게 하는 고기 요리를 찾아서 먹는 것처럼, 사람의 근본이 되는 마음을 기쁘게 하는 의리는 더더욱 힘껏 추구해야 할 터이다.

사람이 밥을 먹지 않고 물을 마시지 않으면 죽는 것처럼, 명예와 절개를 소홀히 여겨 지키지 않는다면, 그것은 살아도 죽은 것이나 다름없다.

士大夫, 當以義理爲芻豢, 名節爲茶飯. 捨此而成得甚麼人?

사대부는 모름지기 세속을 초탈하고 외물의 구속에서 벗어 난 뒤라야만, 비로소 볼 만한 점이 있다. 한 번이라도 남을 따르려는 뜻이 있다가는, 가는 곳마다 구속되고 얽매이는 것을 면치 못하여, 곧 머리를 들고 일어나지 못하게 될 것이다.

세속적인 욕망을 초탈하여 그것에 마음이 움직이지 않는 사람은, 외물의 구속으로부터 벗어나 진정으로 정신적 자유를 누리게 된다.

진리와 의리를 굽혀 세속의 헛된 명리名체를 탐하는 사람은, 언제 어디를 가든 명리에 구속받게 되리니, 어찌 당당하게 고개 들고 세상을 살 수 있으랴!

士大夫, 須是超脫自在, 然後方有可觀. 一有徇人之意, 則不免隨處拘攣, 便成擡頭不起矣.

곧은 말과 곧은 행동이라고 반드시 일신의 재앙이 되는 것은 아니다. 영욕榮辱과 화복禍福이 어찌 운명에 달려 있는 것이 아니겠는가! 사대부는 다만 제 몸을 바르게 하고 지조를 지키는 데 노력하며, 말하고자 하는 것을 말하고 실천하고자 하는 것을 실천하며, 녹록한 행태를 제거하는 데 힘쓸 뿐이다.

제한 몸 구차하게 살고자, 곧은 말 곧은 행동을 못한다면, 그것은 사대부의 기개가 아니다. 사대부라면 마땅히 말해야 할 때는 위험을 무릅쓰고서라도 말해야 하고, 행동으로 나서야 할 때는 목숨을 걸고서라도 나서야 한다.

"생선 요리도 내가 원하는 것이요, 곰 발바닥 요리도 내가 원하는 것이지만, 두 가지를 동시에 얻지 못한다면, 나는 생선 요리를 버리고 곰 발바닥 요리를 가지겠다. 삶도 내가 원하는 것이요, 의義도 내가 원하는 것이지만, 두 가지를 동시에 얻지 못한다면, 나는 삶을 버리고 의를 가지겠다. 삶도 내가 원하는 것이지만, 원하는 것이 삶보다 더 심한 게 있다. 그러므로 삶을 구차히 얻으려 하지 않는다. 죽음도 내가 싫어하는 것이지만, 싫어하는 것이 죽음보다 더 심한 게 있다. 그러므로 환난患難을 피하지 않는 것이다."(『맹자』「고자 상」)

危言危行, 未必爲身之災. 榮辱禍福, 顧不在命乎! 士大夫, 但當正身勵操, 言其所欲言, 行其所欲行, 務去碌碌態爾.

사대부는 하지 않는 바가 있은 뒤라야, 비로소 나랏일을 처리할 수 있다.

"사람들은 모두 하지 않는 바가 있으니, 그 마음을 아무렇지 않게 하는 일에까지 확대하여 적용해 나가는 것이, 의義이다."(『맹자』「진심 하」)

정상적인 사람이라면 누구나 무고하게 사람을 죽이지 않는다. 그 마음을 확대하여 작은 미물도 함부로 죽이지 않는 것, 이것이 곧 의이다.

정조에게는 '하지 않는 바가 있는' 사람이, 곧 신뢰할 수 있고 큰 일을 맡길 수 있는 사람이었다.

"평소 하지 않는 바가 있은 뒤라야, 비로소 남이 하지 못하는 일을 할 수 있으니, 예로부터 하나의 절개를 가진 사람이라면 모두 그랬다."(『일득록』「인물」)

"사람은 절대로 하지 않는 바가 있은 뒤라야 능히 큰 일을 해 낼 수 있다. 이 때문에 절의를 위해 죽을 수 있는 사람을, 면전에서 간쟁하는 사람 중에서 구하는 것이다. 지금의 사대부 가운데 능히 '유소불위有所不爲' 네 글자를 부적으로 삼는 자가 있다면, 이 사람은 반드시 믿을 만한 신하가 될 것이다."(『일득록』「인물」)

士大夫, 有有所不爲, 然後, 方可以做國事.

악한 사람은 두려울 게 없고, 사나운 사람도 두려울 게 없고, 도량이 좁은 사람도 두려울 게 없지만, 오직 분수分數가 불분명한 사람이 가장 두렵다.

분수가 불분명하면 선악을 가리지 않는지라, 그 폐단이 하지 않는 바가 없는 지경에 이른다. 사람으로서 하지 않는 바가 없는 지경에 이르는 자가 지극히 두려운 것이다.

악한 사람, 사나운 사람, 도량이 좁은 사람, 이런 사람들이 어떤 반응을 보일지는 쉽게 짐작할 수 있다. 그러나 속마음을 숨기고 드러내지 않는 음흉한 사람, 속으로는 비수를 갈면서도 겉으로는 좋은 낯빛을 짓는 사람, 제 이익에 따라서 이랬다저랬다 하는 사람, 그런 사람들은 무슨 간계를 꾸밀지 도무지 종잡을 수가 없다. 그러니 두려울 수밖에.

惡人不足畏, 狼人不足畏, 細人不足畏, 惟分數不明人最可畏. 分數不明, 則其於善惡, 無所擇從, 而流弊至於無所不爲. 人而至於無所不爲者, 極可畏也.

사대부는 청렴하지 않으면 안 된다. 청렴한 뒤라야 이해득실의 기미에 구차해지지 않는다.

사대부는 공정하지 않으면 안 된다. 공정한 뒤라야 어질고 사악함의 분별을 살필 수 있다.

> "벼슬을 다스릴 때는 공평함보다 나은 게 없고, 재물에 임했을 때는 청렴함보다 나은 게 없다."(『명심보감』「입교편」)

내가 가진 재물을 잃지 않으려 전전긍긍하는 것, 남이 가진 재물을 빼앗으려 탐욕을 부리는 것, 이런 것은 모두 청렴하지 않은 데 원인이 있다.

어떤 사람을 등용할 때, 그 사람의 현부賢否는 제대로 가리지 않고, 좋아하거나 미워하는 나의 감정을 따르는 것은, 모두 공정하지 않은 데 원인이 있다.

士大夫, 不可以不廉. 廉然後, 不渝於得失之機. 士大夫, 不可以不公. 公然後, 能審於賢邪之辨.

사람들은 모두, "청관清官과 요직要職은 원하지도 않고 감당하지도 못한다"고 한다. 그러나 그것을 얻게 되면 오직 잃을까 두려워한다.

비유하자면, 겨자장이 입에 매워 눈썹을 찌푸리면서도 젓가락을 놓으려 하지 않는 것과 같으니, 매우 가소롭다.

청관清官이란, 홍문관·예문관·규장각 등의 벼슬을 가리키며, 조선시대 최고의 명예직이었다. 요직要職이란 국정을 주도하는 핵심적인 관직이다.

청관이든 요직이든 많은 사람들이 선망하는 관직임에도, 겉으로는 원하지 않는 척, 아니면 감당할 역량이 없다며 겸손을 떤다. 그러나 막상 그 자리에 임용되고 나면, 혹시라도 잃지나 않을까 전전긍긍 노심초사한다.

"관리가 되기 전에 시름하지 않는 사람이 없고, 관리가 되고 나서 기뻐하지 않는 사람이 없다. 관직이란 게 도대체 어떤 것이기에 이처럼 쉽게 사람을 근심하게 하기도 하고 기뻐하게 하기도 하는가?"(『일득록』「훈어」)

人皆言, "淸官要任, 不願做不堪居." 而及其得之也, 惟恐失之. 譬如芥醬苦口有攢眉, 而不肯捨箸者, 甚可笑也.

사대부가 조정에 서서 일을 처리할 때는, 다만 '성실誠實' 두 글자를 가지고 만금의 좋은 방책으로 삼아야 한다. 만약 아녀자들처럼 겉모양을 아름답게 꾸미기만 한다면, 눈앞에 일이 닥쳤을 때 비록 어쩌다가 안배하고 미봉하는 효과가 있을지라도, 결국에는 깨닫지 못하는 사이에 스스로 죄과를 범하는 지경에 이를 것이니, 두려워하지 않을 수 있겠는가?

성실이란, 진실하고 거짓이 없는 것이다. 거짓은 거짓을 낳게 마련인지라, 결국에는 해서는 안 될 짓도 서슴없이 저지르게 된다.

士大夫, 立朝處事, 祗當將誠實二箇字, 作萬金良方. 若粉飾取姸, 如婦人樣子, 則目下事到, 雖或有安排彌縫之效, 而畢竟不知不覺中, 自底於干犯罪戾之科, 可不懼哉?

사대부가 옷차림에 마음을 둔다면 더 이상 볼 만한 게 없다. 그럼에도 오직 자로子路만이 여우 담비 갖옷 입은 자와 함께 서 있어도 부끄러워하지 않았으니, 이 또한 어려운 일이 아니겠는가?

공자가 제자 자로를 칭찬하여 "해진 솜옷을 입고서 여우 담비 갖옷 입은 자와 함께 서 있어도 부끄러워하지 않을 자는 오직 자로일 것이다." 한 바 있다.

선비라면 내 차림이 초라하건, 옆 사람의 차림이 화려하건, 그런 것은 개의치 않는다. 모두 껍데기에 불과하기 때문이다. 허균의 『성옹지소록惺翁識小錄』에는 다음과 같은 일화가 전해진다.

김안국金安國이 성세창成世昌과 독서당에서 사가독서하던 어느 날, 둘이 함께 숙직을 할 때였다. 성세창은 집이 부유하여, 이불과 베개를 모두 비단으로 만들었다. 반면 김안국은 본래 집이 가난한 데다, 성품도 사치를 좋아하지 않아, 베 이불에 목침을 베고 잤다. 그것을 본 성세창은 너무도 부끄러워 밤새 잠을 설치다가, 날이 밝자마자 집으로 돌아가 부인에게 말했다.

"국경國卿(김안국의 자)이 차라리 나의 사치를 비웃기라도 했다면, 내가 이렇게까지 부끄럽지는 않았을 게요."

그리고는 소박한 것으로 바꾸게 한 뒤라야, 한 방에서 잘 수 있었다 한다.

士大夫, 留心被服, 便無足觀. 而惟子路, 與衣狐貉者, 立而不恥, 不亦難乎?

요즘 사람들은 모두 겉모양만 그럴 듯하게 꾸미는 데 몰두하고, 가슴속에는 한 점의 뜨거운 피도 없다. 사대부는 모름지기 만 리의 머나먼 귀양길도 평지처럼 보아야 하나니, 그런 뒤라야 비로소 볼 만한 점이 있다.

정금미옥精金美玉, 뜨거운 불 속에서 고도의 단련을 거쳐야만 정제된 금(精金)을 얻을 수 있으며, 쪼고 다듬는 과정을 거쳐야만 아름다운 옥(美玉)을 얻을 수 있다. 사람의 경우에도 혹독한 역경을 거치면서 정신을 단련하고 의기를 갈고 닦아야만, 더 높은 도약 더 나은 발전을 이룰 수 있다.

그렇지 않고 그저 옛날의 낡은 습속을 따라하며 무사안일을 바랄 뿐이라면, 무슨 도약과 발전이 있으랴!

今人, 滔滔是粉飾泪董樣子, 肚裏都無一點熱血. 士大夫, 須把瓊雷萬里看作平地, 然後方有可觀.

선비라면 처음 벼슬에 나섰을 때는, 마땅히 추자도나 흑산도로 유배되는 것을 각오하여야 하거늘, 지금은 그렇지가 않다. 밤낮 생각하는 게, 단지 청관의 좋은 직함뿐이니, 이러고도 명예와 절개란 게 있겠는가!

예전에 추자도나 흑산도에 유배된다는 것은 유배형 중에서도 가장 심한 형벌이었다. 배가 없으면 나오지도 못하고, 풍토병에라도 걸리면 영락없이 죽어야 하는, 하늘이 만든 감옥이었다.

선비에게 명예와 절개는 목숨보다도 소중한지라, 명예와 절개를 지키기 위한 것이라면, 그런 곳에 유배되는 것도 기꺼이 감수해야 한다.

士於出身之初, 當以楸黑爲期, 而今也則不然. 晝夜揣摩, 只在於淸官美銜, 安有所謂名節!

시속을 바로잡고 구제하는 방법으로, 선비의 폐습을 바로잡는 일보다 우선하는 게 없다.

일 벌이기 좋아하여 제멋대로 한다거나, 근거 없는 헛소리를 떠벌리는 무리들은, 비단 제 한 몸만 잘못되는 게 아니다. 남의 잘잘못을 떠벌리기 좋아하고, 조정의 잘잘못을 함부로 논한다면, 그 말류의 폐단은 이루 다 말할 수 없게 된다. 나는 선비에게 이러한 행실이 있다는 소리를 듣고 싶지 않다.

18세기 조선에서 선비는 오피니언리더였다. 따라서 그들의 말과 행동 하나하나가 시속에 중대한 영향을 끼쳤다. 그러니 선비는 언행을 신중히 하지 않으면 안 되는 것이다.

矯時救俗之道, 莫先於正士習. 喜事自用, 游談無根之徒, 不但爲渠一身之放倒而已. 好言人是非, 妄論朝廷得失, 其流之弊, 有不可勝言. 予不欲聞士子有此行也.

나는 벼슬아치 집안에 어진 자제가 있다는 말을 들으면 마음이 매우 기쁘다. 한 사람이 자기 자식을 잘 가르치고, 한 집안이 선조의 덕을 잘 본받는 게, 한 사람이나 한 집안의 이익에 지나지 않고, 나라에는 그다지 관계가 없는 듯이 보이지만, 이는 절대 그렇지 않다. 주먹돌이 많이 모여서 산이 되고, 한 바가지의 물이 모여서 바다가 되듯이, 한 집안에 한 사람이 있으면, 열 집안이면 열 사람이 되고, 백 집안이면 백 사람이 된다.

지금 만약 대를 이어 벼슬하는 신하 가운데 대대로 현자가 있어서, 많게는 백 사람이 되고 적게는 열 사람이라도 된다면, 어찌 조정에 사람이 없음을 근심하겠는가! 그러므로 신하가 자제를 잘 훈계하여 가르치는 것은, 나라에 크게 보답하는 것이다.

벼슬아치 집안의 자제들은 훗날 나라를 이끌어 갈 기둥이다. 그 기둥이 썩으면 나라가 무너질 것이요, 그 기둥이 튼튼하면 나라가 든든히 서 있을 것이다.

子聞搢紳家有賢子弟, 心甚喜之. 一人善敎其子, 一家克肖先德, 似若不過爲一人一家之利而已, 無甚與於國, 而是有大不然者. 卷石之多爲山, 一勺之積爲海, 一家而有一人, 則十家而爲十人, 百家而爲百人. 今使世祿之臣, 竝世而有賢者, 多之百人, 少之十人, 何患乎朝廷之無人也! 故人臣之訓敎子弟, 爲報國之大者.

근래에 산림山林의 선비들은, 대부분 과거 공부를 그만두고 벼슬하지 않은 채 은거하며 구도求道하는 것을 고상한 아치로 여긴다. 이것은 성인이 말한 '박시博施'·'겸선兼善'의 뜻과 같지 않다.

그러나 그들의 청아한 명망과 유풍여운流風餘韻은 저절로 많은 선비들의 본보기가 되어, 조정의 벼슬아치도 감히 행실이 잘못되는 것을 검속하여 거취를 제멋대로 가벼이 하지 못하나니, 믿어서 스스로 권면하는 바가 있는 것이며, 꺼려서 하지 않는 바가 있는 것이다.

일찍이 이르기를, "산림에 한 사람의 어진 선비가 있는 것은, 조정에 한 사람의 어진 신하를 얻은 것과 다르지 않다" 했으니, '맹호가 산속에 있으면 나물을 캐지 않는다'는 말은 이런 경우에 쓰는 말이다.

박시博施란, 박시제중博施濟衆의 뜻으로, '은택을 널리 베풀어 많은 사람을 구제한다'는 말이다. 공자는 이것을 성인의 일이라 했다.(『논어』「옹야」)

모름지기 선비라면, 은택을 널리 베풀어 백성을 구제하는 것을 자기의 목표로 삼아야 한다. 이것이 지식인의 현실 참여요, 지식인의 현실 참여는 지식인의 소명이기도 하다.

"옛사람은 뜻을 얻으면 은택이 백성에게 보태졌고, 뜻을 얻지 못하면 자기 몸을 닦아 세상에 드러냈다. 그러므로 곤궁하면 자기 몸을 홀로 선하게 하고, 영달하면 천하를 아울러 선하게(兼善) 하는 것이다."(『맹자』「진심 상」)

만일 선비가 뜻을 얻지 못했을 때는, 자기 자신을 철저하게 수양하여 다른 사람의 본보기가 되어야 한다.

"산에 맹수가 있으면 그 때문에 나물을 캐지 않고, 나라에 충신이 있으면 그 때문에 간사한 자가 일어나지 않는다."『한서』「합관요전蓋寬饒傳」)

사나운 호랑이가 사는 산에 나물을 캐러 가는 사람은 없다. 마찬가지로 나라에 올곧은 선비가 있으면, 그 눈치를 살피느라 간사한 자들이 함부로 날뛰지 못한다. 이것이 곧 '자기 몸을 닦아 세상에 드러내는 것'의 효과이다.

近來山林之士, 多以廢擧不仕隱居求道爲高致. 此與聖人博施兼善之義, 有所不同. 而其淸名雅望, 流風餘韻, 自然爲多士之矜式, 朝廷之人, 亦不敢放倒拘檢, 輕自去就, 有所恃而自勸, 有所憚而不爲. 嘗謂 "山林有一賢士, 無異廟堂得一良輔." '猛虎在山, 藜藿不採'者, 此之謂也.

다른 사람과 어긋나고 틀어지는 게 비록 좋은 일은 아니지만, 시비를 뒤집고 자기 뜻을 굽혀 억지로 상대에게 맞추는 것에 비하면, 도리어 같은 선상에서 얘기할 수 없다.

자기 주장만을 내세워서 다른 사람과 조화를 이루지 못하는 것을 두고, '대쪽 같은 성품'이라 여기는 사람도 있다. 그러나 그것은 독선이요 독단에 불과하다.

그렇다고 제 뜻을 굽혀 비굴하게 다른 사람과 영합하는 것은 독선과 독단보다 더 나쁜 일이다.

與人乖異, 雖非美事, 比諸放倒是非, 曲意强合, 却不可同日道也.

사대부는 마음을 보존하되(存心), 마땅히 스스로 속이지 않는 것을 중심으로 삼아야 한다. 스스로를 속이지 않으면 하늘에 부끄럽지 않고 사람에게 부끄럽지 않을 것이다.

또한 말과 논의는 구차하게 영합해서도 안 되고, 처음에는 영합했다가 나중에 딴마음을 먹어서도 안 된다. 만약 그다지 중요하지 않은 일이라도 이미 다른 사람과 한마음으로 일을 하였다면, 비록 다급한 때를 만나더라도 어찌 다른 사람에게 미루고 홀로 모면하여, 자기도 속이고 남도 속일 수 있겠는가!

존심存心이란, 마음이 외부와 접촉하지 않은 고요한 상태에서, 본래의 선한 마음을 잘 보존하는 것이다. 그것을 실천하는 가장 중요한 방편은, 홀로 있을 때 자기를 속이지 않는 '신독慎獨'이다.

"이른바 그 뜻을 성실히 한다는 것은, 스스로 속이지 않는 것이니, 악惡을 미워하기를 나쁜 냄새를 미워하는 것과 같이 하며, 선善을 좋아하기를 여색女色을 좋아하는 것과 같이 하여야 하니, 이것을 자겸自慊(스스로 만족해하는 것)이라 이른다. 그러므로 군자는 반드시 홀로 있을 때를 삼가는 것이다."『대학』

士大夫存心, 當以無自欺爲主. 無自欺, 則可以不愧不怍矣. 且言論不可苟合, 亦不可始合而終貳. 苟非大關頭處, 旣與人同心做事, 則雖當顚沛之際, 豈可諉他獨免, 以自欺而欺人乎!

사람은 마땅히 때에 따라 바뀌지 않고 굳게 잡아 지키는(執守) 한 가지가 있어야 한다. 아침에는 동쪽으로 갔다가 저녁에는 서쪽으로 가는 자라면, 무슨 짓인들 못하겠는가!

심지어 앞에서 병을 주었다가 나중에 치료해 준다든지, 어제는 그르다 했다가 오늘은 옳다고 하는 부류들은, 더욱이 한 가지 사례로만 질책할 수는 없다.

그러므로 이름과 실상, 진짜와 가짜를 분별할 즈음에는, 다만 처한 바에 따라서 살펴야 하는 것이다.

집 수執守, 곧 굳게 잡아 지키는 것은, 잘못된 제 주장을 고집하는 것도 아니요, 명리名利에 집착하는 것도 아니다. 자기의 몸과 마음이 불의에 빠지지 않도록 의리를 굳게 잡아 지키는 것이다.

조변석개朝變夕改하는 사람은, 굳게 잡아 지키는 의리가 없는 사람이다. 그런 사람은 명리를 위해서라면 무슨 짓이든 하는 사람이다. 그러므로 그런 사람은, 명성과 실상이 부합하는지, 언행이 진실인지 거짓인지, 반드시 실제의 사실에 기초하여 판단해야 한다.

人當有一副執守, 不隨時變易. 若朝東暮西者, 何事不可爲! 至於先病後瘳, 昨非今是之類, 又不可責之以一例. 名實眞假之間, 但當隨所處而觀之.

군자와 소인을 변별하기가 가장 어렵다. 그것은 당세를 다스리는 군주가 공통으로 근심했던 바이다.

그런데 지난 역사를 두루 살펴보면, 소인의 도道가 자랄 때는 많았고, 군자의 도가 자랄 때는 적었다. 대개 소인은 군주가 하고자 하는 뜻에 잘 영합하면서 벼슬자리를 얻는 데 급급하였다. 그 때문에 군자는 매번 음모 속에서 배척받아 밀려나면서도 스스로 깨닫지 못했던 것이다.

이것은 진보하느냐 퇴보하느냐 하는 것의 매우 중요한 고비이니, 군주가 마땅히 깊이 살피고 처열하게 성찰해야 할 점이다.

소인은 공익에는 아랑곳하지 않고, 오직 부귀영화라는 제 잇속을 챙기기 위해, 입안의 혀처럼 군주나 윗사람의 비위를 잘 맞춘다.

"소인이 군주를 현혹시키는 방법은 하나가 아니어서, 임금이 학문을 좋아하면 호학好學의 설로 임금의 비위를 맞추고, 임금이 청정淸淨을 좋아하면 청정의 설로 임금의 비위를 맞춘다."(『일득록』「인물」)

그러나 그러는 사이 군자는 점점 멀어지고, 소인들만 가까이에 득실거린다. 치세治世를 상징하는 『주역』 태괘泰卦에서는 "군자를 안에 있게 하고 소인을 밖에 있게 하니, 군자의 도가 자라나고 소인의 도가 사라진다" 하였고, 난세亂世를 상징하는 『주역』 비괘否卦에서는 "소인을 안에 있게 하고 군자를 밖에 있게 하니, 소인의 도가 자라나고 군자의 도가 사라진다" 하였다.

군주가 군자와 소인을 잘 변별하는 것은, 군주 한 개인의 문제로 그치지 않고, 치세와 난세의 분수령이 된다. 그러므로 군주는 군자와 소인을 변별하는 데 신중하지 않으면 안 된다.

君子小人, 辨之最難. 此時君世主所通患. 而歷觀前史, 小人道長時多, 君子道長時少. 蓋小人, 善中人主之所欲, 而急於進取. 故君子, 每爲所陰中擠去, 而不自覺也. 此是陰陽進退之一大機會, 人主所當深察而猛省處也.

은혜가 큰데도 감격하지 않는 자는 소인이고, 은혜가 작은데도 잊지 못하는 자는 군자이다.

군자는 겸손하여 감사할 줄 아는 사람이다. 그래서 다른 사람의 작은 도움 작은 호의도 결코 잊지 않는다.
소인은 오만하여 감사할 줄 모르는 사람이다. 그래서 다른 사람의 큰 도움 큰 호의도 쉽게 잊는다.

恩隆而不感者, 小人, 恩細而不忘者, 君子.

이익을 좇고 권세에 빌붙어 조변석개하는 소인들은 '붕당'이라 할 수 없다.

오직 군자만이 도道가 사그라드는 시기에, 비록 온갖 위험을 두루 겪고 반평생을 불우하게 지내더라도, 끝내 안면을 바꾸거나 지조를 바꾸려 획책하지 않나니, 이런 것을 '붕당'이라 할 수 있다.

> "군자는 군자와 더불어 도를 함께하여 붕당을 만들고, 소인은 소인과 더불어 이익을 함께하여 붕당을 만든다."(구양수, 「붕당론朋黨論」)

소인의 붕당은 일시적이요, 거짓이다. 소인은 이익을 탐하여 일시적으로 결속하지만, 이익이 다하면 금방 와해된다.

군자는 그렇지 않다. 군자는 도의와 절개를 지키고자 서로 결속하며 서로 도움을 준다. 그러므로 삶이 계속되는 한 그 결속은 항구적이다.

小人之逐臭蚉附, 朝夕變化者, 不足謂之黨. 唯君子道消之時, 雖備經危險, 半世轗軻, 而終不肯爲換面改步計者, 方可謂之黨矣.

군자라고 반드시 모두 오활한 것은 아니지만 늘 오활하다고 버림을 받는다. 소인이라고 반드시 모두 치밀한 것은 아니지만 늘 치밀하다고 쓰임을 받는다.

군자라고 반드시 모두 붕당을 좋아하는 것은 아니지만 늘 붕당을 좋아한다고 의심을 받는다. 소인이라고 반드시 모두 붕당이 없는 것은 아니지만 늘 붕당이 없다고 신임을 받는다.

이러한 폐단은 모두 군자와 소인에 대한 변별이 명확하지 않기 때문에 생겨나는 것이다. 한 사례를 들면, 중종 때 기묘사화로 화를 당한 선비들의 첫 번째 죄목은 붕당을 맺었다는 것이었다. 당시 중종이 내린 전교는 이렇게 시작한다.

"조광조·김정·김식·김구 등은 서로 붕당을 맺고서, 자기들에게 아부하는 자는 천거하고, 자기들과 뜻이 다른 자는 배척하였다."(『중종실록』)

당시의 폐단을 개혁하려, 신진 사림들이 조광조를 중심으로 결집하고, 그 과정에서 훈구 세력을 배척한 것을 두고, 붕당을 맺었다 지목한 것이다. 군주가 군자와 소인을 현명하게 변별하지 못한 결과, 수많은 선비들이 무고하게 죽거나 유배형을 받았다.

君子, 未必皆迂闊, 而常以迂闊見棄. 小人, 未必皆綜核, 而常以綜核見用. 君子, 未必皆好黨, 而常以好黨見疑. 小人, 未必皆無朋, 而常以無朋見信.

가난해도 세상을 원망하지 않고, 수고하고도 자랑하지 않으면, '군자다운 사람'이라 할 수 있다.

사람이라면 누구나 가난이 달가울 리 없다. 그렇다고 남을 탓하고 세상을 탓하는 사람은 영영 그 가난에서 벗어나지 못한다.

겸손한 사람은 자신의 노고를 남이 알아주기를 바라지 않는다. 중국 춘추시대 맹지반孟之反이란 사람은 전쟁에서 퇴각할 때 후군을 맡았다. 그럼에도 귀환해서는 "내가 맨 뒤에 오려 했던 게 아니라, 말이 빨리 달리지 못했기 때문이다" 하고 말했다.(『논어』「옹야」)

전쟁에서 진격할 때는 선봉의 역할이 중요하지만, 퇴각할 때는 후군의 역할이 가장 중요하다. 뒤에서 추격하는 적을 효과적으로 막아 주지 못하면, 모든 병사들이 위태로워지기 때문이다. 그만큼 후군은 위험에 고스란히 노출되어 있다. 그럼에도 맹지반은 자기의 노고를 자랑하지 않고 겸손했다. 그저 말이 잘 달리지 못했기 때문이라고.

貧而無怨, 勞而不伐, 可謂君子人矣.

소인은 위험한 짓을 행하고 요행을 바라나니, 이는 정직하지 않으면서 허위로 생존하는 것이요, 요행으로 죽음을 모면하는 것이다. 비록 요행을 얻는다 하더라도, 도리어 그 속에는 큰 불행이 버재되어 있다.

"군자는 평소의 처지에 따라 행하고, 그 밖에 다른 것을 원하지 않는다. 부귀에 처해서는 부귀한 처지에 맞게 행하며, 빈천에 처해서는 빈천한 처지에 맞게 행하며, 이민족의 사회에 처해서는 이민족의 법에 맞게 행하며, 환난에 처해서는 환난에 맞게 행하니, 군자는 들어가는 곳마다 스스로 만족하지 않음이 없다. 윗자리에 있으면서 아랫사람을 멸시하지 않으며, 아랫자리에 있으면서 윗사람을 끌어내리지 않으며, 자기 몸을 바르게 하고 남에게 요구하지 않으면, 원망하는 이가 없을 것이니, 위로는 하늘을 원망하지 않으며, 아래로는 사람을 탓하지 않는다. 그러므로 군자는 평이한 데 처하여 천명天命을 기다리고, 소인은 위험한 짓을 행하고 요행을 바란다."『중용』

군자는 자기에게 주어진 상황을 겸허하게 받아들이고, 그 상황에서 자신이 할 수 있는 일에 최선을 다한다. 그런 뒤에는 하늘의 뜻을 기다리고 순순히 받아들인다.

그러나 소인은 그렇게 하지 못한다. 자기에게 불리한 상황에 처하면, 어떻게든 모면하려 발버둥치고, 심지어는 해서는 안 될 짓까지 서슴지 않고 저지른다. 그렇게 부정한 방법과 수단으로 뜻하는 바를 이루기도 하지만, 그것은 어디까지나 요행일 뿐이요, 요행으로 얻은 것은 오래 가지 못하는 법이다.

"사람이 살아가는 바탕은 정직에 있다. 정직하지 않으면서 허위로 생존하는 것은, 요행으로 죽음을 모면하는 것이다."(『논어』「옹야」)

小人, 行險而徼幸, 罔之生也, 幸而免. 雖或幸矣, 倒有大不幸者在.

시폐 時弊

옛사람들은 실질에 가까워
날마다 옷 입고 밥 먹는 과정에서도,
그 빈부에 따라 풍요롭거나
검박한 것이 똑같지 않았다.
그래서 사치한 것도 쉽게 드러났고,
검소한 것도 쉽게 드러났다.
요즘 사람들은 겉을 꾸미는 게 너무 지나쳐서,
매사에 오직 남보다 못할까 걱정한다.
비록 가난한 사람이라 해도
본분을 편안히 지키려 하지 않는다.

오늘날의 급선무 가운데, 쓸데없는 겉치레를 제거하는 것보다 앞서는 것은 없다.

정조는 실용을 추구한 학자요 정치가였다. 머리와 가슴은 비었으되 외모만 잘 꾸민 사람, 진실한 내용은 없고 레토릭만 화려한 말이나 글, 이런 것은 모두 실용에 무익한 것이다. 교언영색巧言令色이요 외화내빈外華內貧일 뿐이다.

今日之急務, 莫先於祛浮文.

옛사람들은 실질에 가까워 날마다 옷 입고 밥 먹는 과정에서도, 그 빈부에 따라 풍요롭거나 검박한 것이 똑같지 않았다. 그래서 사치한 것도 쉽게 드러났고, 검소한 것도 쉽게 드러났다.

요즘 사람들은 겉을 꾸미는 게 너무 지나쳐서, 매사에 오직 남보다 못할까 걱정한다. 비록 가난한 사람이라 해도 본분을 편안히 지키려 하지 않는다.

카드빚을 내거나, 그도 힘들면 도둑질을 하거나 사기를 쳐서 사치품을 구입하고, 그로 인해 신용불량자가 되거나, 아니면 감옥에 들어가고…. 200년 전이나 오늘이나 어찌 그리 닮았는지.

昔之人近質, 日用衣食之際, 隨其貧富, 豐薄不同. 故侈亦易見, 儉亦易見. 今之人飾外太過, 每事唯恐遜人. 雖貧者, 不肯安守本分.

요즘 사람들은 대부분 실질에 힘쓰지 않고 들뜨고 화려한 것을 경쟁적으로 숭상하여, 서체詩體나 필획筆畫을 억지로 중국 사람들의 흉내를 내는가 하면, 심지어 문방구나 복식服飾 등의 물품까지 국내에서 생산되는 것 쓰는 걸 부끄럽게 여긴다. 벼슬아치의 자제들이 모두 그리로 휩쓸리고 따르니, 이것은 통절히 억제하지 않을 수 없다.

오늘의 대한민국은 어떠한가? 지속적인 경기 불황 속에서도, 이른바 '명품'이라 불리는 고가의 수입 브랜드는 불황을 모른단다. 과시하기 위해, 부러워서, 초라해 보이지 않으려고, 따돌림당하지 않으려고, 이런저런 이유로 고가의 사치품은 끝없이 소비되고 있다.

今人多不務實, 競尙浮靡, 詩體筆畫, 强學唐樣, 甚至文房服飾之具, 恥用國中所産. 綺紈子弟, 靡然從之, 此不可不痛加裁抑.

근래에 사대부들의 습속이 매우 괴상하여, 반드시 우리나라의 틀에서 벗어나 멀리 중국인들이 하는 것을 배우려 한다. 서책은 물론이요, 일상의 집기까지도 모두 중국산을 사용하여, 이것으로 고상함을 뽐내려 한다.

이를테면 먹, 병풍, 붓걸이, 의자, 탁자, 제기祭器, 술동이 등 갖가지 기괴한 물건들을 좌우에 늘어놓고는, 차를 마시고 향을 피우며 고아한 자태를 버리려고 억지로 애쓰는 모습은 이루 다 말할 수가 없다. 구중궁궐에 깊이 앉아 있는 나조차도 그러한 풍문을 들었으니, 그 난잡한 폐단은 말하지 않아도 알 수 있다.

옛사람이 말하기를, "지금 사람은 마땅히 지금 사람의 옷을 입어야 한다" 했는데, 이 말은 절실하게 공경해야 한다. 이들이 우리 동방에 태어났더라면 마땅히 우리 동방의 본색을 지킬 것이니, 어찌 사력을 다하여 중국 사람을 따라할 필요가 있겠는가?

이 또한 사치 풍조의 일단이자 말세의 폐단으로, 장차 말할 수도 없고 구제할 수도 없는 지경에 이를 것이니, 실로 보통의 우환거리가 아니다.

가계야치家鷄野雉란 말이 있다. 자기 것은 하찮아 보이고, 남의 것이 좋아 보이는 걸 비유하는 말이다.

중국 동진東晉의 유익庚翼은 글씨를 잘 써서, 서성書聖이라 불리는 왕희지王羲之와 명성이 나란하였다. 그러나 유익의 자식들은 아버지의 필체를 배우지 않고 왕희지의 필체를 배우려 했다. 그러자 유익은 이렇게 말하였다.

"우리 집 아이들은 집닭(家鷄)은 싫어하고 들꿩(野雉)만 좋아하는구나."

오늘의 우리도 여전히 집닭은 버려두고 들꿩만 쫓아다닌다. 대상만 바뀌었을 뿐. 중국에서 미국으로, 일본으로, 유럽으로….

近來士夫間, 習尙甚怪, 必欲脫却我國規模, 遠學唐人所爲.
書册姑無論, 至於尋常器皿什物, 亦皆用唐産, 以此競爲高致.
如墨屛筆架交椅卓子鼎彝樽榼等, 種種奇巧之物, 布列左右,
啜茶燃香, 强作疎雅態者, 不可殫述. 以予深坐九重, 猶得聞
之風便, 其狼藉成弊, 不言可知. 古人云, "今人當服今人服."
此言切實可敬. 此輩旣生於我東, 當守我東本色, 豈必竭死力,
效嚬唐人耶? 是亦侈風之一端, 而末流之弊, 將有不可言, 不
可捄者, 實非尋常之憂也.

듣자니, 밖에서 서안書案을 만드는 방식이 뒤는 높이고 앞은 기울게 하여, 누워서 보기에 편리하게 한다고 한다.

무릇 문자는 성인이 지은 것으로, 위로는 경전에서부터 아래로는 역사서에 이르기까지, 정미하고 깊은 뜻을 말하고 치란의 근원을 밝혀 놓은 것이다. 그러니 마땅히 공경스런 태도로 완미하여도 겨를이 없거늘, 어찌 누워서 볼 수 있단 말인가!

성인이 사람을 가르칠 때는 오직 경敬 자 공부를 위주로 하였으니, 비록 집에 있으면서 단정히 앉아 책을 대하더라도, 오히려 마음이 달아날까 염려스럽거늘, 하물며 사지를 나태하게 하여 누워서 책을 본단 말인가!

옛선비들이 책을 대하는 자세는, 마치 종교적 의식이라도 치르는 것처럼 엄숙하고도 경건하였다. 연암 박지원은 「원사原士」에서, 선비가 책을 대하는 자세를 이렇게 말하고 있다.

"책을 대하면 하품하지 말고, 책을 대하면 기지개 켜지 말고, 책을 대하면 침 뱉지 말라. 만일 재채기가 나면 고개 돌려 책을 피하라. 책장을 넘길 때 침 바르지 말며, 표시를 할 때는 손톱으로 하지 말라. … 책을 베지 말고, 책으로 그릇을 덮지 말고, 권질을 어지럽히지 말라. … 닭이 울면 일어나서 눈을 감고 꿇어앉아 이전에 외운 것을 복습하고 가만히 다시 음미하라."

옛사람들처럼 책을 읽는 자세가 지나치게 경직되고 경건할 것까지야 없겠지만, 어느 정도는 바른 자세는 유지할 필요가 있다. 책을 읽을 때 자세가 나쁘면 집중력이 떨어질 뿐만 아니라, 건강까지도 해치기 때문이다. 집중하지 않으면 책을 읽어도 남는 게 없고, 건강이 나빠지면 책을 읽는 게 어려워진다.

聞外間書案之制, 後高前敧, 便於臥看云. 夫文字聖人所製, 上自經傳, 下至史籍, 說精微之蘊, 燭治亂之源. 固當敬玩之不暇, 豈容臥看! 聖人敎人, 專主敬字工夫, 雖齋居端坐, 以對方冊, 猶恐此心或放, 矧乎惰其肢體, 臥而看書乎!

옛사람의 규모는 사람마다 제각기 달랐다. 장막을 쳐 놓고 책을 읽은 사람도 있고, 질탕하게 풍류를 즐긴 사람도 있고, 청렴하고 절개가 곧은 사람도 있고, 화려하게 사치한 사람도 있었다.

지금은 그렇지 않아, 공경公卿과 학사學士로부터 서민이나 하인배에 이르기까지, 무릇 사용하는 물건이나 행실이 온통 똑같다. 불행한 사람이라는 소리를 듣지 않으려고, 무리 지어 끼리끼리 모여 지내며 실없는 우스갯소리를 아름다운 말로 여기고, 자기를 버버리는 것을 아치雅致로 여긴다. 내가 늘 힘써서 칙교를 버렸음에도 실효를 거두지 못하고 있으니, 참으로 놀라운 일이다.

개성을 표방하지만 몰개성인 유행, 신변잡사에 매몰된 공허한 대화, 소비적이고 퇴폐적인 대중문화, 그 속에서 우리는 여전히 살아가고 있다. 왕따 당하지 않으려 발버둥치며….

"근래에 풍속이 점점 어지러워져 선비는 경서를 읽지 않고, 무리지어 모여서 시를 이야기하거나 예禮를 말하는 사람이 있다는 걸 듣지 못하였다. 그들이 하는 이야기란 오직 성색聲色이요 재화이며, 비루하고 속된 것뿐이다."(『일득록』「훈어」)

古人規模, 人各不同. 降帷而讀書者有之, 風流跌宕者有之, 廉且介者有之, 奢麗而華侈者亦有之. 今也則不然, 自公卿學士, 至韋布輿皂, 凡百器服行止, 純然若一. 不作不幸人之言, 群居類會, 詼諧爲美譚, 放棄爲雅致. 予每勤提飭, 亦不食效, 良可駭也.

옛사람의 **강학**講學은 마음으로 터득하고 일에 실천하고자 하는 것이었는데, 요즘 사람들은 글을 앞에 두고 뜻을 말할 뿐, 마음과 행실을 찾는 것과는 전혀 관계없다.

마음으로 깨닫지 못하고 몸으로 실천하지 못하면서, 그저 눈으로만 보고 귀로만 듣는 배움, 그런 배움은 천박한 지식이요 껍데기에 불과하다.

그런 얕은 지식으로 기업을 운영하면 기업을 부도내고, 군대를 통솔하면 군대를 몰살시키고, 나라를 경영하면 백성을 도탄에 빠뜨린다.

古人講學, 欲得之於心, 行之於事, 今人只是臨文說義而已, 求諸身心事爲, 了無交涉.

지금 사람들은 관직이 대관大官에 이르더라도 의견을 내거나 곧바로 행하는 사람이 없는데, 그것은 아는 게 없어서 그런 것일 뿐이다.

옛사람은, "사대부의 가슴속에 서 말의 먹물이 담겨 있지 않다면 어떻게 붓을 놀리겠는가?" 하였다.

배움과 경험이 부족하여 식견이 없기 때문에, 어떻게 말할지 어떻게 행동할지 자신이 없다. 그래서 말을 해도 빙빙 돌리며 모호하게 말한다.

"신하들이 대답하여 아뢸 때는, 말뜻이 분명하고 목소리가 우렁차야 한다. 그런데 근래의 경연 신하들은 모두 말뜻이 모호하고 목소리가 작아서 무슨 말인지 살필 수 없으니, 마땅히 경계하여야 한다."(「일득록」「훈어」)

今人, 雖官至大官, 鮮有出意直行, 坐無識耳. 古人云, "士大夫胸中, 無三斗墨, 何以運管城?"

옛사람들은 일을 당하면 곧 대담하게 떠맡았다. 요즘 사람들은 일만 당했다 하면, 속으로 이리저리 따져 보는 경우가 허다하다.

일을 잘 처리하려고 깊이 따져 보는 게 아니다. 어떻게 하면 빠져나갈까, 어떻게 하면 나에게 이득이 될까, 그런 것에 대해 요리조리 잔꾀를 부리는 것이다.

古人遇事, 便大膽擔負去. 今人纔遇事, 却著許多計較在肚子裏.

옛날의 명신名臣들은 이미 시무時務를 알고 있으면서도 일을 만나서는 어렵게 여기고 신중을 기하였는데, 오늘날 유사有司(담당 관리) 자리에 있는 신하는 학식이 형편없으면서도 억지로 일을 처리한다. 그 병폐를 궁구해 보면 '易(쉬울 이)' 한 글자에서 나온 것이다.

일을 회피하지 않고 대담하게 떠맡되, 일을 처리할 때는 어렵게 여기고 신중을 기해야 한다. 그러나 깊이 생각하고 고민하는 게 질색인 사람은, 지식과 경험이 보잘것없으면서도 무모하게 일을 처리한다.

"옛사람들은 일에 임했을 때 일이 자신의 능력보다 작았기 때문에 쉽게 다스렸으나, 요즘 사람들은 일에 임했을 때 일이 자신의 능력보다 크기 때문에 처리하기 어려운 것이다."(『일득록』「훈어」)

古之名碩, 旣識時務, 而遇事則難愼, 今之有司之臣, 學識魯莽, 而强作解事. 究其病, 則出於易之一字.

요즘 조정 신하들은, 일은 하지 않고 구차하게 눈앞의 일만 넘기는 것을 생활신조로 삼는다. 이것은 자신을 위한 좋은 계책도 아닐뿐더러, 실상은 일을 담당할 뜻이 조금도 없는 역량과 기백에서 비롯된 것이다.

역량과 기백이 모자라니 무엇을 새롭게 하려는 의욕도 없다. 그저 몸조심 말조심하여 구차하게 무사안일만 구할 뿐이다.

"일을 만나면 회피하는 게 곧 시속의 버릇이 되었고, 일에 따라 미봉하는 게 생활의 신조가 되었다. 임금의 덕에 잘못이 있어도 임금의 비위를 거스를까 두려워하고, 시정時政의 잘잘못을 논할 때도 동료들의 질시를 받을까 염려한다. 그래서 부형이 자제를 가르치는 말이나 친구들이 서로 권면하는 말들이, 원망과 비방을 사지 않도록 몸가짐을 삼가고 졸렬하게 하라는 것뿐이다."(『일득록』,「훈어」)

近日廷臣, 以不做事, 苟度目前爲家計. 此非特工爲身謀, 實由於力量氣魄, 小無擔當底意思.

우리나라 사람의 규모는 인순因循(낡은 인습을 그대로 따름)에 익숙하고, 고상故常(옛날부터 지켜오던 관습)을 편안히 여긴다. 그래서 비록 크게 개혁하지 않으면 안 되는 게 있어도, 번번이 이 네 글자 때문에 좌절되곤 한다. 반드시 먼저 이 병통을 타파해야만, 일을 제대로 해 나갈 수 있을 것이다.

예전에 하던 것을 그대로 따라하고 편안히 여기다가, 무엇을 새롭게 바꾸려는 생각도, 지금보다 더 나아지려는 욕구도 없어진다. 그러다가 일이 생겨도 그저 임시변통으로 모면하려고만 들 뿐이다.

"아무런 일 없는 게 우선은 다행이라 여기는 것이 요즘 사람들의 큰 병통이다."(『일득록』「훈어」)

我國人規模, 習於因循, 安於故常. 雖有不得不大更張處, 輒爲這箇四字所撓奪. 必先打破此病痛, 方可做事.

요즘 사람들은 오직 윗사람의 뜻을 살피는 것만 중요하게 여긴다. 인심과 제도가 갈수록 더할 나위 없이 나빠지는 것은, 오직 여기에서 비롯된 것이다.

윗사람의 눈치를 살피는 데 급급하다 보면, 비굴해지고 소신껏 일을 하지 못하게 된다. 그저 주어진 일을 옛날 하던 대로 따라할 뿐. 이런 데서도 인순과 고식의 병폐가 생겨난다.

今世之人, 唯以窺覘上意爲主. 人心世道之漸無餘地, 職由於此.

요즘 사람들은 일이 없을 때는 한가로이 즐기고 느긋이 날만 보내다가, 유사시가 되면 곧 조급하게 서두르고 분주히 뛰어다니며 손발을 어찌할 줄 모른다. 그러다가 요행히 일이 진정되면 곧바로 다시 지난날 하던 대로 한다.

이것은 대개 마음에 주재하는 게 적어서, 평상시에 미루어헤아리지 못했기 때문이다. 어떤 일이든 서두르는 데서 잘못되지 않겠으며, 어떤 폐단이든 구차하게 안일을 좇는 데서 생기지 않겠는가!

거안사위居安思危이니, 안정되어 있을 때 앞날의 위험을 생각하여 미리 대비할 일이다.

유비무환有備無患이니, 평소에 미리미리 대비하면 환란이 이르지 않을 것이다.

今人, 無事, 則安閒暇豫, 恘泄度日, 有事, 便劻勷奔波, 手脚慌亂. 幸而事定, 輒又舊時樣子. 此蓋心少主宰, 不能揣摩於常時故也. 何事不緣忙後錯了, 何弊不從忙愡中生也!

요즘 사람들 중에는 스스로 자기 마음을 지키는 사람이 드물다. 매번 제 주견은 버려둔 채 다른 사람이 하는 것을 흉내내어, 한단邯鄲의 걸음걸이를 걷고 동쪽 집 여자처럼 찡그리니, 어찌 식자들의 비웃음을 사지 않겠는가!

나를 믿지 못하니 남을 따라하게 되고, 남을 따라하다 보면 결국 나를 잃게 된다.

한단 사람의 맵시 있는 걸음걸이를 배우고자 수릉 땅의 한 젊은이가 한단으로 갔다. 그는 그곳에서 걸음걸이를 열심히 배웠으나, 그 걸음걸이를 배우기커녕 본래의 제 걸음걸이마저 잊어버렸다. 결국에는 엉금엉금 기어서 고향으로 돌아가야 했다.(『장자』「추수秋水」)

월나라의 미인 서시西施는 가슴앓이를 하던 터라 늘 눈썹을 찡그리고 있었다. 그 모양을 본 이웃의 추녀가 그 모양을 따라하기 시작했다. 그러나 이를 차마 볼 수 없었던 마을 사람들은 대문을 닫아걸거나 도망쳐 버렸다 한다.(『장자』「천운天運」) 후세에는 그 여자를 동시東施라 불렀다.

今人勘有自守其心者. 每每舍己主見去, 學別人樣子, 邯鄲之步, 東家之顰, 安得不取笑於識者乎!

옛사람들은 젊은이가 노인과 같았으나, 요즘 사람들은 노인이 젊은이와 같다. 옛사람들은 스스로를 소중히 여겼으나, 지금 사람들은 스스로를 가벼이 여기기 때문이다.

'어른'은 한 사회의 길잡이이다. 오랜 인생 경험을 축적하고 인격적으로 성숙한 어른, 그런 어른은 우리 사회를 바른길로 이끌어 준다.

그러나 신체적으로는 성숙하였으되 인격적으로는 미숙한 어른, 그런 어른이 많다면 우리 사회는 잘못된 길로 나아갈 수밖에 없을 것이다.

古之人, 少年似老年, 今之人, 老年似少年. 古之人自重, 今之人自輕故也.

옛날의 사대부들은 명검 名檢(명분에 맞게 자신을 검속하는 일)을 갈고 닦았으며, 더욱이 재물과 이익에 대해서는 그것이 자기를 더럽히기라도 하는 듯이 보았다.

지금의 경우, 위로는 조정의 벼슬아치로부터 아래로는 빈한한 선비들에 이르기까지 작은 이익을 다투고 있으니, 입에 담기조차 부끄럽다.

지금은 어떠한가? 재물 앞에서는 부모형제도 없다. 재산 다툼 끝에 부모를 해치고 형제를 해친다. 차마 입에 담기조차 민망할 지경이다.

古之士夫, 砥礪名檢, 尤於財利, 視之若浼. 今則上自朝紳, 下至布韋, 所競在刀錐之利, 言之足可羞.

근래에 사대부는 모두들 자애自愛하지 않아, 명검名檢을 무용지물처럼 여겨 대수롭지 않게 버려린다. 이로 말미암아 풍속과 세태가 나날이 나빠지고 있다.

지금 청렴하고 신중하게 자기를 단속하는 수령 한 사람을 고르려 하는데, 또한 적임자가 드무니 어찌 근심스럽지 않겠는가!

지금은 또 어떠한가? 장관 한 사람을 뽑을 때마다, 비리에 비리가 꼬리에 꼬리를 물고 나타난다. 심지어 관습적인 것이라며 죄가 없다고 주장하는 자들도 있다. 몰염치의 극치이다.

近來士大夫, 皆不自愛其身, 視名檢如弁髦, 無難放棄. 由是, 時風世態, 日漸汙下. 今欲擇一守令, 廉謹律己者, 亦鮮其人, 豈不可悶耶!

『귀유원주담歸有園塵談』에 이르기를, "세상에서는 돈을 요구하지 않는 사람을 어리석은 사람이라 하므로 뇌물이 길을 가득 메우며, 세상에서는 남에게 아첨하지 않는 사람을 시의時宜에 어두운 사람이라 하므로 아첨하는 사람이 조정에 가득하다"했다.

이 한마디는 시폐에 꼭 들어맞는 말이다. 그렇다면 마땅히 어리석은 사람이 되어야지 어리석지 않은 사람이 되어서는 안 되며, 시의에 어두운 사람이 되어야지 시의에 어둡지 않은 사람이 되어서는 안 된다.

『귀유원주담』은 중국 명나라 때의 서학모徐學模가 지은 책이다.

지금의 나는 어떤 사람인가? 어리석은 사람인가? 어리석지 않은 사람인가? 시의에 어두운 사람인가? 시의에 어둡지 않은 사람인가?

『歸有園塵談』云, "世以不要錢爲癡人, 故苞苴塞路, 世以不諛人爲遲貨, 故詔佞盈朝." 此一段切中世弊. 若然, 當做癡人, 不當做不癡人, 當做遲貨, 不當做不遲貨.

아득히 먼 옛날의 일은 우선 차치하고, 근고近古의 우리나라 사대부의 경우를 말한다면, 아웅다웅 서로 다투어 천 갈래 만 갈래로 갈라지지만, 대부분은 지름길이나 요로에 있는 자에게 모여든다.

그 가운데 요직에 있는 자와 멀어서, 아무런 연고가 없고 자력으로 친분을 맺지 못하는 자는, 모두들 환관이나 궁첩宮妾에게 빌붙어 여기저기 명함을 내밀며, 앞사람의 잘못을 그대로 답습한다.

그리하여 이쪽에서 나와서 저쪽으로 들어가니, 척족이 아니면 환관이다. 그 가운데 초연하게 스스로 몸을 빼내어 우뚝하게 홀로 서는 사람은, 몇 손가락으로 꼽을 수 있다.

학연·지연·혈연을 따지고, 아니면 권력이나 금력에 빌붙고, 끼리끼리 뭉치고 줄을 잘 서야 행세할 수 있는 사회, 그런 사회는 결코 건강할 수 없다.

邃古姑毋論, 卽以近古我朝士大夫言之, 傾軋爭奪, 千塗萬轍, 率多會極於捷逕要津. 其中聲氣相遠, 無緣自致者, 莫不以宦官宮妾爲歸, 東西鑽刺, 覆轍相尋. 於是乎, 出此入彼, 非戚則宦. 其能超然自拔, 挺然獨立者, 指不多屈.

사람들은 모두 '내가 능력 있다' 하고, 사람들은 모두 '내가 옳다' 하는데, 만약 다른 사람이 자기를 본다면 반드시 다 능력 있다 하고 다 옳다 하지는 않을 것이다.

선거철만 되면 자기는 '능력 있다'는 사람들만 나온다. 유능한 사람들이 어찌 그리 많은지…. 그런데 이상하게도 선거가 끝난 뒤, 그 능력을 제대로 발휘하는 사람은 보이질 않는다. 그 많던 유능한 사람들은 다 어디로 갔는지….

人皆曰'我能', 人皆曰'我是', 若使別人視己, 恐未必盡能盡是.

나라를 다스리는 일은 백성을 사랑하는 데서 벗어나지 않는다. 그런데도 일단 당론黨論이 갈라진 뒤로, 조정에서는 오직 언의言議의 옳고 그름을 따지는 것만 일삼고, 백성에 대한 걱정과 나라를 위한 계책은 우선 한쪽에 버려두 두고 있다. 이것이 어찌 나라의 체통을 세우는 도리이겠는가!

사대부가 조정에 서서 임금을 섬기면서, 백성과 만물을 사랑하는 데 뜻을 두었다면 응당 이렇게 하지 않을 것이다.

당색黨色의 분화가 꼭 부정적인 것만은 아니다. 공익적 차원에서 잘만 운영되면 현대의 정당정치 못지않은 효과를 낼 수도 있기 때문이다.

그러나 문제는 사익의 개입이다. 사익에 매몰되면, 그때부터 공익은 뒷전으로 밀려나고 만다. 그것은 현대의 정당정치도 다를 바 없다. 우리는 그것을 현실에서 목도하고 있다.

爲國之務, 無出愛民. 而一自黨論歧異之後, 朝廷之上, 惟以言議可否, 看作事業, 而民憂國計, 且置一邊. 是豈體國之道哉! 士大夫, 立朝事君, 有志於仁民愛物, 不應如此.

의리가 바른 뒤라야 조정이 존중받고, 조정이 존중받은 뒤라야 사방이 복종하고, 사방이 복종한 뒤라야 치도治道가 행해진다.

돌아보건대, 오늘날 조정에는 사람은 한결같은 뜻이 없고 일은 일정한 규례가 없다. 다만 파도를 따라 떠다니듯 지위가 높으나 낮으나 모두 분주히 어지러울 뿐이다.

이러한 상황에서 의리가 바르게 되고 조정이 존중받은 적은 아직까지 없었다. 나는 생각이 여기에 미칠 때마다, 날이 밝도록 잠을 자지 못한다.

조령모개朝令暮改, 아침에 내린 명령을 저녁에 다시 고친다. 그런 일관성 없는 정책이 빈번해지면, 백성들은 조정을 신뢰하지 않게 된다. 신뢰를 받지 못하는 조정이 어찌 존중받겠으며, 존중을 받지 못하는 조정이 어찌 백성들을 다스릴 수 있겠는가!

義理正, 而後朝廷尊, 朝廷尊, 而後四方服, 四方服, 而後治道乃行. 顧今朝廷之上, 人無壹志, 事無定規. 只是隨波浮浪, 小大奔攘而已. 如是, 而正義理, 尊朝廷, 未之有也. 予每念及此, 明發不寐也.

옛사람은 '임금은 편안하고 신하는 수고롭다' 말하였는데, 근 일에는 수고롭고 편안한 게 서로 반대가 되었다. 이러한데도 아울러 함께 바르게 되자는 효과를 바랄 수 있겠는가!

내가 부지런히 수고한다는 말도 아니고, 편안함을 구하려는 것도 아니다. 그러나 나는 기무를 처리하는 여가에, 우러러 생각하고 굽어 살펴서, 한마음으로 근심하지 않은 적이 없었 다. 비록 편안히 쉬어야 할 밤이 되어도, 실제로 편히 잠을 자지 못한다.

나라 안에 임금의 일이 아닌 것이 없다. 그래서 임금의 온갖 정무를 '만기萬機'라 한다.

그러나 임금 혼자서 모든 일을 일일이 처리할 수는 없 는 노릇이다. 해당 관청에서 각각 맡은 업무를 성실하게 처리하고, 그 결과를 보고하게 하여 만약 잘못된 것이 있 으면 고치도록 하면 된다. 그렇게 되면 정사政事의 모든 권 한이 임금에게 귀속되면서도, 임금은 편안하고 신하는 힘 쓰게 되어, 모든 일이 원만하게 처리될 것이다.

그런데 신하들이 업무에 소홀하고 태만하면, 임금이 일일이 신경 쓰지 않을 수 없다. 그렇게 되면 임금의 능 력과 체력에는 한계가 있는지라, 모든 일이 원만하게 처 리될 수 없다.

"임금은 편안하고 신하는 수고롭다. 명령은 임금에게서 나오고 일은 신하에게 맡겨지며, 명령은 마음에 속하고 일은 몸에 속하는 것이다. 따라서 그 실상을 따지면 임금 은 마음을 수고롭게 하고 몸을 수고롭게 하지 않는 것이 다. 마음을 수고롭게 하지 않으면 망하고, 몸을 수고롭게 하지 않으면 온갖 사무를 감당하지 못하니, 그 한 몸으로 겸할 수 있겠는가!"(『성호사설』「군일신로」)

古人有君逸臣勞之語, 而近日以來, 勞逸相反. 如是, 而交須
共貞之效, 尙何望乎! 予非曰勤勞, 亦非爲求逸也. 然予於機
務之暇, 未嘗不仰思俯察, 一念憧憧. 雖當宴晦之時, 果不能
安寢矣.

승지와 사관의 권한이 지금보다 막중한 적은 없었다. 그렇다고 똑같이 조정 신하이지, 취하거나 버치는 데 후대하거나 박대하는 마음이 있는 것은 아니다.

나는 여러 차례 시험해 보고 나서, 매번 말수가 적은 사람을 취하였다. 그래서 자주 불러서 접견하였던 것이다. 그 가운데는 속이 없고 식견이 짧으면서도, 도리어 스스로 자랑하고 뽐내면서 이름을 파는 기회를 잡으려는 자도 있었으니, 진실로 개탄할 만하다.

빈수레가 요란한 법이다. 덕행을 닦고 학식을 쌓은 군자는 그것을 자랑하지 않는다. 자랑하지 않아도 사람들이 알아준다. 소인은 그렇지 못해, 행여나 남들이 알아주지 않을세라, 작은 덕행 작은 지식도 실제보다 부풀려서 자랑하고 과장한다.

承史之權, 莫重於此時. 均是廷臣, 非有取捨厚薄. 予歷試屢驗, 每取少言之人. 故頻賜召接. 其中, 或有沒腔短識者, 反自詡自多, 把爲藉賣之資, 良可歎也.

주상께서 하교하였다.

"탐욕과 비리의 풍조를 바로잡으려면, 반드시 먼저 청렴한 사람을 발탁하여 등용해야 한다."

경연 신하가 요즘 세상에서는 쉽게 얻을 수 없다고 아뢰니, 하교하였다.

"이것은 한 세상을 모함하는 말일 뿐이다. 그 가운데로 나아가면 또한 자연 그러한 사람이 있을 것이다. 설령 그런 사람이 없다 해도, 마땅히 그러한 사람의 자손을 등용함으로써 그것을 깊이 권장해야 한다."

"청렴은 목민관의 기본 임무요, 모든 선善의 원천이며, 모든 덕德의 근본이다. 청렴하지 않고도 목민관 노릇을 제대로 할 수 있었던 자는 아직 없다."(『목민심서』「청심淸心」)

그게 어디 지방의 목민관에게만 해당하랴! 조정의 모든 관리들도 청렴해야만, 관리 노릇을 제대로 할 수 있다.

教曰, "欲矯貪墨之風, 必當先擢用廉潔之人." 筵臣奏以今世不易得, 教曰, "此誣一世耳. 就其中, 亦自有其人. 藉或無之, 當用其子若孫, 以聳勸之."

나는 늘 생각하기를, '예로부터 조정의 폐단은 매번 환관과 척신戚臣으로부터 생겨났다'고 여긴다.

그래서 왕위에 오른 초기부터 환관과 척신을 모두 물리치고 오로지 사대부만 등용하였는데, 지금에 와서는 사대부의 폐단이 이따금 도리어 환관과 척신보다 심하다.

그러나 아무래도 이들은 독서에 근본을 두어, 결국은 자중자애하는 점이 있고, 또한 (해서는 안 될 짓을) 하지 않을 자들이니, 이러한 것은 환관과 척신이 미칠 수 있는 바가 아닐 것이다.

환관과 친인척의 부정부패를 견제하고자, 사대부를 중용했더니, 그들의 폐단이 더 심하다. '그래도 배운 자이니…' 하고 자위하지만, 세상일이 어디 그런가? 있는 놈이 더 각박하고, 배운 놈이 더 교묘하다.

子常謂'自古朝廷之弊, 每生於宦戚.' 一自御極之初, 盡屏宦戚, 專用士大夫, 到今, 士大夫之弊, 往往反甚於宦戚. 然終是讀書種子, 畢竟有自好處, 亦有所不爲者, 似此非貂璫禁臠所能及也.

내가 연전에 인재를 등용할 무렵, 사사로운 호오의 감정이 있었던 것은 아니었지만, 조심스럽고 순박하며 욕심 없고 검약하다고 여겼던 사람이, 이따금 권세를 제멋대로 부리다가 낭패를 자초하기도 하였다. 내가 남을 저버린 게 아니라, 남이 나를 저버린 것이니, 곰곰이 생각해 보면 참으로 개탄스럽다.

진정으로 조심스럽고 순박하며 욕심 없고 검약한 사람이었다면, 언제 어떤 상황에서도 기대를 저버리지 않았을 것이다. 그런 사람이 군자이다. 율곡 이이는 이렇게 말한 바 있다.

"군자의 도리는, 차라리 남은 나를 저버릴지언정, 나는 남을 저버리는 일이 없어야 한다."(『율곡전서』「답이발荅李潑」)

子於年前, 用人之際, 非有私好惡, 意其人之謹拙恬約者, 往往賣勢招權, 自取顛沛. 非子負人, 人實負子, 思之深可惋歎.

옛날에는 고을 수령을 고를 때 관직을 위해 사람을 골랐는데, 오늘날에는 고을 수령을 고를 때 사람을 위해 관직을 고른다. 나는 말하노니, 다만 백성을 위하여 사람을 골라야 한다. 한 지방이 어찌 한 집안과 같으랴! 이는 옛사람의 격언이다. 전관銓官(인사 담당관)의 자리에 있는 자와 번신藩臣(관찰사)의 직위에 있는 자는, 주의注擬하고 전최殿最할 때 아무쪼록 사사로운 뜻을 버리고 백성을 위하는 마음에만 관심을 두어야 한다.

송나라 때의 범중엄范仲淹은 인사 업무를 담당하게 되자, 인사 개혁을 단행하였다. 관리의 명부를 가져다 일일이 살펴보며, 무능한 자는 눈에 띄는 대로 점을 찍어 두었다가 차례로 경질시켜 버렸다. 그것을 곁에서 지켜보던 부필富弼이 물었다.

"어르신께서는 붓 한 자루로 쉽게 점을 찍으시지만, 그 때문에 한 가족이 눈물 흘리는 걸 아십니까?"

범중엄은 대답하였다.

"한 가족이 우는 게 한 지방이 우는 것보다 낫지 않겠는가?"

감당할 능력도 없이 공직을 차지하는 것은 세금을 축내는 도둑질이나 다를 바 없다. 도둑질하는 자의 가족을 위해, 숱한 사람들이 무고하게 도둑맞도록 내버려 둘 수는 없는 노릇이다.

요즘이라고 다를 바 없다. 무능한 것은 둘째 치고, 온갖 비리를 저질러도 솜방망이 처벌에 그치는 경우가 심심치 않게 벌어진다. 그렇게 제 식구 감싸기가 관행이 된 사회는 결코 건강할 수 없다. 깊이 반성할 일이다.

주의注擬는 벼슬아치를 임명할 때 임금에게 후보자 세
명을 정하여 올리던 일을 가리키고, 전최殿最는 관찰사가
소속 고을 수령의 치적을 심사하여 중앙에 보고하던 일
을 가리킨다.

古之擇守令, 爲官擇人, 今之擇守令, 爲人擇官. 予則曰, 只
當爲民擇人. 一路何如一家! 此是古人格言. 居銓莅藩者, 注
擬殿最之際, 要須去箇私意, 只管了爲民底心.

내가 매우 미워하는 자는 곧 음직蔭職으로 벼슬하는 사람이다. 대개 똑같은 가문이요 똑같은 인물임에도, 부지런히 과거 공부를 하여서 공명을 얻으려 하지는 않고, 겨우 말단 벼슬 하나를 얻으면 곧바로 과거는 내팽개치고 도외시한다. 그리고는 오직 수령 자리를 얻어 한가롭게 앉아서 호의호식하려 한다. 그러니 그들이 세운 뜻이 저급하기가 또한 심하지 않은가!

조상의 음덕으로 벼슬자리에 나섰으면, 조상의 명예를 실추시키지 않도록 더욱 노력하여야 한다. 그럼에도 그런 데는 관심 없고, 오직 제 한 몸 배부르고 따뜻하면 그만이다. 이런 자들이 어찌 나라와 백성을 생각하는 정치를 하겠는가?

"옛날의 선비는 벼슬하지 않고 백수白首로 그냥 늙을지언정 음관蔭官이 되려 하지 않았다. 그래서 세마洗馬나 교관敎官 같은 말단 벼슬에는 나가지 않은 자도 있었다. 그런데 요즘에는 경상卿相의 나이 어린 자제들이 모두 과거 급제는 하려 하지 않고, 오직 음관만을 간편한 묘책이라 여기고 있다."(『일득록』「인물」)

子所深憎者, 卽蔭仕之人. 蓋均是家世, 均是人物, 而不肯勤力做業以取功名, 纔得一初仕, 便把科擧, 置之度外, 惟欲博得守令, 閒坐溫飽. 其立志之卑下, 不亦甚乎!

옛날의 선비는 설령 요행으로 과거에 급제하여도, 학문이 부족한 경우에는 그가 당연히 맡아야 하는 관직에 임용될 수 없었다.

지금 권세가의 자제들은 무식하기 이를 데 없다 하더라도, 일단 과거에 합격**만** 하면 경연經筵과 청요직清要職을 얻는 데 조금의 장애도 없다. 그러니 누가 고생스럽게 학업을 익히려 힘쓰겠는가!

이는 선비들의 자질이 옛날에는 우수했고 지금은 열등하기 때문이 아니라, 실로 조정의 사람 쓰는 법이 옛날**만** 못하여 권면하고 징계되는 바가 없어서 그런 것이다. 그러니 어찌 이루 다 탄식할 수 있으랴!

과거에 합격한다 해도 다 능력 있는 것은 아니다. 그 가운데는 요행으로 합격한 자도 있고, 편법과 부정을 저질러 합격한 자도 있다. 그럼에도 그들은 일단 합격만 하면, 그때부터 책은 거들떠보지도 않고, 제 능력으로는 감당할 수 없는 관직에 임용되는 것도 전혀 주저하지 않는다.

古之爲士者, 設令倖而登第, 若無文學, 不得爲渠所當爲之官. 今之有勢家子弟, 雖蚩蠢無文, 一闖科名, 則經幄淸銜, 無少枳礙. 人孰肯攻苦服勞於文字之業乎! 此未必爲士者, 古優今劣, 實朝廷用人之法, 今不如古, 無所勸懲而然也. 可勝歎哉!

오륜의 순서를 논할 때 붕우朋友가 군신君臣이나 부자父子보다 가볍다 하는 경연 신하가 있자, 이렇게 하교하였다.

"하늘이 정해 놓은 대륜大倫에 어찌 경중이 있겠는가? 붕우가 비록 오륜의 끝에 놓여 있지만, 임금을 섬기고 어버이를 섬기는 방법을 붕우에게 도움받는 경우가 많다. 이것은 오행五行이 토土가 아니면 성립되지 못하고, 오상五常이 신信이 아니면 확립되지 못하는 것과 같은 이치이다. 지금 사람들은 우도友道의 소중함을 모르기 때문에, 습속이 옛날만 못한 것이다."

목木·화火·토土·금金·수水의 오행에서 '토'가 오방五方(동·남·중앙·서·북)의 중앙에 해당하듯이, 인仁·예禮·신信·의義·지智의 오상에서 '신'이 중앙에 해당한다. 그것은, '땅'이 만물이 생장하는 토대가 되듯이, '믿음' 또한 모든 관계의 바탕이 됨을 상징하는 것이다.

붕우유신朋友有信이라 했으니, 벗과 벗의 만남이 바로 '믿음'을 기초로 맺어지며, 더 나아가 사람과 사람의 모든 관계에는 이 믿음이 있어야 한다. 믿음이 약하면 관계 또한 저절로 흔들리게 마련이다.

論五倫次序, 筵臣有以朋友爲輕於君臣父子者, 敎曰, "天敍大倫, 豈有輕重? 朋友, 雖序居於末, 而事君事親之方, 往往多資於朋友者. 五行之非土不成, 五常之非信不立, 其理一也. 今人, 不識友道之重, 故所以習俗之不如古.

근래의 풍속은 하나같이 인색한 것을 요도要道라 여기니, 요즘 지방 고을에 사는 자들은 친구 사이에 서로 선물을 주는 예절이 없다.

옛사람들이 경계한 바는, 뇌물이 문전에 이르고 도성에 들어오는 것이었지, 언제 문안 선물이나 노잣돈을 주는 일상적인 예절까지 폐지했더란 말인가! 여기에서 각박하고 편협해진 풍속의 일단을 볼 수 있다.

생일을 맞은 친구에게 작은 선물을 하거나, 먼 길을 떠나는 친구에게 노잣돈을 보태 주는 것은 우리네의 인정이요 풍속이다. 세상이 각박해지니 그런 풍속도 점차 사라지고 있다.

近來風俗, 一以慳嗇爲要道, 凡今之居於藩邑者, 無知舊間贈遺之禮. 古人所戒, 在於貨賄及門苞苴入都, 何嘗與問贐常禮而廢之! 此可見迫隘之一端也.

투박한 풍습이 나날이 심해지고 있다. 오랜 친구는 말할 것도 없고, 비록 골육이나 지친 사이라도 한번 이해利害에 직면하면 아무렇지 않게 내팽개친다.

정조는 가까이서 직접 그것을 경험했다. 고모인 화완옹주가 그랬고, 외종조부인 홍인한이 그랬다. 정조가 세손으로 있던 시절, 그들은 누구보다 앞장서서 세손의 즉위를 반대하고 음해하였다. 권력과 재물에 눈이 멀면 사람은 이렇게 추해진다. 이런 자들은 지금도 여전히 넘쳐나고 있다.

習俗渝薄, 日甚一日. 毋論知舊朋友, 雖骨肉至親之間, 臨一利害, 棄之如遺.

버 듣자니, '치세治世의 음악은 그 감정이 즐겁기 때문에 그 소리도 느긋하면서 느리고, 난세亂世의 음악은 그 감정이 슬프기 때문에 그 소리도 초조하면서 강파르다' 한다.

오늘날의 음악은 옛날의 음악에서 말미암은 것이다. 아! 너희 장악원掌樂院(음악을 담당한 관청)의 신하들은 들뜨고 조급한 것을 물리치고, 느긋하면서 느리게 하는 데 힘써야 할 것이다.

유교적 이상 정치를 구현하는 데, 예의와 음악은 필수적인 것이었다. 그래서 『예기』에서는 음악의 이치가 정치와 통한다고도 하였다.

"슬픈 마음을 느끼는 사람은 그 소리가 초조하면서 강파르고, 즐거운 마음을 느끼는 사람은 그 소리가 느긋하면서 느리다. … 치세의 음악은 편안하고 즐거우니 그 정치가 화평하기 때문이며, 난세의 음악은 원망스럽고 노여우니 그 정치가 잘못되었기 때문이며, 망국의 음악은 슬프고 음울하니 그 백성이 곤궁하기 때문이다. 음악의 이치는 정치와 통한다."(『예기』「악기」)

予聞, '治世之音, 其感也樂, 故其聲也嘽緩, 亂世之音, 其感也哀, 故其聲也噍殺.' 今之樂, 由古之樂也. 咨爾掌樂之臣, 其須黜浮躁, 而懋舒緩也.

절용 節用

화려하고 사치스러운 게 애석한 것이 아니라,
쉽게 낭비하는 게 애석하다.
간간이 들리기를, 서리와 하인배들도
갑번 자기에 음식을 담는다 하니,
그런 말을 들을 때면 근심스러워 즐겁지가 않다.
이것은 금그릇과 은그릇을 쓰는 것보다 더 애석한 일이다.

재물을 늘리는 데는 사치를 없애는 것**만** 한 게 없다.

우리가 가진 자원은 한정되어 있어, 재화를 생산하는
데도 한계가 있게 마련이다. 그러므로 불필요한 사치
와 소비는 줄여야 한다.

"재물을 늘리는 데 큰 방도가 있나니, 생산하는 사람은
많고 무위도식하는 사람은 적으며, 만드는 것은 빨리 하고
쓰는 것은 느리게 하면, 재물은 늘 풍족할 것이다."『대학』)

生財, 莫如去奢.

명주옷이 편리한 무명옷보다 못하다. 무릇 사람은 일용하는 의복이 한번 화려하게 되면, 사치심이 쉽게 생겨나 사치 풍조가 점점 만연하게 된다. 이는 재물을 축내는 길일 뿐 아니라, 실로 끝없는 폐해로 이어진다.

내가 초라한 옷이 좋다고 하는 게 아니다. 가볍고 따뜻한 옷을 입으면 가난한 여인의 고생하는 모습이 생각나고, 서늘한 궁전에 거처하면 한여름 밭두둑에서 땀 흘리는 농부의 노고가 생각나, 경계하고 두려워하는 마음이 늘 간절하다.

옛사람이 이르기를, '검소에서 사치로 가기는 쉬워도, 사치에서 검소로 가기는 어렵다' 했으니, 이것이 경계해야 할 점이다.

송나라 때의 장지백張知白은 재상이 되었음에도, 지방의 서기로 있을 때처럼 늘 검소하게 생활하였다. 곁에서 지켜보던 사람이, 사람들은 그것을 가식이라 여기며 비난할 것이라 하자, 장지백은 이렇게 말하였다.

"지금 내 녹봉으로 온 가족이 좋은 옷을 입고 좋은 음식을 먹는다 해도, 그런 생활을 못할까 근심할 게 없네. 그런데 검소에서 사치로 가기는 쉬워도, 사치에서 검소로 가기는 어려운 게 인지상정일세. 지금 내 녹봉이 어찌 항상 있겠으며, 내 몸이 어찌 항상 생존하겠는가? 하루아침에 지금과 달라지면, 내 가족들은 사치스런 생활을 익힌 지 오래인지라, 갑자기 검소해질 수 없어 반드시 살 곳을 잃을 걸세. 그러니 내가 벼슬자리에 있거나 떠나거나, 내가 살아 있거나 죽거나, 하루하루 늘 한결같아야 하는 것이네."『소학』「선행」

사치스런 생활에는 그에 따른 유지비가 필요한 법, 어

느 날 내 처지가 달라졌을 때 그 박탈감은 더할 수 없이 클 것이다.

사치건 검소건 길들이기 나름이요, 길들인다는 건 마음의 준비이다. 지금의 처지와 달라졌을 때도 의연하게 대처할 수 있는.

紬袴不如木綿之便好. 凡人日用衣服, 一或華靡, 則侈心易生, 奢風漸盛. 此非但耗財之道, 實關於無窮之弊. 予非謂有菲衣之德. 而御輕煖, 則想寒女勤苦之狀, 臨廈氈, 則念夏畦滴汗之勞, 警惕之心, 恒切于中. 古人云, '由儉入奢易, 由奢入儉難.' 此爲當戒處也.

내 성격은 사치를 좋아하지 않는지라, 옷은 모시와 무명에 지나지 않고, 음식은 몇 가지에 지나지 않는데, 억지로 힘써서 그런 게 아니다.

이렇게 몸소 행한 효과가 있을 수도 있으리라 생각하였으나, 온 세상이 사치스럽고 화려하여 그다지 변화된 사례가 있다는 소리를 듣지 못하였다. 내 정성이 감동을 줄 만큼 미덥지 못해서 그런 것인가? 아니면 습속은 갑자기 변화하기 어려워 그런 것인가?

한나라의 지존임에도, 옷은 모시옷과 무명옷 몇 벌이 전부이고, 음식도 몇 가지에 지나지 않는다. 온 백성이 검소한 생활을 하도록, 임금으로서 솔선수범하는 것이다. 그러면서도 본래부터 비단옷을 좋아하지 않기 때문이라 겸손해한다.

"나는 검소함을 밝히는 데 뜻을 둔 게 아니라, 본래 비단옷을 좋아하지 않는다. 그래서 여름옷은 반드시 모시로만 입고, 또 여러 차례 빨아서 입기도 한다. 조정 신하들은 검약儉約하기 위해서라고 알고 있으나, 나는 도리어 웃을 뿐이다."(『일득록』「훈어」)

子性不喜侈靡, 衣不過苧綿, 食不過數品, 非勉强而然. 意或有躬行之效, 而擧世奢華, 未聞有丕變之事. 豈予誠未孚感而然歟? 抑習俗猝難變化而然耶?

화려하고 사치스러운 게 애석한 것이 아니라, 쉽게 낭비하는 게 애석하다. 간간이 들리기를, 거리와 하인배들도 갑번甲燔 자기瓷器에 음식을 담는다 하니, 그런 말을 들을 때면 근심스러워 즐겁지가 않다. 이것은 금그릇과 은그릇을 쓰는 것보다 더 애석한 일이다.

갑번甲燔 또는 별번別燔은 왕실에서 사용하는 최고급 도자기를 말한다. 금그릇이나 은그릇이야 찌그러져도 재활용이 가능하지만, 도자기는 깨지면 무용지물이 된다. 정조는 바로 이것을 경계한 것이다.

더구나 정조 당시, 조정 신하뿐만 아니라 하인배들까지 일상생활에서 갑번 자기를 사용하는 풍조가 만연하였다. 그래서 정조는 갑번 자기의 생산을 금지하기도 하였다.(『정조실록』 정조 17년 11월 27일)

그럼에도 그러한 사치 풍조는 근절되지 않고, 기기묘묘한 도자기를 만들어 내는 일이 나날이 심해졌다. 그 때문에 갑번 자기에 소용되는 백토白土와 청회靑灰를 공급하느라, 인근 고을은 물론이요, 먼 지방의 백성들에게도 막심한 피해를 끼쳤다. 이를 보다 못한 정조는 수랏상에도 이지러진 그릇을 사용하게 하였다.

"사옹원에서 광주廣州에 분사分司를 설치하여 자기를 구워 만들었다. 그 가운데 정교한 것은 맑고 깨끗하기가 마치 양지옥羊脂玉(양의 기름같이 윤택이 흐르는 옥)과 같았는데, 이것을 '갑번'이라 한다. 여염에서도 얼마간 재산이 있는 자들은 갑번이 아니면 쓰지 않았는데, 주상께서 재물을 허비하고 작업을 방해한다는 이유로, 담당 관리에게 명하여,

법조문을 만들어 금지시키도록 하였다.

  얼마 뒤 신하들을 불러서 접견하는 도중에 마침 수랏상이 올라왔는데, 반찬은 두세 가지에 지나지 않았고, 그릇은 모두 이지러진 것을 썼다. 주상께서 신하들에게 손가락으로 가리키며 말했다. '법만 가지고는 저절로 시행되지 않고, 말로 가르치는 것은 몸으로 가르치는 것만 못하다. 내가 이렇게 하는 것은 나에게 그런 허물이 없어야 남의 잘못을 지적할 수 있다는 뜻을 보이려는 것이다.'"(『일득록』「정사」)

華侈者非可惜, 易費者爲可惜. 或聞胥吏下賤, 用甲瓷器貯飮食者, 輒怒然不樂. 是其可惜, 殆有甚於金銀器.

음식은 많이 차릴 필요 없고, 입에 맞는 음식 한 그릇이면 충분하다. 옛사람의 이른바 '소사해小四海(작은 사해)'라 하는 것은 낭비가 매우 심하여 무익할 뿐이니, 그대들은 항상 경계하도록 하라.

'소사해'는 각 지방에서 생산되는 산해진미를 가리킨다. 송나라 때의 손승우係承佑란 사람은 사치가 매우 심하여, 한 번의 연회에 수천 마리의 짐승을 잡기도 하였는데, 스스로를 과시하며 이렇게 말했다 한다.

"오늘의 좌중에는 남쪽 지방의 꽃게와 조개, 북쪽 지방의 붉은 양, 동쪽 지방의 새우와 생선, 서쪽 지방의 과일과 채소가 갖추어지지 않은 게 없으니, '소사해'를 가진 부자라 할 만하다."

飲食不必多, 適口一器足矣. 古人所謂小四海之稱, 糜費甚鉅, 徒歸無益, 爾等常戒之.

음식은 호사를 부리지 말아야 하고, 의복은 분수에 넘치지 않아야 하는데, 음식의 낭비는 의복보다 **더욱 심하다.**

옷이야 없어도 생명에는 지장이 없지만, 음식은 생명과 직결된 것이다. 그러므로 음식을 낭비하는 것은 생명을 해치는 죄악이 된다.

호사스런 음식도, 과분한 의복도, 다 물욕이 빚어낸 껍데기이다. 그런 껍데기에 힘쓰느라, 내면의 알맹이는 소홀히 한다. 그래서 정조는 외친다. 껍데기는 가라고. 허위와 겉치레의 껍데기는 가라고. 내면의 순수한 알맹이만 남고, 껍데기는 가라고.

食毋求奢, 衣毋求侈, 食之費, 尤甚於衣.

(궁궐 뜰에서 낟알을) 햇볕에 쬐어 말릴 때, 몇 톨의 낟알이 펴놓은 자리 바깥에 떨어져 있었다. 주상께서 버시를 꾸짖고는 하나하나 주워서 자리 위에 올려놓도록 하며, 하교하였다.

"옛사람이 말하기를, '한 톨 한 톨이 애써 고생한 것'이라 하였다. 비록 작은 낟알 한 톨일지라도 모두 농민이 부지런히 고생한 가운데서 나온 것이니, 실로 아끼는 데 겨를이 없어야 한다. 또 더구나 하늘이 내려 준 좋은 음식이면서, 백성들이 하늘로 여기는 것임에랴!

나는 밥을 먹을 때 물에 말아 남긴 것을, 버시들이 먹기 싫다고 땅에 버버리기라도 할까 염려스러워, 비록 양껏 먹은 때라도 이 때문에 다 먹어 치운다. 이들은 낟알의 소중함을 알지 못하여, 간혹 이와 같은 습성을 가지고 있다. 그래서 버가 일찍이 통렬히 신칙하고 거듭 경계하였던 것이다."

한 톨 한 톨이 애써 고생한 것(粒粒皆辛苦)'이라는 말은, 섭이중聶夷中의 「전가田家」 시에 나온다. 이신李紳의 「민농憫農」 시라고도 한다.

한낮에 김을 매다 보니,   鋤禾日當午
땀방울이 벼 아래 흙에 떨어지네.   汗滴禾下土
누가 알랴! 소반에 담긴 밥,   誰知盤中飧
한 톨 한 톨이 애써 고생한 것인 줄을.   粒粒皆辛苦

또한 '米(쌀 미)' 자를 파자하면 '八十八'이 된다. 그래서 한 톨의 벼를 수확하기 위해서는 여든여덟 번의 손길이 미쳐야 한다고도 풀이한다. 그처럼 농부의 정성과 노력이 담긴 소중한 쌀이니, 소중히 여겨야 마땅하다.

또한 우리의 식생활 문화에는 어른이 먹고 남은 음식을 아랫사람이 먹는 전통이 있었다. 그것을 '대궁'이라 하고, 그 밥상을 '대궁상'이라 하였다. 오늘날의 관점으로 보면 불결하다거나 모욕적으로 받아들일 수 있겠으나, 옛날에는 그런 게 자연스러웠고 당연시되었다.

비록 그렇다고는 하지만 물에 말아서 먹다가 남긴 밥은 먹기가 편치 않았을 터, 그때문에 아랫사람이 혹여라도 지저분하다고 내다 버릴까 염려되어, 양껏 먹었음에도 밥 한 톨 남기지 않고 말끔히 먹었던 것이다.

曬乾之際, 有若干粒落於鋪席之外. 上責內侍, 使之一一拾置於席上, 敎曰, "古人云, '粒粒皆辛苦.' 雖一粒之微, 皆從農民勤苦中出, 固當愛惜之不暇. 又況皇天之所降嘉, 而下民之所以爲天者乎! 予當飯時, 水澆之餘, 或恐內侍輩厭食委地, 雖有過量之時, 輒爲之盡矣. 此輩, 不知粒米之重, 或有似此之習. 故予嘗痛飭而申戒矣.

예로부터 명석한 사람들은 대부분 내수사內需司(왕실의 재정을 관리하던 관청)를 혁파해야 한다고 말하였는데, 나는 왕위에 오른 뒤로 줄곧 존치할지 혁파할지 마음을 기울여 왔다.

대저 내탕고內帑庫는 1년의 수입으로 당해 연도의 지출을 계산하니 매번 부족할까 근심한다. 나는 십분 씀씀이를 절약하여 조금이나마 남겨서 별도로 다른 창고에 비축해 두고서, 흉년을 당할 때마다 가져다가 진휼할 물자에 보태고 터럭만큼도 사사로이 쓰지 않았다. 이것이 곧 궁부宮府(궁중과 조정)가 일체라는 뜻이다. 이름이야 비록 내탕고라지만 실제는 백성을 위하여 비축한 것이다. 나는 이에 대해 실로 하늘을 우러러보고 땅을 굽어보아도 부끄러울 게 없다.

'내탕고'란 임금의 개인 창고를 가리키니, 자기의 사유 재산을 아껴 흉년 때마다 백성들을 위해 쓴 것이다. 오늘날의 용어를 빌자면 '노블레스 오블리주'요, 고전적 표현을 빌자면 '여민동락與民同樂'이다. 이것은 곧 나라와 백성을 염려해야 하는 임금 본연의 책무를 다하는 데 힘쓴 것이라 하겠다.

自古名碩, 多以內需司革罷爲言, 而予自臨御以後, 亦留意於存革. 大抵, 內帑, 以一年所入, 計當年應下, 則每患不足. 予十分節用, 稍存贏餘, 別儲他庫, 每當歉年, 則取補賑資, 無一毫私用. 此乃宮府一體之意. 名雖內帑, 實則爲民儲蓄也. 予於此, 實俯仰無怍矣.

재용財用은 본래부터 한계가 있으니, '절용節用' 두 글자가 곧 재물을 쓰는 첫째 의의이다.

그런데 옛사람이 말한 절용이란 것이 또한 어찌 전혀 쓰지 않는 것이겠는가? 마땅히 써야 할 곳에는 쓰고, 헛된 비용이나 긴요하지 않은 수요는 일체 절제하는 것이다.

요즘 사람들은 평소 재물을 늘리는 지혜가 부족한 데다, 또한 절용의 의의도 알지 못한다. 이른바 절용이란 것을, 마땅한지 마땅하지 않은지는 따지지 않고 오직 쓰지 않는 것만을 위주로 삼으니, 이것은 곧 행해서는 안 될 일이다.

부득이 써야 할 때가 되어도, 긴급한지 여유가 있는지 앞뒤의 사정을 살피지는 않고, 오직 옛 사례만 따를 뿐이다. 그러나 옛 사례가 반드시 모두 옳은 것은 아닌지라, 끝내는 실효가 없는 데로 귀결된다.

우리나라의 인재는 평소 실용에 밝은 사람이 없는데, 재부財賦(재화와 공물)의 경우에는 더욱 어찌할 수 없다.

절용, 즉 씀씀이를 절제하는 것은 훗날에 잘 쓰기 위해서이다. 아낄 줄만 알고 쓸 줄을 모르는 것, 그것은 진정한 의미의 절용이라 할 수 없다. 수만 금의 재산을 모은들 잘 쓰지 못한다면 그런 게 무슨 소용이랴!

"못에 물을 괴어 두는 것은 장차 흘려보내 만물을 적셔 주기 위한 것이다. 그러므로 절용을 잘하는 사람이라야 베푸는 것도 잘하며, 절용을 잘 못하는 사람은 베푸는 것도 잘 못한다."(『목민심서』「낙시樂施」)

그래서 돈을 모으기만 하고 잘 쓰지 못하는 사람을 두

고 우리는 수전노守錢奴라고 낮잡아 부르기도 한다. 돈(錢)을 지키는(守) 노예(奴)! 그것은 거지나 다름없다.

　"돈을 쌓아두고 쓰지 않는다면, 가난한 거지와 무엇이 다르랴."(박지원, 「발승암기髮僧菴記」)

財用, 本自有限, 節用二字, 卽用財之第一義. 而古人所謂節用, 亦豈全無所用乎? 用之於當用處, 而若其冗費不緊之需, 一切撙節也. 今之人, 旣素乏生財之智, 又不識節用之義. 所謂節用者, 不計當否, 惟以不用爲主, 此乃行不得之事. 及其不得不用, 則又不察緊漫前後, 惟憑前例而已. 而前例未必盡是, 終歸於無實效. 我國人才, 素無實用, 而至於財賦, 尤無奈何矣.

대버大內(궁중)에서는 일찍이 먹빛이 매우 윤기 나는 먹을 만들어 썼는데, 매번 도목정사都目政事 때마다 낙점에 쓰는 먹은 용뇌묵龍腦墨을 갈아서 썼다. 그 먹은 한 번 만들 때마다 기름 천여 말이 든다.

너가 어릴 적에도 그것을 보았다. 너가 왕위에 오른 뒤로, 여태껏 한 번도 먹을 만들지 않은 것은 경비를 염려해서이다.

도 목정사란 매년 6월과 12월에 관리의 성적을 평가하여, 면직시키거나 승진시키는 것을 가리킨다.
　고작 낙점 몇 개 찍느라고 천여 말의 기름을 낭비하며 먹을 만들 필요가 없다. 그렇다고 좋은 관리가 선발되는 것은 결코 아니다.

大內, 嘗製墨, 墨光甚潤, 每當都政, 落點硯墨, 以龍腦墨磨用. 一番製墨, 輒費油千餘斗. 子於幼時, 亦見之. 及子御極, 尙未一番製墨者, 爲念經費也.

시종 드는 자에게 자투리 종이를 붙여서 한 폭의 종이로 만들라 명하고는 하교하였다.

"내가 마침 책자 하나를 등사하고는 약간 잘라 내도록 명하여 자투리 종이가 남게 되었다. 비록 그것을 마땅하게 쓸데는 없으나 버리기도 아까웠다. 그래서 지금 이것을 붙여서 한 폭의 종이로 만들도록 한 것이니, 이제 쓸모 없던 물건이 쓸모 있는 물건으로 되었다.

대저 사물은 크거나 작거나 하늘이 만들어 낼 때는 제각기 쓰일 곳이 있어서, 쓸모 없는 것도 쓸모 있는 것으로 만들 수 있거늘, 하물며 쓸모 있는 물건을 낭비하여 쓸모 없는 물건으로 만들어서야 되겠는가!"

재단하고 남은 종이, 그냥 버리자니 아깝고, 쓰자니 마땅히 쓸데가 없다. 궁리 끝에 이어 붙였더니 쓸 만한 종이가 되었다. 임금으로서 좀 궁색한 모양새이긴 하다. 그러나 백성을 위해 종이 한 장이라도 아끼려는 그 마음이 아름답다.

命侍者, 糊寸紙, 方成一幅, 敎曰, "予適命謄一册子, 略加剪裁, 所餘寸紙. 雖不適用, 棄之可惜. 方今糊成一幅, 而今則無用物, 作有用物矣. 大抵, 物無大小, 天之生財, 自有分限, 無用者, 亦可作有用物, 況有用之物浪費, 作無用物乎!"

신하들을 접견하는 거처의 깔개가 깔아 놓은 지 오래되어 떨어진 곳이 생기자 청목青木(검푸른 물을 들인 무명)으로 기워 사용했다. 어떤 사람이 그것을 바꿀 것을 청하자 이렇게 하교하였다.

"떨어진 부분이 한 치에 불과한데도 버려버린다면 아깝지 않겠는가?"

그러면서 허락하지 않았다. 그 뒤에 기운 부분이 거의 반 가까이 되자, 곧바로 새로 설치하라고 명하면서 하교하였다.

"깔개 하나에 떨어진 부분이 반을 넘는데도 바꾸지 않는다면, 이것은 짐짓 검소하다는 칭찬을 구하는 것에 가깝다."

고쳐 쓸 만한 것은 물론 고쳐 써야 한다. 그러나 고치는 게 새로 장만하는 것보다 더 비용이 많이 드는데도 고쳐 쓰는 것을 고집한다면, 그것은 아끼는 것도 아니요, 현명한 소비도 아니다.

諸臣召接處茵席, 鋪久有缺, 以靑木補用. 或請改之, 敎曰, "所破不過方寸, 而棄之不亦惜乎?" 不許. 旣而, 補處將半, 卽命易設, 敎曰, "一席之弊, 過半而不改, 則是近於故要朴儉之稱也."

거처하는 영춘헌迎春軒이 낮고 좁아서, 여름철마다 더위를 받는 게 곱절이나 심하다. 게다가 그 들보와 서까래가 낮아서, 큰비라도 한번 지나가면 방구석이 사방으로 새너, 동이와 주전자를 좌우에 늘어놓고 떨어지는 빗물을 받았다. 경연 신하 가운데 서둘러 수리해야 한다고 말하는 이가 있자, 이렇게 하교하였다.

"한번 새롭게 수리하려고 하면 공사가 너무 커지너, 새는 곳을 따라 보완하는 게 좋겠다."

절용을 솔선수범했던 정조의 거처는 이랬다. 비가 새어 동이와 주전자로 빗물을 받아 내야 했음에도, 그저 새는 곳만 보수할 뿐, 민력民力을 소모시키는 대대적인 공사를 벌이려 하지 않았다.

所御迎春軒, 湫隘卑狹, 每當夏月, 受暑倍甚. 且其樑桷低凹, 一經潦雨, 屋漏四注, 瓦盆銅匜, 左右鋪列, 以承涓滴. 筵臣有言宜亟改葺, 敎曰, "一新改葺, 則事役甚鉅, 隨漏牽補爲好."

닥나무, 대나무, 뽕나무, 옻나무는 곧 이용후생의 밑천이며, 우리나라에서는 본디 이것이 풍부하게 생산된다. 다만 뜻 있는 선비 가운데 백성과 나라에 마음을 두는 이가 없어서, 벌목이 매일같이 행해져도 심고 가꾸는 사람이 있다는 소리가 들리지 않아, 점차 처음만 못해지고 있다.

대저 집안의 살림살이에도 십 년의 계획으로 나무 심는 것만 한 게 없거늘, 하물며 나라의 만 년 계획임에랴!

나무를 심고 가꾸는 것은 미래를 위한 투자이다. 그러므로 나무를 베어 쓰기만 하고 심지 않는 것은, 미래를 위한 대비가 없는 것이다. 봄에 씨를 뿌리지 않고도, 어찌 가을에 수확을 바랄 수 있으랴!

"일 년의 계획으로 곡식 심는 것만 한 게 없고, 십 년의 계획으로 나무 심는 것만 한 게 없으며, 평생의 계획으로 사람 심는 것만 한 게 없다."(『관자』「권수權修」)

楮竹桑漆, 乃利用厚生之資, 而東國素饒此産. 特無有志之士, 存心於民國, 斧斤日尋, 而栽培者未聞, 漸不如初. 夫理生之家, 以爲十年之計, 莫如種樹, 況於國家萬年之計乎!

애민 愛民

대저 얻기 어려운 게 백성이고,
모으기 쉬운 게 재물이다.
재물을 모으느라 백성을 흩어지게 하느니,
차라리 재물을 흩어 버리고
백성을 모으는 게 낫지 않겠는가!

백성을 사랑하는 데는 재화의 절약이 우선이다.

춘추시대 제나라 경공이 공자에게 '정치란 무엇이냐'고
문자, 공자는 이렇게 대답했다.

"정치는 재화를 절약하는 데 있습니다(政在節財)."(『사기』「공
자세가」)

정치란, 나라 살림을 윤택하게 함으로써, 사람들이 잘
살 수 있게 하는 것이다. 그런데 오늘의 우리는 어떠한가?
민생을 위한 예산은 부족한데도 호화청사를 우후죽순 지
어 대고, 쓸 만한 사무기기도 새로 바꾸고, 해마다 멀쩡한
보도블록을 교체한다. 정치를 모르는 자들이다.

愛民, 節財爲先.

나라는 백성에게 의지하고, 백성은 **나라**에 의지하니, 백성이 있은 뒤에야 **나라가** 있게 된다.

百성 없는 나라는 존재할 수 없고, 나라 없는 백성은 보호받지 못한다. 당 태종은 신하들에게 이렇게 말한 바 있다.

"임금은 나라에 의지하고, 나라는 백성에게 의지한다. 백성에게 각박하게 하여 임금을 봉양하는 것은, 제 살을 깎아 배를 채우는 것과 같아서, 배는 부를지 몰라도 몸은 죽을 것이며, 임금은 부유할지 몰라도 나라는 망할 것이다. 그러므로 임금의 근심은 바깥에서 들어오는 게 아니라, 늘 제 몸에서 나오는 것이다. 대저 욕망이 극성하면 낭비가 많아지고, 낭비가 많아지면 부역이 거듭되고, 부역이 거듭되면 백성이 근심하고, 백성이 근심하면 나라가 위태롭고, 나라가 위태로우면 잃는다."(『자치통감』 권192)

國依於民, 民依於國, 有民然後, 方有國.

임금이 백성 아니면 누구와 나라를 다스리겠는가? 그래서 '임금은 백성을 하늘로 여긴다' 하는 것이다.

백성은 먹을 것이 아니면 살아 갈 수 없다. 그래서 '백성은 먹을 것을 하늘로 여긴다' 하는 것이다.

진실로 나의 하늘을 두려워하고 백성의 하늘을 소중히 여긴다면, 많은 복을 받고 장수長壽를 비는 것이, 실로 여기에 기초할 것이다.

먹을 것이란, 사람의 생존에 꼭 필요한 물질적 토대이다. 이 물질적 토대가 충족되지 않고서는 나라를 유지할 수 없으므로, 모든 정치는 여기서부터 출발한다.

"임금은 나라에 의지하고, 나라는 백성에게 의지한다. 임금은 백성을 하늘로 여기고, 백성은 먹을 것을 하늘로 여긴다. 그러므로 백성이 하늘로 여기는 것을 잃으면, 나라는 의지할 곳을 잃게 된다."(『성학집요』「위정爲政」)

君非民, 孰與爲國? 故曰, '君人者, 以百姓爲天.' 民非食, 罔以資生. 故曰, '民, 以食爲天.' 苟能畏己之天, 而重民之天, 則荷百祿祈永命, 實基於此.

백성이 배고프면 나도 배고프고, 백성이 배부르면 나도 배부르다. 더구나 재난을 구제하고 흉년을 돌보는 것은, 제때에 미치지 못하기라도 할 듯이 더욱더 다급히 서둘러야 할 것이다. 이는 백성의 목숨이 달린 것이니, 잠시라도 중단해서는 안 된다.

오늘 한 가지 정사를 행하고 내일 한 가지 일을 행하여, 곤경에 빠진 나의 백성들을 편안한 자리로 옮긴 뒤라야, 나의 마음이 비로소 편안해진다.

군주君主 국가인 조선에서는 백성이 배고프면 임금도 배고픈데, 어찌된 영문인지 민주民主 국가인 대한민국에서는 국민이 배고파도 위정자는 배고픈 줄 모른다.

民飢即予飢, 民飽即予飽. 況救災恤荒, 尤當汲汲如不及. 此是民命所關, 不可斯須間斷. 今日行一政, 明日行一事, 使吾溝壑之民, 置之袵席之上, 然後, 予心方安.

나라의 안위는 민심에 달려 있다. 백성이 편안하면 윗사람을 친애하고, 백성이 수고로우면 윗사람을 원망한다. 지방관들이 '불요민不擾民(백성을 동요시키지 않음)' 세 글자를 염두에 둔다면, 비록 기근과 흉년이 든 해를 만나더라도 백성들의 마음이 결코 흩어질 리 없다. 이렇게 되면 태평의 기반이 되지 않는 날이 없을 것이다.

백성을 동요시키는 가장 중요한 요인은, 가혹한 부역과 과중한 세금이다. 조선 후기 부패한 지방관들은 별의별 구실을 다 가져다 붙여서 세금을 징수하였다.

죽은 사람과 어린아이를 군적에 올려 놓고 군포를 징수하는 백골징포白骨徵布와 황구첨정黃口簽丁, 가혹한 세금을 견디다 못해 백성이 달아나면 친척이나 이웃에게 연대책임을 물리는 족징族徵과 인징人徵…. 그런 가렴주구 아래서 백성들이 어찌 동요되지 않겠는가?

"무릇 백성은 물과 같아 가만 두면 고요해지고, 동요시키면 난을 일으키는 법이다."(「일득록」, 「정사」)

정조의 사후 11년 만에, 관리들이 '불요민' 세 글자를 태만히 한 탓에, 결국 평안도에서 대규모 농민봉기가 일어났으니, 이름하여 '홍경래의 난'이다.

國之安危, 係於民心. 民安則親上, 勞則怨上. 爲方伯守宰者, 每以'不擾民'三字, 著在念頭, 則雖値饑饉凶荒之歲, 其心決無渙散之理. 如此, 則無日非太平之基也.

대저 얻기 어려운 게 백성이고, 모으기 쉬운 게 재물이다. 재물을 모으느라 백성을 흩어지게 하느니, 차라리 재물을 흩어버리고 백성을 모으는 게 낫지 않겠는가!

"덕이라는 것은 근본이요, 재물이라는 것은 말단이다. 근본을 밖으로 하고 말단을 안으로 하면, 백성들이 서로 다투고 약탈을 일삼게 만든다. 그러므로 재물을 모으면 백성들이 흩어지고, 재물을 흩으면 백성들이 모이는 것이다." 『대학』

덕본재말德本財末이니, 덕을 근본으로 하고 재물을 말단으로 삼아야, 나라가 평온해지고 민심이 동요하지 않는다. 그렇지 못하여 재본덕말財本德末이 되면, 나라는 혼란에 빠지고 민심은 동요하나니, 그러고도 나라를 오래도록 유지한 적은 동서고금의 역사에서 없었다.

夫難得者, 民也, 易聚者, 財也. 與其財聚而民散, 曷若財散
而民聚乎!

계묘년(1783) 8월, 경기도 관찰사 심이지沈頤之를 성정각誠正閣으로 불러서 보고, 하교하였다.

"올해 농사는 작년에 비해 매우 심각하다. 작년에는 논에만 흉년이 들었는데 올해는 밭에도 곡식이 제대로 여물지 않았다. 구휼의 정사에 마음을 다하여 대책을 강구하지만, 곡식을 생산해 낼 계책이 아득하고, 환곡還穀을 회수할 가망 또한 없다. 몹시도 궁핍한 나의 백성들이 애처롭나니, 장차 어찌하면 골짜기에서 나뒹구는 것을 면하게 하겠는가? 생각이 여기에 미치면 좋은 음식도 맛있지가 않다."

심이지가 대답하였다.

"조정에서 비록 은혜 베푸는 데 주력하더라도, 관찰사와 수령의 직책은 반드시 온 힘을 다해 환곡을 회수하는 것이며, 그런 뒤라야 이듬해의 종자와 양식을 마련할 수 있습니다."

"경의 말에도 일리는 있다. 그러나 내가 보기에는, 수만 섬의 환곡 회수 기한을 뒤로 물리면 비록 영구히 잃게 될 염려는 있겠지만, 수만 명의 백성을 잃는 것보다는 차라리 수만 섬의 곡물을 잃는 게 나을 듯하다. 그 경중을 헤아리기는 그다지 어렵지 않을 것이다. 더구나 또 곡물은 풍년 들기를 기다려 보충하는 방도가 있거니와, 백성은 한번 잃고 나면 장차 어떻게 보충하겠는가?"

오늘만 살고 말 우리 삶이 아니기에, 내일을 위한 대비는 물론 중요하다. 하지만 오늘이 없는 내일은 없는 법, 오늘을 살아야 내일도 있는 것이다.

흉년이 들어 백성들은 지금 당장 굶어죽을 판인데, 그

런 고려는 없이 이듬해에 쓸 종자와 양식을 마련한다는 명목으로 환곡을 무리하게 회수한들, 그게 다 무슨 소용인가? 이런 것이 곧 '재물을 모으느라 백성을 흩어지게 하는 것'이다.

癸卯八月, 召見京畿觀察使沈頤之于誠正閣, 敎曰, "今年年事, 比昨年殆甚. 昨年則水田偏歉, 而今年則并與旱田而失稔矣. 賙賑之政, 方謀悉心經紀, 然生穀茫無其策, 捧還亦無其望. 哀我顚連之赤子, 將何以免於溝壑? 言念及此, 玉食靡甘也." 頤之對曰, "自朝廷, 雖以施惠爲主, 而道臣守令之責, 則必極力捧還, 然後, 可作嗣歲之種子農粮矣." 敎曰, "卿言亦有理. 而予則以爲數萬石停退, 雖有永失之慮, 與其失數萬名民生, 毋寧失數萬石穀物. 輕重固無難知. 況且穀物, 有待豐充補之道, 民生則一失之後, 將何以充補耶?"

경연 신하가, 올해는 비와 햇볕이 고르고 적당하여 전야田野에 장차 큰 풍년이 들 것 같다고 하니, 주상께서 말하였다.

"자滿은 손실을 불러오기 쉽나니, 임금과 신하가 위아래에서 두려워하고 경계하여, 지난 가을 재해를 만나 백성을 근심하였던 마음이 풀어져서는 안 된다."

가뭄과 홍수는 예기치 못한 상황에서 찾아오는 법, 재해를 대비하는 마음은 한시라도 늦추어서는 안 된다. 재난이 닥친 뒤에 부랴부랴 대책을 강구한들, 그때는 이미 너무 늦다.

筵臣, 以今年雨暘均適, 田野將占大有爲言, 上曰, "滿易招損, 君臣上下, 恐懼戒兢, 毋弛昨秋遇災恤民之心."

각 도의 묵은 환곡 회수를 정지하도록 명하니, 경연 신하가 풍년이라는 이유로 난색을 표하자, 하교하였다.

"올해 비록 다소나마 곡식이 잘 여물었다지만, 신구新舊의 환곡을 한꺼번에 내도록 재촉하는 것은 불쌍히 여겨야 할 일이다. 하물며 연말에 환곡 회수를 정지하는 것은, 곧 응당 시행해야 할 은전이 되었음에랴! 어찌 수천 포의 곡식을 아까워하느라, 각 도 백성의 기대에 찬 마음을 위로하지 않겠는가!"

올해 빌린 환곡과 지난 흉년에 빌린 환곡을 한꺼번에 갚고 나면, 다시 빈털터리가 되고 만다. 그렇게 되면 풍년이나 흉년이나 다를 게 없다. 오히려 흉년에는 환곡을 면제받기라도 하지만, 풍년에는 그것마저도 없다. 오죽하면 풍년을 바라지 않는 백성도 있을까? 이것 역시 백성을 동요시키는 정치요, 백성을 흩어지게 하는 정치가 된다.

命諸路舊還停捧, 筵臣以年豐難之, 教曰, "今歲雖稍稔, 新舊還逋, 一時催科, 在所軫恤. 況歲末停捧, 便成應行之典! 夫何愛數千穀包, 不以慰諸路懸望之情乎!"

우리 조정에서 삼남 지방의 전운轉運(조세 운반)은 민선民船으로 실어 나르게 하고, 그 값을 지급하여 강변의 백성들이 그 덕에 먹고살도록 하였다.

그런데 중간에 법이 오래되고 폐단이 늘어남에 따라, 영남 한 도에서 먼저 관선官船을 만들어 실어 나르게 하였다. 이때에 이르러 호남의 세선稅船이 해마다 파선되어 실었던 물품들이 상하게 되니, 관찰사가 장계를 올려 영남의 사례처럼 관선을 만들어 간계奸計의 구멍을 막자고 하였다. 주상께서 말하였다.

"그렇지 않다. 내 차라리 앉아서 수천 포의 곡식을 잃을지언정, 어찌 차마 수만 명의 강변 백성들이 생계 수단을 잃게 하겠는가? 게다가 1년처 양호兩湖(호남과 호서)의 선세船稅가 수만여 석이나 될 것이니, 만약 관선을 만든다면 이 수만 석은 장차 도성으로 가져올 수 없을 것이다. 이것이 어찌 옛사람이 말한, '부富를 백성에게 간직해 둔다'는 것이겠는가? 나는 시행하지 않으련다. 암행어사가 가서 나의 뜻을 널리 알리도록 하여, 각기 안심하고 생업에 종사하게 하라."

조선 초기에는 세곡미를 운송하는 데 국가의 병선兵船을 주로 활용하였다. 그러다가 임진왜란 이후로 병선이 급격히 감소된 데다가, 대동법의 실시로 세곡미 수송량이 증대하여, 세곡미를 운송하는 데 민간의 사선私船이 이용되었다. 물론 일정한 운임을 지불하였다.

그러나 선주들은 운임 이외에도 더 많은 이득을 챙기기 위해, 갖가지 부정을 저지르기도 하였다. 그 가운데 운반하는 곡물에 물을 타서 곡물을 불리는 '화수和水', 운반하는 곡물의 일부 또는 전부를 착복하고 행방을 감춰 버리는 '투식偸食', 운반하는 곡물을 빼돌리고 고의로 배를 침몰시키는 '고패故敗' 등이 대표적인 방법들이다.

이러한 부정을 막기 위하여 조정의 관료들은 관선을 만들자고 건의하였다. 그런데 정조는 몇 가지 이유를 들어서 이 대책을 반대하였다.

그 첫 번째 이유는 민생의 불안이었다. 조운업으로 생계를 이어가는 백성들이 하루아침에 생계 수단을 잃는 게 염려스러웠던 것이다.

둘째는 산림의 황폐화를 초래하기 때문이다. 목재를 키우는 호남의 산들이 그렇지 않아도 민둥산인지라, 수백 척의 관선을 만들기 힘들 뿐만 아니라, 목재를 모조리 베어다 쓰면 예기치 못한 사태(전쟁)가 일어났을 때 병선을 만들 수가 없게 되기 때문이었다.

셋째로는 물가 불안이다. 세곡미가 원활하게 도성으로 운송되지 않으면, 도성의 쌀값이 폭등할 우려가 있었다.

넷째는 사대부들의 생계 곤란이다. 민간의 운송업자들이 폐업을 하면, 지방의 토지를 소유한 사대부들이 소작미를 운반하는 데 지장을 초래할 수 있었다.(『일득록』「정사」)

이 때문에 정조는 적극적으로 대처하지 않고, 다만 담당 관리의 철저한 감독을 지시하고, 운송업자들에게는 다음과 같이 준엄하게 경고하는 것으로 그쳤다.

"너희의 예전 버릇을 버리고 나의 새로운 명을 따르라. 너희의 배를 수리하고 너희의 뱃사공을 선발하여, 저 공곡公穀을 실어 나르고 그 남은 이익을 취함으로써, 부모와 처자식을 부양하면서 생업을 즐기고 편안히 살라. 이렇게 해 주었는데도 나라의 법을 예전처럼 함부로 범한다면, 이는 난민亂民이다. 난민을 다시 어찌 용서하겠는가?"(『홍재전서』「팔강선유어사재거유서八江宣諭御史齋去諭書」)

國朝三南轉運, 用民船裝載, 而給其當, 以作江民聊賴之資. 間因法久弊滋, 嶺南一路, 先造官船裝載. 至是, 湖南稅船, 連歲臭載, 道臣啓言, 如嶺南例, 刱造官船, 以防姦竇. 上曰, "不然. 吾寧坐失數千包穀, 豈忍令累萬江民, 斷其生路也? 且一歲兩湖之船稅, 將爲數萬餘石, 若造官船, 則此數萬石, 將無以致之都下. 豈古人所謂'藏富於民'者耶? 予不欲行之. 其令繡衣往布予意, 俾各安業.

선혜청에서 창고를 수선하고자, 해서 지방에서 나무를 베어 바다로 실어 나르게 하니, 주상께서 듣고 하교하였다.

"작년에 진휼 곡식을 실어 나르다가, 해서의 많은 백성이 물에 빠져 죽었으니, 나는 지금까지도 측은한 마음이 든다. 올해 역시 곡식이 잘 여물지 못하였음에도, 해서의 백성으로 하여금 나무를 베어 바다로 실어 나르게 한다면, 안타깝게도 저 하소연할 곳 없는 백성들이 또 물속에서 고통을 당하게 될 것이다.

옛말에 이르기를, '사람을 기르는 것으로 사람을 해치지 않는다' 하였다. 창고의 곡식은 사람을 기르려는 것인데도, 창고의 곡식 때문에 도리어 사람을 해쳐서야 되겠는가? 내 침실이 비록 허물어지고 무너지더라도, 차마 이러한 때에 백성을 수고롭게 할 수는 없다. 그것을 중지하라."

'사람을 기르는 것으로 사람을 해치지 않는다'는 말은 『맹자』에 나오는 말이다. 등나라 문공이 맹자에게 물었다.

"우리 등나라는 작은 나라인지라, 힘을 다해 큰 나라를 섬겨도 침략을 면할 수 없으니, 어찌하면 좋겠습니까?"

맹자가 대답했다.

"옛날 태왕太王이 빈 땅에서 살 때 적인狄人이 침략하였습니다. 가죽과 비단으로 그들을 섬겨도 침략을 면치 못하였고, 개와 말로 그들을 섬겨도 침략을 면치 못하였고, 구슬과 옥으로 그들을 섬겨도 침략을 면치 못하였습니다.

마침내는 원로들을 모아 놓고 말했습니다. '적인들이 원하는 것은 우리 땅이오. 내 듣자니, 군자는 사람을 기르는 것으로 사람을 해치지 않는다(不以其所以養人者害人) 하더이다. 그러니 여러분은 군주가 없다고 근심할 것 없소. 나는 이제 이곳을 떠나려 하오.'

그리고는 빈 땅을 떠나 양산을 넘어서 기산 아래에 도읍터를 정하고 살았습니다. 그러자 빈 땅 사람들은 '어진 사람이다. 놓쳐서는 안 된다' 하며, 따르는 자가 시장에 가는 듯이 많았습니다.

혹자는 '대대로 지켜오는 것이라. 자기 마음대로 할 수 있는 게 아니다. 목숨을 바치더라도 떠나서는 안 된다'고 합니다. 군주께서는 이 두 가지 가운데 하나를 선택하소서."(『맹자』「양혜왕 하」)

태왕은 중국 주나라의 기초를 닦은 고공단보古公亶父이며, 주나라를 세운 무왕武王의 증조부이다.

宣惠廳, 欲葺倉庾, 令海西伐木將海運, 上聞之, 敎曰, "昨年運賑穀, 海民多渰沒, 予至今惻然. 今歲又失稔, 乃使海民伐木運海, 唉彼無告, 亦將病于水矣. 古語云, '不以養人者害人.' 倉穀, 欲養人也, 乃爲倉穀, 反害人可乎? 予之寢室, 雖傾圮, 不忍使此時勞民. 其止之."

갑진년(1784) 겨울 큰 눈이 버렸다. 옛 규례에는 대궐 뜰의 제설 작업은 으레 인근 백성이 부역하게 하였다. 병조에서 규례에 따라 그것을 청하니, 하교하였다.

"날씨가 추운 데다 눈까지 버렸으니, 촘촘한 털옷과 겹겹의 갖옷을 입어도 여전히 추위를 느낀다. 애처로운 저 민간의 잔약한 백성이야, 어찌 편안히 살아가겠는가? 내 비록 넓은 집으로 나의 백성을 감싸주지는 못할지언정 다시 수고로움을 보탠다면, 실로 내 마음이 편치 못할 것이다. 인근 백성에게 제설 작업을 시키자는 청은, 우선 그냥 두도록 하라."

백성의 고통과 아픔을 이해하고 배려할 줄 아는 마음. 이런 마음은 정치 지도자가 갖추어야 할 제일의 덕목이다.

甲辰冬大雪. 舊例, 闕庭除雪, 輒令坊民赴役. 騎省, 按例請行之, 敎曰, "天寒且雪, 細氈重裘, 尙覺寒粟. 唉彼蔀屋殘民, 何以聊生? 予縱不能以廣廈庇覆吾赤子, 而又從以勞之, 實非予心之所安也. 坊民除雪之請, 宜姑置之.

매번 전복 따는 고통을 생각하노라면, 어찌 전복 먹을 생각이 나겠는가? 더구나 연해 고을에서 전복 하나를 바치는 데드는 비용이 수십 금이나 된다고 하니, 만약 그 숫자가 천개 백 개를 넘긴다면 그 비용이 중산층 몇 집의 재산이 될 것이다.

지난번에 경상 감사에게 신칙하여 반드시 구제하게 하였음에도, 경상 감사의 보고서가 너무나 모호하고 분명치 못하였다. 그때 문책한 하교가 중도中道에 지나쳤음을 내 어찌 모르겠는가? 그러나 나의 연해 백성의 뼈에 사무치는 고통과 폐단 때문에, 자연 그렇게 하지 않을 수 없었던 것이다.

정조가 병으로 요양하고 있을 때, 내의원에서 관서關西 지방에서 찬거리를 바치게 하자고 청하니, 정조는 이렇게 하교하였다.

"어찌 차마 한때의 입맛을 맞추려고, 나의 먼 지방 백성들을 수고롭게 하겠는가?"(『일득록』 「정사」)

每想採鰒之苦, 豈有啖鰒之思? 況沿邑之供一鰒費, 爲數十金云, 數若過千百, 則其費當爲中人幾家産乎. 向飭嶺伯, 期於蘇捄, 而嶺伯狀本, 太不免含糊鶻突. 伊時責敎之過中, 予豈不知? 爲吾沿民切骨之苦瘼, 自不得不爾.

평소 한가로이 지내는 거처가, 벽지를 바른 지 오래되어 검게 변하였고, 기둥과 서까래가 비 온 뒤에 썩어 문드러졌다. 경연 신하가 담당 관리로 하여금 고치게 하도록 청하니, 하교하였다.

"어찌 타급히 서둘 일이겠는가? 오랜 비가 스무 날 동안 이어져 각 도에서 재해를 보고하고 있다. 백성들의 허름한 집이, 크게는 기울어져 무너지고, 작게는 갈라져 새는 것을 생각할 때마다, 측은한 마음이 들지 않았던 적이 없었다. 그것은 그만두라."

시급한 민생이 우선이다. 오랜 비로 집을 잃고 유리걸식하는 백성을 외면하고 왕의 거처를 먼저 고치는 것은, 결국 '제 살 깎아 배를 채우는 것'이다.

그런데 오늘날의 위정자들은 어떠한가? 물난리가 나도 골프, 산불이 나도 골프, 그들에게 국민들의 고통은 먼 나라 이야기이다.

所御燕室, 糊紙年久渝黑, 楹椽雨後朽傷. 筵臣, 請令有司改之, 教曰, "何用汲汲爲哉? 積雨兼旬, 諸道報災. 每想部屋蓬廬之大則頹壓, 小則罅漏, 未嘗不惻然在心. 其止之."

장맛비로 거처하는 전각에 비가 새어 그릇으로 받았다. 이에 대해 하교하였다.

"예전에 어떤 어진 재상은 거처가 비바람을 가리지 못하여, 비가 내릴 때마다 번번이 우산을 펴고 앉아서, '나는 실로 모면하였다. 우산도 없는 이들은 어떻게 비에 젖는 걸 피할 수 있을는고?' 하였다. 지금까지도 이 말을 우스갯소리로 전하면서 세상 물정 모른다고 여긴다.

그러나 그 말을 자세히 생각해 보면 실로 세상 물정 모르는 이야기가 아니다. 온 나라 안은 우선 논하지 말고 도성 안팎으로만 말하더라도 초가집이 반이나 되니, 가난한 백성과 빈한한 선비 가운데 집안 여기저기 비가 새는 걸 면할 수 있는 자 또한 거의 드물다. 지금 비 새는 곳을 마주하고 보니, 이 말 속에 담긴 마음을 절실히 깨닫게 된다."

그리고는 선전관宣傳官과 오부五部의 관리에게 명하여, 함께 인근의 인가 가운데 기울고 무너진 집을 두루 살펴보고, 등급을 나누어 구휼의 은전을 베풀게 하였다.

예전의 어진 재상이란, 청렴과 청빈으로 유명했던 조선 초기의 정승 유관柳寬(1346~1433)을 가리킨다. 그는 세종 때 청백리로 녹선되기도 하였다. 『필원잡기』에 그의 청렴함을 보여 주는 일화가 전한다.

유관은 청렴과 검소로 자신을 지키면서 두어 칸 되는 초가집에 살면서도 흡족하게 여겼다. 장맛비가 한 달이 지나도록 내려서 집에 비가 줄줄 새던 어느 날, 그는 우산을 들고 비를 가리며 부인에게 물었다.

"우산 없는 집은 어떻게 견디겠소?"

그러자 부인은 이렇게 대답했다.

"우산이 없는 이들도 필시 대비가 있을 테지요."

정승으로서 세상 물정에 어둡고 다소 무능해 보이는 것도 사실이지만, 과연 우리 시대에 이런 청백리가 있는가!

霖雨, 所御殿宇滲漏, 以器承之. 敎曰, "昔有賢宰相所居, 不蔽風雨, 每當天雨之時, 輒張傘而坐曰, '我固免矣. 無傘者, 何以避沾濕?'云云. 至今傳笑, 以爲迂闊. 然細思其言, 實非迂闊之談也. 一國之中姑勿論, 雖以都城內外言之, 草屋居半, 貧氓寒士之能免牀牀者, 亦幾希矣. 今對漏處, 猛覺此言之上心也." 仍命宣傳官與五部官, 眼同遍審坊內人家之頹壓, 分等施恤典.

어떤 사람이, 이천伊川의 고미탄鈷尾灘 지방은 산이 겹겹이 둘러 있고 계곡이 깊어, 도망친 사람들이 뜻하지 않은 환란을 일으킬까 염려되니, 그들을 잡아다 조사하여야 한다고 하였다. 이에 대해 하교하였다.

"저 골짜기에 모여 있는 백성들 역시 나의 교화 안에 있는 이들이다. 만약 그들의 세금과 부역을 관대하게 하여, 일정한 생활 기반을 갖게 한다면, 어찌 변란을 감히 도모하겠는가?"

백성들은 '동요시키지 않으면' 변란을 도모하지 않는다고 했다. 황해도 곡산谷山 지방의 백성 이계심李啓心의 일화는 그것을 잘 보여준다.

다산 정약용이 곡산 부사로 부임하던 날, 이계심이란 사람이 백성들의 병폐를 적은 호소문을 들고 나타났다.

이보다 앞서 곡산에는 전임 부사와 아전들이 농간을 부려 군포를 과다하게 징수하자, 천여 명의 백성들이 들고 일어나 관청에서 시위를 벌인 일이 있었다. 이계심은 바로 이 사건을 일으킨 주동자였다.

그는 관병의 무력 진압으로 시위하던 백성들이 해산되자, 도망쳐서 자취를 감췄다. 곡산 부사는 감사에게 보고하여 체포하려 하였으나 실패하였다. 조정에서는 주동자를 죽이고 단호하게 대처하여 기강을 바로잡아야 한다고 하였다.

그때 도망간 이계심이 자수한 것이다. 곁에 있던 아전들은 체포령이 떨어진 죄인이니 체포해야 한다고 하였다. 그러나 정약용은 "형벌과 죽음을 두려워하지 않고 백성을 위해 그들의 원통함을 편 너 같은 사람은 천금을 주고라도 사들여야 한다"고 하면서 무죄로 석방하였다.(『사암선생연보俟菴先生年譜』)

백성을 동요시킨 수령에게 잘못이 있는 것이지, 수령의 잘못에 항거한 백성에게는 아무런 잘못이 없다는 판단이었던 것이다. 정조의 마음도 이와 다를 바 없다.

有言伊川鈷尾灘地方, 山回谷邃, 慮有逋逃不虞之患, 不可不緝察. 敎曰, "彼峽聚之氓, 亦吾化中物. 若寬其征徭, 俾有恒産, 何變之敢圖耶?"

경연 신하가, 백성의 상언上言과 격고擊鼓가 근래에 너무 무람 없고 난잡하다는 말을 아뢰니, 하교하였다.

"저 고할 데 없는 불쌍한 백성들이 가슴속에 깊은 원한을 품고도, 스스로 현관縣官에게 아뢸 길이 없어 분주히 달려와 호소하는 것이니, 마치 어린아이가 부모에게 하소연하는 것과 같다. 저들은 실로 죄가 없다. 그렇게 만든 자들의 죄이다."

'상언'이란 백성이 임금을 직접 만나 자기의 억울함을 호소하는 것이고, '격고' 또는 '격쟁擊錚'이란 백성이 북이나 징을 쳐서 왕의 행차를 멈추게 하고 자기의 억울함을 호소하던 것이다. 이 제도는 조선 초기의 신문고申聞鼓를 계승한 것이다.

조선의 왕들 가운데 정조는 상언과 격쟁에 매우 적극적이었다. 백성의 소리를 직접 듣고 그들의 고충을 해소해 주려 하였던 것이다. 조사에 의하면 정조의 재임 중에 총 3,355건의 상언과 격쟁을 처리하였다고 한다.

그래서 정조는 자연 궁 밖 출입이 잦을 수밖에 없었다. 왕의 궁 밖 출입을 행행行幸이라 하는데, 정조는 이를 두고 이렇게 말한 바 있다.

"행행이란, 백성이 어가御駕(임금이 타는 수레)의 행림行臨을 행복(幸)으로 여긴다는 뜻이다. 어가가 이르는 곳에는 반드시 백성에게 미치는 은택이 있으므로, 백성들이 모두 이것을 행복하게 여기는 것이다.

이제 나의 어가가 이곳에 도착했으니, 저 백성에게 어찌 바라는 뜻이 없겠는가? 옛사람이, '행행의 의의를 실천한 뒤라야 마음에 부끄러움이 없다' 하였으니, 경들은 각

각 백성에게 편리를 주고 폐단을 바로잡을 방책을 아뢰도록 하라."(『정조실록』 정조 3년 8월 3일)

筵臣, 以小民之上言擊鼓, 近甚猥雜爲言, 教曰, "唉彼無告, 懷抱幽寃, 不能自達于縣官, 奔走來愬, 若赤子之控于父母. 彼固無罪, 使之然者罪也."

어느 날 밤에 저녁 수라를 올렸다가, 내시가 소반을 받들고 물러갔는데, 문밖을 나서자마자 실수하여 소반을 땅에 떨어뜨렸다. 소리가 침소에까지 들려 좌우 사람들이 모두 놀랐는데, 느긋하게 하교하였다.

"다친 사람은 없느냐?"

그리고 다른 것은 묻지 않았다.

사람이 중요하다. 놀란 가슴은 진정시키면 곧 안정을 되찾을 것이요, 깨진 그릇은 다시 만들면 그만이다.

공자의 집에 있는 마구간에 화재가 나서 타 버린 적이 있었다. 조정에서 물러나온 공자가 물었다.

"사람이 다쳤느냐?"

그리고 말에 대해서는 물어 보지 않았다.(『논어』,「향당」)

공자가 살던 그 시절은 사람의 값보다 말의 값이 더 비싸게 거래되던 시절이었다. 그래서 그 시절 대부분의 사람들은 사람의 가치보다 말의 가치를 더 소중하게 여겼다. 하지만 공자는 달랐다. 사람이 더 소중했던 것이다. 정조의 마음도 바로 공자의 그 마음이었다 하겠다.

嘗夜進夕饍, 內侍奉盤退, 纔出戶外, 誤失手墮盤于地. 聲徹臥內, 左右皆驚, 徐敎曰, "無傷人乎?" 不問他.

정사 政事

나라를 다스리는 첫째가는 급선무로,
인재를 양성하는 것보다 앞서는 게 없다.

내가 평소 스스로 기약한 것은, 평범한 군주가 되는 건 부끄러우니, 반드시 잘못된 풍속을 크게 변화시키고 세도世道를 바로잡아 회복함으로써, 한 세상의 치화治化를 새롭게 하려는 것이다.

만천명월주인옹, 만 개의 시내에 비친 밝은 달의 주인이 되고자 했던 정조는, 만백성에게 두루 은택을 끼치는 그런 임금이 되고자 하였다.

子之素自期者, 恥爲凡主, 必欲丕變風俗, 挽回世道, 以新一世之治化.

임금이 아랫사람들을 거느리는 것은, 마치 하늘이 만물을 덮어 주는 것과 같다. 오직 사물은 각자 그 사물에 맡겨 두고, 사물이 다가오면 순순히 응대할 뿐, 먼저 마음속에 편견(適莫)을 가져서는 안 된다.

만약 편견을 가진다면, 사사로운 뜻에 편벽되고 구속되어 크고 넓은 경지에 이르지 못할 뿐 아니라, 아랫사람들도 덩달아서 틈을 엿보아 따라하려 할 것이니, 세도世道에 큰 해가 될 것이다.

하늘은 만물을 감싸서 보호하되, 사람들에게 이래야 한다거나 이래서는 안 된다며 강요하지 않는다. 그저 순리에 따를 뿐이다.

"군자는 천하의 일에 대해, 반드시 그렇다거나(適) 반드시 그렇지 않다고(莫) 고집하지 않는다. 다만 의로움만을 좇을 뿐이다."(『논어』「이인」)

적막適莫이란, 좋아하거나 싫어하는 것, 후하거나 박한 것, 반드시 그래야 한다거나 반드시 그래서는 안 된다는 것을 뜻하니, 곧 자기의 감정과 의견을 고집하는 편견을 가리킨다.

정조가 생각했던 이상 정치는, 임금인 자기의 주장을 고집하는 다스림이 아니라, 만물의 조화와 순리를 따르는 무위無爲의 다스림이었다. 태평성세의 대명사인 요堯임금의 정치가 그랬다. 요임금이 다스리던 시절, 백성들은 누구의 간섭도 받지 않고 스스로 일하여 먹고살았고, 천하는 평온을 유지하였다. 요임금이 하루는 민정을 시찰하러 나갔는데, 들에서 한 농부가 노래를 부르고 있었다.

"해가 뜨면 일어나고, 해가 지면 쉰다네. 우물 파서 물 마시고, 밭을 갈아 밥 먹으니, 제왕의 힘이 내게 무슨 상관인가?"

이 노래를 들은 요임금은 흐뭇했다. 정조가 꿈꾸던 정치도 바로 이런 정치였다.

人君之御群下, 如天之覆燾萬物. 惟當物各付物, 物來順應而已, 不可先以適莫在心. 苟有適莫, 則不但私意偏係, 不能底恢蕩之域, 群下亦從以窺覘, 以爲趨向之計, 大爲世道之害也.

옛날 임금 가운데 한 가지 일이라도 잘못 처결하면 온종일 즐거워하지 않는 이가 있었다. (나도) 매번 밤기운이 청명한 때 하루 종일 한 일을 점검하여, 잘못 처리한 일이 있으면 스스로 부끄러워하지 않은 적이 없었다.

중국 송나라 태조가 하루는 조회를 파하고 즐겁지 않은 표정으로 편전에 오래도록 앉아 있었다. 곁에 있던 신하들이 그 까닭을 묻자, 대답했다.

"너희들은 천자 노릇이 쉽다 여겨지느냐? 오늘 아침 유쾌한 기분에 들떠 한 가지 일을 잘못 처결하고 말았다. 그래서 즐겁지 않다."(『송사宋史』「태조본기太祖本紀」)

古之人君, 有誤決一事, 終日不樂者. 每於夜氣淸明之時, 點檢終日所爲之事, 有不善爲之事, 則未嘗不自愧也.

오늘날 조정의 급선무는, 일처리를 정당하게 하고, 일의 추진을 엄밀하게 하는 것보다 더한 것은 없다.

정당하지 않으면 뒤가 구리고, 엄밀하지 않으면 적당히 건성으로 하게 마련이다. 국가의 일처리가 그래서는, 백성이 신뢰하며 따르지 않을 뿐더러, 제대로 되는 일이 하나도 없을 것이다.

"법집행이 도리에 어긋나면 뭇 백성이 따르지 않고, 일처리가 정당하지 않으면 뭇 백성이 일을 이루지 못한다(行法不道, 衆民不能順, 擧錯不當, 衆民不能成). "(『관자管子』「금장禁藏」)

今日朝廷先務, 無過於擧措之正當, 做事之嚴截.

명령을 버렸는데도 백성이 따르지 않는 것은, 그 명령이 시행할 만한 게 아닌데도 시행하기 때문이다. 나는 왕위에 오른 이래로, 시행할 수 없는 명령을 버려서 우선 시험해 보도록 한 적이 없었다. 그래서 명령을 버리면 시행되지 않은 적이 없었다.

근래 흉년이 들자 많은 조정 신하들이 금주禁酒를 청하는데, 나는 결코 시행할 수 없다는 것을 알기 때문에, 단호하게 시행하지 못하는 것이다.

시행할 만한 게 아닌데도 시행하는 것은 물정物情을 따르지 않는 것이다. 물정을 따르지 않고 무리하게 시행하면, 백성이 따르지 않는 게 당연하다.

"윗자리에 있는 자가 시행하는 조처는, 오직 물정을 따르는 것이어야 한다."(『일득록』 「정사」)

發令而民不從者, 未得其可行而行之也. 予御極以後, 未嘗出不可行之令, 以爲姑試之計. 故令出而未嘗不行. 近以歲歉, 廷臣多請禁酒, 而予則知其決不可行, 故不能斷然行之.

일찍이 환곡還穀과 군향軍餉에 대한 일로 책문策問을 내어 널리 자문한 바 있는데, 이에 대해 하교하였다.

"밤새도록 이 책문을 짓느라 한숨도 자지 못했건만, 여러 신하들의 대책對策 가운데 내 뜻에 맞는 게 하나도 없으니, 나만 헛고생했구나."

'환'곡은 흉년이나 춘궁기에 곡식을 대여하고 추수기에 일정한 이자를 붙여 환수하던 진휼제도이다. '군향'은 국가의 비상사태를 대비하여 비축해 두는 군량을 가리킨다.

그런데 이 제도는 조선 후기에 와서 백성을 수탈하는 수단으로 변질되어 관리들의 온갖 부정이 저질러졌다. 그런 문제들에 대해 책문을 내어 신하들에게 대책을 자문해 보지만, 마음에 드는 대책이 하나도 없다. 모두들 건성으로 마지못해 대책문을 지었기 때문이다.

嘗以還餉事, 發策廣詢, 敎曰, "終夜作此, 目未暫交, 而諸臣所對, 無一稱意, 子徒自勞苦而已."

내가 비록 간언諫言하게 하는 정성은 부족할지라도, 말로써 사람을 죄준 적은 없다. 경들은 모름지기 시정時政의 잘잘못을 지적하여 진달해야 할 것이다.

관리들이 임금의 비위를 거스를까 두려워하거나, 동료들의 시기나 질투를 살까 염려하여, 할 말을 못하고서는 나라가 번성할 수 없다. 왜냐하면 언로言路는 국가의 혈맥血脈이기 때문이다.

"언로는 국가의 혈맥이다. 혈맥이 막히면 원기가 막히듯이, 언로가 열리지 않으면 여론이 막혀 버린다. 역대의 전적을 상고해 보면, 세도世道의 성쇠는 오직 언로의 성쇠와 연결되어 있다."(『일득록』, 「훈어」)

予雖媿來諫之誠, 亦不曾以言而罪人. 卿等, 須指陳時政得失.

안팎의 상소를 반드시 모두 유의하여 살펴보고, 급하지 않은 문서까지 모두 친히 살펴보고 나서 말하였다.

"백성의 이해와 정사의 잘잘못이 모두 여기에 상세하다. 게다가 진달하여 조목조목 나열한 말을 보면, 그 사람의 재능 여부 또한 대강은 알 수 있으니, 유의하지 않을 수 없는 부분이다. 더구나 측근의 신하들이 만약 이것을 태만히 보아 넘긴다는 것을 알게 되면, 또한 중간에서 농간 부리는 폐단이 없을지 어찌 알겠는가? 이 때문에 피로함도 잊고 살펴보는 것이다."

신하들이 올린 건의문은 민생을 살피는 데 요긴한 자료일 뿐 아니라, 그 건의문을 올린 신하의 재능과 능력을 파악할 수 있는 자료이기도 하다.

만약 그것을 건성으로 본다면, 누가 다시 건의문을 올리겠으며, 또한 중간에서 임금의 눈을 가리고 농간을 부리는 자도 생겨 날 것이다.

內外章奏, 必皆留心考閱, 至於汗漫文書, 亦皆親覽, 曰, "民之利害, 事之得失, 悉此可詳. 且見其敷陳條列之語, 人之才否, 亦可以槩見, 不可不留心處. 而況近習之輩, 若知於此放過, 則亦安知無中間作俑之弊乎? 所以忘勞, 而考閱也."

일찍이 예전의 역사를 살펴보건대, 성쇠와 강약은 병력兵力에 달려 있지 않고 국세國勢에 달려 있으며, 재용財用에 달려 있지 않고 인심人心에 달려 있었다.

진실로 국세가 공고해지고 인심이 기쁘게 따른다면, 홍수나 가뭄, 도적은 모두 근심할 게 못 된다.

국가의 흥망성쇠는 군사력과 경제력에 달려 있는 게 아니니다. 아무리 강한 군사력과 경제력을 가졌다 해도, 나라의 형세가 불안정하고 백성의 마음이 이반되어 있으면, 그것을 오래도록 유지할 수 없다.

일찍이 공자는 나라의 존립기반이 '신뢰(信)'에 있다고 하였다.

제자 자공子貢이 정치를 묻자, 공자가 대답했다.

"양식(경제력)을 풍족하게 하고, 군사력을 풍족하게 하면, 백성들이 신뢰할 것이다."

"할 수 없이 버려야 한다면 셋 중에 무엇을 먼저 버립니까?"

"군사력이다."

"할 수 없이 버려야 한다면 둘 중에 무엇을 먼저 버립니까?"

"양식이다. 예로부터 누구나 다 죽지만, 신뢰가 없으면 존립할 수 없다."(『논어』「안연」)

嘗觀前史, 盛衰强弱, 不在兵力, 而在國勢, 不在財用, 而在人心. 誠使國勢鞏固, 人心豫附, 水旱盜賊, 皆不足憂.

나라를 다스리는 첫째가는 급선무로, 인재를 양성하는 것보다 앞서는 게 없다.

정조는 인재를 양성하는 데 매우 정성을 들였다. 즉위하자마자 인재 양성을 목적으로 규장각奎章閣을 설치하여, 대규모로 도서를 수집하고 간행하게 하였다. 또한 젊고 유능한 인재를 선발하여 규장각에서 학문을 연마하게 하였는데, 이것이 곧 초계문신抄啓文臣 제도이다.

"말(馬)은 비록 미물이지만 잘 기르면 번식하고 잘 기르지 않으면 줄어드나니, 그것이 어찌 말에만 해당하는 것이랴! 인재를 양성하는 것 또한 이와 같다."(『일득록』,「정사」)

治國之第一急務, 莫有先於培養人材.

바른 사람을 등용하고 바르지 못한 사람을 버치는 것은, 곧
나라를 다스리는 첫째가는 급선무이다.

윗자리에 있는 사람에게는 실무를 처리하는 능력보다, 바른 사람과 바르지 못한 사람을 구별하는 안목이 있어야 한다.

춘추시대 노나라 애공이 공자에게 물었다.

"어떻게 하면 백성들이 따르겠습니까?"

공자가 대답했다.

"바른 사람을 등용하고 바르지 못한 사람을 내치면 백성들이 따를 것이고, 바르지 못한 사람을 등용하고 바른 사람을 내치면 백성들이 따르지 않을 것입니다."(『논어』 「위정」)

舉直錯枉, 卽治國之第一急務.

나라를 다스리는 요체는 인재를 얻는 것보다 앞서는 게 없으며, 대신大臣의 직임은 인재로 임금을 섬기는 것이다. 만약 평소에 마음을 두고 살펴서 재능과 기량을 감별하여 각기 그 재능에 알맞도록 한다면, 한 세상의 인재로도 한 세상의 일을 다 해낼 수 있을 것이다.

그런데 매번 미리 대비하지 못하고 평소에 갖추지 못한 채, 다급한 상황이 닥쳤을 때 구차하게 충원하다 보면, 유능한 사람이 버려지고(遺珠) 무능한 사람이 등용될(濫竽) 우려를 면치 못할 것이다. 이러고도 어찌 다스려지기를 바랄 수 있겠는가? 이것은 정히 대신이 특별히 더 유의해야 할 것이다.

유 주遺珠는 창해유주滄海遺珠, 곧 푸른 바다에 버려진 진주란 뜻으로, 세상에 알려지지 않은 인재를 가리키는 말이다. 당나라 때 적인걸狄仁傑이 과거에 급제하여 변주 참군이 되었는데, 아전의 모함을 받아 조사받게 되었다. 그를 조사하던 염입본閻立本은 비범한 그의 재능을 알아채고, "그대는 창해유주라 할 만하오" 하였다 한다.(『신당서』 「적인걸열전」)

남우濫竽는 엉터리로 피리를 분다는 뜻으로, 무능한 사람이 한 자리를 차지한다는 말이다. 중국 전국시대 제나라의 선왕宣王은 악사들이 피리를 불 때 삼백 명이 합주하도록 했다. 그때 남곽처사南郭處士란 사람이 찾아와 선왕을 위해 피리를 불겠다고 했다. 선왕은 기뻐하며 수백 명분의 녹봉을 주었다. 그런데 선왕의 뒤를 이은 민왕湣王은 합주보다 독주를 좋아하였다. 그러자 남곽처사는 도망쳐 버렸다.(『한비자』 「내저설」)

합주를 할 때는 피리를 부는 척만 해도 되지만, 독주를 할 때는 그게 통하지 않는다. 그래서 도망친 것이다.

治國之要, 莫先於得人, 而大臣之職, 以人事君. 若於平素, 留心探察, 鑑別才器, 各適其用, 則以一世之人才, 足了一世之事. 而每不能預備素具, 臨急苟充, 不免遺珠濫竽之患. 如是, 而安能望治乎? 此正大臣另加留意者也.

천하의 일은 적임자를 얻어서 맡기면 반 이상은 이루어진 셈이다.

인사가 만사다. 국가를 다스리는 임금은 인재를 신중하게 선발하여 적재적소에 배치하는 게 가장 중요한 일이다. 만일 적당한 인재를 뽑을 수 없다면, 최소한 백성에게 해악을 끼치는 탐욕스런 사람을 선발해서는 안 된다.

"백성의 기쁨과 슬픔은 전적으로 감사와 수령에게 달려 있어서 신중하게 선발해야 한다. 그런데 근래에는 인재가 점차 옛날만 못하여, 매번 한 명의 결원이 생길 때마다, 전부銓部(인사를 담당한 관서)가 관안官案을 샅샅이 뒤져 보아도 합당한 인물을 찾을 수 없다고 하는데, 이 말은 지나치다.

앞 시대에서 인재를 빌려 오지 않더라도, 그 시대의 일을 처리할 수 있는 법이니, 그 속에서 우수한 자를 뽑는다면 곧 적임자를 얻을 수 있다. 비록 사무에 능숙하고 복리를 증진시키며 해악을 제거할 수 있는 인재는 얻지 못한다 하더라도, 다만 방자하게 불법을 저지르지 않는 자만이라도 임명한다면 그런대로 괜찮을 것이다."(『일득록』 「정사」)

天下事, 得人而任之, 思過半矣.

천하에는 하나의 재능도 없는 사람은 없으니, **만약 수십 명**을 모아 각자의 장점을 발휘하게 한다면, 곧 '통재通才'가 될 것이다. 이렇게 한다면 세상에는 버려지는 사람이 없을 것이고, 사람은 재능을 버리는 일이 없을 것이다.

'통'재'란 온갖 재주에 두루 능통한 사람을 가리킨다. 수십 명이 모여 각자의 장점을 발휘한다면 수십 가지 재주에 능통하게 되고, 수백 명이 모여 각자의 장점을 발휘한다면 수백 가지 재주에 능통하게 된다.

이렇게 세상 사람들이 모두 모여 각자의 장점을 발휘한다면 온갖 재주에 두루 능통하게 된다. 그렇게 되면 세상에는 하지 못할 일도 없을 것이요, 버려지는 인재도 없을 것이다.

"사람을 쓰는 데 방도가 있나니, 오직 단점을 버리고 장점만을 취하는 것이다. 이렇게 한다면, 눈앞에는 좋지 않은 사람이 없고, 천하에는 버릴 사람이 없을 것이다."(『일득록』「훈어」)

天下無無一能之人, 若聚十百人, 而各用其長, 便爲通才. 如此, 則世無棄人, 人無棄才矣.

우리 조정은 중엽 이전에는 명신名臣과 석보碩輔(보좌하는 어진 신하)가 먼 시골이나 소원한 지방에서 많이 배출되었는데, 중엽 이후로는 도성의 세가世家 이외에서 나왔다는 말이 전혀 들리지 않는다.

도성에서 생장한 자라 하여 반드시 다 어진 것은 아닐 터이고, 먼 시골에서 생장한 자라 하여 반드시 모두 불초한 자는 아닐 터이다. 이런 것은 현자를 등용하는 데 출신을 따지지 않는다는 도리에 매우 어긋나니, 전형銓衡(인사권)을 맡은 신하는 이 점을 몰라서는 안 된다.

조선 후기에는 서울에서 가까운 경기도와 충청도에 경제적 기반을 둔, 소수의 특정 노론 세력이 권력을 독점하고 그 지위를 대대로 세습하여 장기적으로 집권하였다. 그런 상황에서 전형은 한갓 허울에 불과할 뿐이었다.

전형銓衡이란 저울대의 수평을 조절하듯이 인물의 재능과 현부賢否를 저울질한다는 뜻이다.

我朝, 中葉以前, 名臣碩輔, 多出於遐鄕疎遠之地, 中葉以後, 輦轂世家之外, 絶未聞焉. 生長於輦轂者, 未必皆賢, 生長於遐鄕者, 未必皆不肖. 則甚非所以立賢無方之道, 掌銓之臣, 不可以不知此.

관동關東 사람 가운데 관적官籍에 있는 자는 단 한 사람뿐이다. 인재가 어찌 지방에 따라 한계가 있어 그러한 것이랴! 다만 인재를 취하는 게 폭넓지 못했기 때문일 뿐이다.

기호 지방의 노론 세력이 권력을 독점한 상황에서, 영남과 호남이라고 관동에 비해 사정이 그다지 다를 게 없었다.

오늘날에도 여전히 이른바 '지역감정'이란 게 사회 문제가 되고 있다. 심지어는 자기의 정치적 잇속을 챙기려 노골적으로 지역감정을 부추기며 선동하는 자도 있다. 역사 앞에 부끄러운 자들이다.

關東人, 在籍者, 只有一人. 人才, 豈限地分而然乎! 特取人不廣耳.

만물은 끝까지 버려서는 안 되고, 사람은 다 버려서는 안 되므로, 소통의 정사가 나의 고심이다.

소통의 정사란, 신분 또는 당파의 제약으로 관직에 진출하지 못하는 인재들을 발탁하는 것을 말한다.

정조는 즉위 초부터 재야의 유능한 인재를 발탁하는 데 정성을 기울여, "조정의 진신縉紳들이 반드시 모두 어진 것은 아니고, 초야의 인물들이 반드시 모두 어리석은 것은 아니다"(『정조실록』 정조 1년 1월 10일) 하며, 재야의 인재들을 천거하도록 지시하였다.

物不可終遺, 人不可盡棄, 疏通之政, 予苦心也.

인재는 간혹 신분에 무관하게 나오니, 이를테면 기화요초가 후미진 골목의 더러운 도랑에 많이 나는 것과 같다.

정조는 신분의 차별 없이 다양한 인재를 등용하려 하였다. 그래서 즉위한 이듬해, 인사를 담당하는 이조와 병조에 명하여 서얼을 소통시킬 방도를 강구하여 절목을 마련하라 지시하고, 이 지시에 따라 이조에서 '서류소통절목庶類疏通節目'을 올리게 된다.(『정조실록』 정조 1년 3월 21일)

이로써 서얼들도 관직에 진출할 수 있는 법률적 근거가 마련되어, 박제가·이덕무·유득공 등의 우수한 인재들이 다수 등용될 수 있었다.

人或不係世類, 如奇花異草, 多生於猥巷穢溝.

탕평을 주장하는 자들은 반드시 호대互對를 한결같이 시행해야 한다고 한다. 그러나 탕평을 해치는 것 또한 이 '호대' 두 글자이다.

'호대'란 쌍거호대雙擧互對의 줄임말로, 인물을 등용할 때 한쪽 붕당을 천거하면 똑같이 다른 쪽 붕당의 인물도 천거하여 수적으로 균형을 맞추는 것을 말한다. 이것은 영조의 탕평 정책이었다.

그러나 이 정책은 당파에 따른 관직의 안배일 뿐, 인물의 능력에 따라 인재를 등용한다는 탕평책의 본래 취지와는 관계가 먼 미봉책에 불과했다. 그래서 정조는 이것을 극복하고, 오직 능력에 따라 인재를 등용하려 하였다.

主蕩平者, 必日互對一著. 然害蕩平者, 又是互對二字.

임금의 직분은 하늘을 공경하고 백성을 돌보는 게 우선이요,
그 다음은 어진 이를 존중하는 것이다.

하늘을 공경하고 백성을 돌보는 것은 임금에게 주어진
가장 기본적인 임무이다. 그리고 이 임무를 잘 수행
하기 위해서는, 어진 이를 존중하여 유능한 인재를 등용
하여야 한다.

人主之職, 在於敬天恤民, 其次尊賢也.

하늘의 도는 사사로운 감정을 두지 않고 오직 착한 사람을 도울 뿐이며, 임금은 특별히 편애하지 않고 오직 덕 있는 사람을 신임할 뿐이니, 임금의 도는 단지 하늘의 도를 체득하는 것일 뿐이다.

"하늘은 특별히 편애하는 게 없다. 다만 덕이 있는 이를 도울 뿐이다(皇天無親, 惟德是輔)."(『서경』「채중지명蔡仲之命」)

"하늘의 도는 특별히 편애하는 게 없다. 늘 착한 사람 편에 선다(天道無親, 常與善人)."(『노자』)

사사로운 감정을 개입시켜 편애하지 않으며, 착하고 덕 있는 사람을 등용하는 것, 그것은 국가 인사 정책의 제일 원칙이 되어야 한다.

"하늘의 도는 특별히 편애하지 않고 오직 덕이 있는 사람을 친애한다. 임금은 하늘의 도를 체득하므로, 오직 덕이 있는 사람을 친애하나니, 어찌 혹시라도 사사로운 호오의 감정을 그 사이에 개입시키겠는가?"(『일득록』「정사」)

天道無私, 惟善是輔, 王者無親, 惟德是諶, 王者之道, 只是體天.

가령 열에 아홉이 공☆이고 하나가 사私라 해도 사의 측면에서만 판단하게 되고, 아홉이 왕도王道이고 하나가 패도霸道라 해도 패도의 측면에서만 논하게 되나니, 공파 사 그리고 왕도와 패도의 구분이 어찌 엄격하지 않겠는가? 이로써 미루어 보면, 세상의 온갖 일이 모두 그렇지 않은 게 없다.

사심私心이 조금이라도 개입되어 있다면 그것은 진정한 공심公心이 아니요, 패도정치가 조금이라도 시행된다면 그것은 진정한 왕도정치일 수 없다.

"열에 아홉이 왕도이고 하나가 패도라 해도 패도가 왕도를 충분히 막을 수 있으며, 열에 아홉이 의리이고 하나가 이욕이라 해도 이욕이 의리를 충분히 해칠 수 있다. 따라서 귀중히 여길 것은 '아무런 티도 섞이지 않은 절대 순수한 상태'이다. 그러하니 왕도와 패도가 동시에 사용될 수 있겠으며, 의리와 이욕이 동시에 추구될 수 있겠는가?"(『일득록』,「훈어」)

假令十分之中, 九分是公, 一分是私, 當以私邊看, 九分是王, 一分是霸, 當以霸邊論, 公私王霸之分, 顧不嚴歟? 推之百千萬事, 無不皆然.

재상이 나라를 경영하고 계책을 도모하는 것은, '민우국계民憂國計' 네 글자에서 벗어나지 않는다.

'민우국계'란, 백성을 위해 근심하고 나라를 위해 계책을 세운다는 말이다. 재상뿐만 아니라, 관리라면 모두 여기에 마음을 다해야 한다. 백성과 나라의 근심을 덜어 주는 게 관리의 본분이기 때문이다.

宰相者, 經邦謀猷, 無出於民憂國計四箇字.

재상도 다양한 유형이 있다. 시대의 어려움을 구제하여 세상이 필요로 하는 사람도 있고, 가만히 앉아서 풍속을 아름답게 하는 사람도 있다. 요컨대 어느 한 유형도 조정에 없어서는 안 된다.

시대가 필요로 하는 실무 능력을 갖춘 재상도 필요하지만, 인재를 적재적소에 잘 배치할 수 있는 재상도 필요하다. 인재를 적재적소에 잘 배치하여 모든 정사가 순조롭게 풀린다면, 가만히 앉아 있어도 풍속이 아름답게 될 것이다.

宰相, 亦有許多樣子. 有救時需世之人, 有坐鎭雅俗之人. 要不可缺一於朝廷間.

대신大臣의 직책은 다른 직책과는 다르다. 덕량德量을 우선으로 하고, 재주를 그 다음으로 치면, 비록 더뎌서 공적이 없는 듯해도, 무언중에 체통이 저절로 엄정해지고 기강이 저절로 서게 된다.

송나라 태종은 일찍이 여단呂端(송나라 때의 재상)을 칭찬하며, '작은 일은 모호하게 처리해도, 큰 일은 모호하게 처리하지 않는다' 하였다. 재상을 두는 방도는 중요한 부분에는 갖추어지기를 구해도, 작은 부분은 대충 넘어가야 하나니, 그런 뒤라야 훌륭한 재상의 사업을 이룰 수 있다.

재상의 가장 중요한 역할은 큰 줄기를 세우는 것이다. 지엽적이고 세부적인 업무 처리는 실무자의 몫이다. 재상이 세세한 실무를 직접 처리하고 일일이 간섭해서는 일이 제대로 되지 않는다.

大臣之職, 與他有異. 先德量, 而後才具, 則雖似遲緩無功, 而不言之中, 體統自嚴, 綱紀自立. 宋帝嘗稱呂端, '小事糊塗, 大事不糊塗.' 置相之道, 求備於大處, 而闊略於小處, 然後, 方得眞宰相事業.

고을 수령이 한 푼의 땅을 관대하게 하면 백성들이 한 푼의 혜택을 받고, 한 푼의 폐단을 구제하면 백성들이 한 푼의 이익을 얻는다. 한 푼이라는 작은 것으로도 오히려 이와 같거늘, 하물며 한 푼 정도에 그치지 않는 것임에랴!

지방관의 소임은 임금을 대신하여 백성에게 은택을 베풀고 폐단을 구제하는 것으로, 다른 어떤 관직보다 맡은 임무가 중요하다. 그래서 지방관의 도리를 논술한 『목민심서』도 이렇게 시작한다.

"다른 벼슬은 구해도 되지만, 목민牧民의 벼슬만은 구해서는 안 된다."

지방관이란 직책은 민생과 직결되어 있기 때문에, 자기의 이익을 위하여 그 직책에 나아가서는 안 되고, 오직 요역徭役과 부세賦稅를 덜어 주어 민생을 안정시키는 데만 힘써야 한다.

爲官長者, 寬得一分地, 則民受得一分惠, 捄得一分弊, 則民受得一分利. 一分之小, 猶且如此, 況不止於一分而止者乎!

관리의 인사 고과는 큰 정사로서, 백성들의 고락苦樂이 달려 있는 것이다. 그런데도 방백(관찰사)들은 매번 첫 번째 고과에서는 다소 깨우치고 격려하는 뜻을 보이다가도, 두 번째 세 번째 고과할 때가 되면 점차 해이해져서, 오직 폐단 없이 미봉하는 것만을 위주로 한다. 이와 같이 한다면, 부정한 자가 어찌 징계되겠으며, 선량한 자가 어찌 권장되겠는가!

지방관이 수행해야 하는 일곱 가지 중요한 의무로 칠사七事라는 게 있다. 칠사란, 농사와 양잠을 번성하게 하는 농상성農桑盛, 호구를 증가시키는 호구증戶口增, 학교를 부흥시키는 학교흥學校興, 군대를 정비하는 군정수軍政修, 부역을 균등하게 하는 부역균賦役均, 소송을 간결하게 하는 사송간詞訟簡, 간흉을 제거하는 간활식奸猾息이다. 바로 이 칠사는 지방관에 대한 인사 고과의 기준이 되기도 하였다.

考績大政也, 係生民苦樂. 而爲方伯者, 每於初考, 稍或有警動底意, 及至再考三考, 漸次解弛, 唯以無弊彌縫爲主. 如是, 而墨者何所懲, 良者何所勸乎!

어사는 파견하지 않을 수 없으나, 또한 자주 보내서도 안 된다. 대개 제대로 살피지 못하면 양리良吏가 파직되거나 교체되는 수도 있고, 제대로 묻지 못하면 민정民情이 막혀 버리는 경우가 많다. 오직 적임자를 뽑아서, 때때로 시험해 보는 데 달려 있다.

정조는 지방 수령의 부정을 감찰하고 민정을 살피기 위해, 암행어사 제도를 적극 활용했고 권한도 대폭 확대시켰다. 그러나 때로는 무능하거나 부정을 저지르는 암행어사도 생겨났다. 그래서 암행어사를 선임하는 데 신중을 기했고, 부정을 저지르는 암행어사를 처벌하는 규정도 별도로 만들었다.

"근래에 암행어사는 신분을 잘 감추지 못해, 감사나 수령이 도리어 어사의 거동을 추적하여 조사하거나, 뇌물을 주는 경우까지 있다."(『일득록』「인물」)

御史不可不遺, 亦不宜頻遺. 蓋廉探失宜, 則良吏或被罷遞, 咨訪無所, 則民情多有壅遏. 惟在擇人而試之以時也.

관리들이 서로의 잘못을 바로잡아 주는 것 또한 맑은 조정의 아름다운 일이다. 사람이 매사에 다 잘할 수는 없으니, 옛날의 이른바 명신名臣·석보碩輔라 하더라도, 일상적으로 일을 추진하는 과정에 사소한 잘잘못이 어찌 없을 수 있겠는가!

사람은 누구나 완벽할 수 없다. 따라서 잘못과 결점에 대한 건전한 비판은 한 개인과 한 사회가 성장하는 밑거름이 될 수 있다.

官師相規, 卽亦淸朝之美事. 人不能每事盡善, 則雖古所稱名臣碩輔, 日用事爲之間, 些少得失, 安得無也!

대각臺閣은 곧 임금의 눈과 귀 같은 관직이다. 위로는 임금이 빠뜨리거나 실수하는 것, 아래로는 관리들이 잘하거나 잘못하는 것, 그리고 백성들이 기뻐하거나 슬퍼하는 것에 이르기까지, 듣는 대로 즉시 아뢰어서 임금이 분명하게 보고 들을 수 있도록 도와주는 것이, 바로 그 직임이다.

'대각'이란 본래 사헌부·사간원을 가리키는 말이지만, 그 밖에도 홍문관이나 규장각 등, 관리를 감찰하고 임금에게 직언하는 관직의 총칭으로 쓰인다.

그들의 가장 중요한 임무는 언책言責이었다. 언책이란 말을 해야 하는 책임을 이른다. 구중궁궐에 있는 군주의 눈과 귀가 되어 세상 돌아가는 사정을 알려주고, 군주가 옳지 못한 일이나 잘못을 저지를 때는 목숨을 걸고서 바른말로 간해야 한다. 그게 그들의 일이었다.

臺閣者, 卽人主耳目之官. 上而袞躬闕遺, 下而官師得失, 以至民生休戚, 隨聞隨啓, 裨益人主聰明, 乃其職也.

관청의 문자는 매우 근엄하여 한 글자라도 과장해서는 안 된다. 그런데도 지난날 묘당의 신하는 판부判付(신하의 건의를 임금이 허가하는 것)의 말미에, 매번 조정의 덕의德意를 장황하게 늘어놓는 것을 능사로 여겼다. 심지어 화재나 수해 등의 의례적인 구휼까지도, 모두 장황하게 말을 늘어놓아 십여 장이 넘었다.

관청의 공문서는 간단명료해야 한다. 그래야 신속하고 효율적으로 업무를 처리할 수 있다. 화려한 수사를 동원하여 말을 장황하게 늘어놓는 것은, 빈약한 내용을 감추기 위한 것이거나, 자신의 문장력이나 은택을 과시하기 위한 것이 대부분이다.

公家文字, 至爲謹嚴, 一字不宜夸大. 而向時, 廟堂之臣, 於判付跋尾, 每以鋪張朝家德意爲能事. 至於燒戶漂沒等, 按例恤典, 亦皆張皇爲說, 連十餘紙.

무릇 세도世道의 직책을 맡고 국사國事의 중임을 담당하는 자는, 반드시 위엄을 기르고 명망名望을 닦아야 한다. 그래야만 민심을 감복시키고 세도를 안정시킬 수 있다.

내가 한두 신하를 오래도록 버쫓기도 하고 여러 해 동안 버려두기도 한 뒤에, 점차로 등용하여 중임을 맡긴 것은, 뜻이 실로 여기에 있다.

사람은 고난과 시련을 겪으면서 큰 일을 감당할 수 있는 완숙한 인물로 성장한다.

"하늘이 장차 큰 임무를 어떤 사람에게 맡기려 할 때는, 반드시 먼저 그의 마음을 괴롭게 하고, 그의 근육과 뼈를 고달프게 하고, 그의 육체를 굶주리게 하고, 그의 몸을 궁핍하게 하여, 하는 일이 그가 하고자 했던 것과 어긋나게 한다. 그 이유는 마음을 분발시키고 성질을 참게 하여, 그가 능하지 못한 것을 더 잘하게 하려는 것이다."(『맹자』「고자 하」)

'홍재弘齋'라는 정조의 호에 담긴 의미도 이와 다르지 않다.

凡有任世道之責, 擔國事之重者, 必也養其威重, 增其名望. 方能服人心, 而靖世道. 予於一二臣, 或斥出許久, 或淪棄多年, 然後, 漸次收用, 畀以重任者, 意實在此.

위력으로 제압하여야 내가 내린 명령을 따른다면, 그렇게 따르는 자는 속으로 비난하면서 겉으로 아첨하는 무리이다. 취향과 마음이 서로 통하여 깨우쳐 주지 않아도 응한다면, 그렇게 응하는 자는 삼천 명이라도 한 마음을 가진 신하이다.

따르고 응하는 데서, 누가 허위이고 누가 성심이며, 누가 진실이고 누가 거짓인지를 살핀다면, 공의公議를 결정할 수 있고, 공안公案을 판결할 수 있을 것이다.

주나라를 세운 무왕武王이 은나라의 폭군 주왕紂王을 정벌하기 전에 이렇게 말했다.

"수受(주왕의 이름)는 신하 억만을 두었으나 마음이 억만으로 흩어져 있다. 나는 신하 삼천을 두었으나 마음이 하나로 뭉쳐 있다."(『서경』「태서 상泰書上」)

강요하지 않아도 따르고 마음이 하나로 뭉쳐지는 것은 '공감共感'하기 때문이다.

威力制之, 吾令是從, 則從之者, 腹非面諛之徒也. 氣味相感, 不叩而應, 則應之者, 三千一心之臣也. 觀於從之應之之孰僞孰誠孰眞孰贗, 而公議可決, 公案可判矣.

사물이 같지 않은 것은 사물의 실정이니, 억지로 같게 해서는 안 된다. 여러 신하들이 일을 논의하면서 왈가왈부하는 것은, 바로 맑은 조정의 아름다운 일이다.

그런데 만약 한 사람이 앞장서서 주장하고 모든 사람이 부화뇌동하여 고분고분 이견이 없다면, 반드시 이런 것은 진정한 대동大同의 논의는 아닐 것이다.

> "오리의 다리가 비록 짧다 하더라도 길게 늘여 주면 괴로움이 따르고, 학의 다리가 비록 길다 하더라도 짧게 잘라 주면 아픔이 따른다. 그러므로 본래 긴 것은 잘라서는 안 되고, 본래 짧은 것은 늘여서도 안 된다." (『장자』「변무駢拇」)
>
> 오리의 다리가 짧고 학의 다리가 긴 것은 자연의 이치이다. 자연의 이치를 어기고 억지로 짧게 하거나 길게 하려다 보니 고통이 따르는 것이다. 사람도 저마다 살아 온 환경과 생각이 다르다. 그런데도 억지로 통일시키려 하는 것은 오리의 다리를 늘이고 학의 다리를 자르는 것과 다를 게 없다.
>
> "사람의 성품은 각자가 달라서 억지로 합치시키려 하는 것은, 천성을 온전히 하는 게 아니다." (『일득록』「인물」)

物之不齊, 物之情也, 不可强而同之. 諸臣論事之日可曰否, 乃是淸朝美事. 如或一人唱之, 萬口和附, 純然無異辭, 未必是眞正大同之論.

행정 刑政

탐관오리들이 그칠 줄 모르는 것은,
법이 치밀하지 못한 데서 말미암은 게 아니라,
바로 법이 제대로 시행되지 않는 데서 말미암은 것이다.

백성을 친근히 하는 데는 옥사獄事를 잘 살피는 게 우선이다.

정조는 억울한 옥사를 막고 민생을 안정시키기 위해, 형벌 행정의 정비에도 많은 힘을 기울였다.

정조 2년(1778)에는 형벌 집행에 사용하는 도구의 규격과 사용법을 정리하여 제정한 『흠휼전칙欽恤典則』을 간행하였고, 정조 9년(1785)에는 『경국대전』 이후 변경된 법조문을 반영한 『대전통편大典通編』을 간행하였으며, 정조 20년(1796)에는 세종 때 간행한 『신주무원록新註無寃錄』을 우리 실정에 맞게 고친 『증수무원록增修無寃錄』을 간행하였다. 이것은 모두 형벌의 남용을 막고 인권을 보장하기 위한 일련의 조처였다.

"형벌이란 정치의 보조 수단이다. 백성들로 하여금 죄를 멀리하게 하는 것도 이것이 있기 때문이요, 백성들로 하여금 선한 쪽으로 가게 하는 것도 이것이 있기 때문이니, 그것은 죄를 범하지 않기를 바라는 것이다.

만약 범하는 자가 있으면, 그때는 다시 경중輕重에 적합하도록 판단을 신중히 하여, 죄를 줄지 용서할지 그 여부를 엄숙하고(欽) 애처로운(恤) 마음으로 적용하여, 궁극적으로는 형벌이 없도록 하자는 것이니, 어찌 상서로운 일이 아니겠는가?

내가 이 때문에 형벌을 밝히는 것이니, 안으로는 관부官府와 밖으로는 주현州縣에 이르기까지 지위의 고하에 따라 차등을 두어 적용하고, 죄의 대소에 따라 법률이 공평하게 적용되도록 하여, 들쭉날쭉한 것을 가지런히 하되 질서와 요령이 있도록 하였다.

「흠휼전칙」의 형벌도구

이에 『흠휼전칙』을 편성하게 하고, 그림과 척도尺度까지 첨부하여, 책을 펼치면 일목요연하게 볼 수 있도록 하였다."(「홍재전서」「흠휼전칙서欽恤典則序」)

近民, 察獄爲先.

법이 오래되면 폐단이 생겨나고, 폐단이 생겨나면 고쳐야 하는데, 고치되 그 요령을 얻지 못하면, 그 폐단이 도리어 고치기 전보다 심해진다.

세상은 끊임없이 변화하고, 세상이 변하면 예전에 제정한 법은 실정에서 멀어지게 마련, 그렇게 시대에 뒤떨어진 법은 고쳐야 마땅하다.

그런데 법을 고칠 때는 반드시 요령을 얻어야 한다. 즉현실 조건의 변화를 충분히 반영하여야 한다. 『흠휼전칙』, 『대전통편』, 『증수무원록』 등은 모두 이러한 뜻으로 편찬한 것이다.

法久則弊生, 弊生則矯之, 矯之而不得其要, 則其弊反甚未矯之前.

법이란 **만세토록 공평하여야 한다**. 법이 한번 흔들리면, 폐
단이 덩달아서 불어난다.

법은 어느 누구에게나 공평하고 일관성 있게 적용하
여야 한다.

"법이란 천하 공공의 명기名器이다. 법으로 용서할 만한
것은 임금이 사사로이 처벌할 수 없고, 법으로 처벌해야
하는 것은 임금이 제멋대로 용서할 수 없다."(『일득록』,「정사」)

정조가 『흠휼전칙』을 간행하여 전국에 반포한 것도, 당
시 지방관이 제멋대로 사용하던 형벌도구의 규격과 사용
범위를 제한함으로써, 공평하고 일관성 있는 법 적용을
위한 것이었다.

法者, 萬世之公也. 法一撓, 弊隨而滋.

나라의 중요한 일 가운데 옥사를 공평하게 하는 것보다 우선하는 건 없다. 내가 옥사를 관장하는 관리를 뽑을 때 신중히 하지 않은 적이 없었으니, 옥사가 공평하지 않고도 나라가 잘 다스려진 경우는 아직 없었기 때문이다.

옥사를 공평하게 하려면, 법전을 잘 정비하는 것도 중요하지만, 법조문을 해석하고 실제에 적용하는 관리의 역할도 중요하다. 그 때문에 옥사를 담당하는 관리를 신중하게 선발해야 하는 것이다.

有國重事, 莫尙於平獄. 予於掌獄之官, 未嘗不愼, 獄不平而國治者, 未之有也.

규장각 관료들을 나는 가족처럼 여기고 수족같이 친하게 대하였기 때문에, 간혹 안면과 인정에 구애받기도 한다. 그러나 형정刑政에 관계된 경우에는 이를 돌아볼 겨를이 없으니, 나는 혹시 하나라도 천리天理의 공정함에서 나오지 못하게 될까 깊이 염려한다.

팔은 안으로 굽게 마련인지라, 나와 가까운 사람에게 관대한 것은 인지상정이다. 그러나 법 적용만은 반드시 사사로운 인정에 이끌려서는 안 된다. 그런 것이 쌓이고 쌓이면 법 질서의 토대가 흔들리고, '법이 한번 흔들리면 폐단이 덩달아서 불어나기' 때문이다.

閣僚輩, 子視如家人, 親如手足, 故或不無顔情所拘. 其有關於刑政者, 不暇顧此, 而子深恐其或不能一出於天理之公.

한 세상을 징계하는 본보기는, 방백(관찰사)이 가장 으뜸이고, 수령(군수, 현감)이 그 다음이다. 측근이라는 이유로 법률을 느슨히 하는 일이 없고, 소원한 이라는 이유로 법률을 엄히 적용하는 일이 없다면, 측근 한 사람을 징계함으로써, 소원한 열 사람을 징계할 수 있다.

그런데 정조도 이 말을 실천하지 못한 적이 있었다. 정조 18년(1794) 정약용이 경기 암행어사로 나갔다가, 김양직金養直과 강명길康命吉의 비리를 적발하여 보고하였다.

김양직은 사도세자의 능을 이장했던 지관地官 출신이고, 강명길은 혜경궁 홍씨의 병을 돌보았던 태의太醫 출신으로, 정조의 총애를 받아 현감과 군수를 지내기도 하였다. 그런 이유로 정조는 이들을 용서하려 하였다. 그러자 정조에게 제자 같은 신하 정약용은 즉각 상소를 올려서 항의하였다.

"(이들을 용서하려면) 전하께서는 무엇 때문에 신을 보내셨습니까? … 대저 법률의 적용은 가까운 신하로부터 시작해야 합니다."(『여유당전서』, 「경기어사복명후론상소」)

정조는 결국 이들을 법에 따라 처벌해야 했다.

懲一世之典, 方伯爲最, 守令次之. 勿以貴近而貸律, 勿以疎遠而用法, 則貴近一人之懲, 而可懲疎遠之十輩.

관청의 문자 가운데 가장 어려운 것으로 옥안獄案만 한 게 없다. 대개 한 글자를 옮겨 적는 사이에 사람의 생사가 걸려 있기 때문이다.

옥안, 즉 죄인의 범죄 사실을 조사하여 기록한 문서는 한 글자라도 잘못되어서는 안 된다. 그 한 글자에 한 사람의 소중한 목숨이 좌우될 수도 있기 때문이다.

그래서 정조는 중죄인을 처벌할 때 유별나게 신중했다. "의심할 게 없는 곳에서 의심을 일으킨다(無疑處起疑)", "반드시 죽게 될 처지에서 살릴 길을 찾는다(求生於必死)" 하면서 더 이상 의심의 여지가 없을 때 확정 판결을 내렸고, 혹시라도 억울하게 죄를 뒤집어쓰는 사람이 생기지 않게 하려 하였다. 그러한 내용은 『심리록審理錄』에 잘 드러나 있다. 『심리록』은 사형에 해당하는 범죄사건에 관해 정조가 직접 내린 판결을 모아 놓은 책이다.

公家文字, 最難者, 莫如獄案. 蓋一字轉移之間, 人之生死係焉故耳.

매번 심리하여 옥사를 판결할 때만 되면, 여러 도의 옥안이 책상에 가득 쌓였는데, 주상께서 친히 살펴보고 조사하느라 밤을 새워 아침까지 이어지기도 하였다. 여러 신하들이 모두 걱정하고 염려하였으나, 감히 말을 하지 못하였다. 주상께서 말하였다.

"옥獄이란 사람의 생명과 관련된 것이다. 옛날 성인은 '한 사람이라도 무고하게 죽이고서 천하를 얻는 것도 오히려 하지 않으리라' 하였는데, 내 어찌 한때의 수고로움을 꺼려 심리의 도리를 조금이라도 소홀히 하겠는가?"

정조는 역대의 어느 왕보다도 옥사를 신중히 하는 데 힘썼다. 그런 정조의 모습을 정약용은 이렇게 적고 있다.

"조정에서 이미 법률을 만들어 온 나라에 반포해 놓았으니, 임금은 그저 팔짱을 낀 채 담당 관리에게 맡겨 두어도 될 터인데, 성상께서는 정성을 더 기울여 잠시도 잊지 않으셨다."(『여유당전서』 「발상형고초본跋詳刑攷艸本」)

每當審理決獄之時, 諸路獄案, 積案堆丌, 上親自閱覈, 或至達朝. 諸臣皆憂悶, 而不敢言. 上曰, "獄者, 人命所係. 古之聖人, '殺一不辜, 而得天下, 猶且不爲', 予何憚一時之勞, 而少忽審理之道也?"

5월 재거齋居 때, **만약 서울과 지방의 옥안 가운데 완전히 판결되지 않은 것이 있으면 반드시 이때 모두 보고하도록** 하였다. 대개 마음과 뜻을 전일하고 정밀하게 하며, 생각과 사려를 깊고 원대하게 하려는 것이니, 옛날 선실宣室에서 죄수를 판결하였던 뜻을 부친 것이다.

정조 3년(1779) 5월 14일에, 매년 5월 13일에서 22일까지는 모든 국사를 정지하라는 왕명이 내려진다. 5월 22일은 곧 사도세자의 기일이었다. 정조는 왕위에 오른 뒤로 이 시기가 되면 정무를 보지 않았는데, 이때부터는 아예 정례화하였다.

정조는 이 기간 동안 사도세자의 사당인 경모궁景慕宮에서 재계하며 혼자만의 시간을 보냈다. 바로 이때 판결되지 않는 옥사를 보고하게 한 것은, 억울한 옥사로 죽은 아버지 사도세자를 생각하며, 더 이상 억울한 옥사가 생겨나지 않게 하려는 의도가 담긴 것이라 할 수 있을 것이다. 다음은 정약용의 말이다.

"매년 5월 재거 때마다 전국의 옥안을 가져다가 친히 살피면서, 의문을 일으키고 논란을 제기하여 두세 번 심사숙고한 다음, 억울한 사건을 바로잡고 어지러운 사건을 분석하였다.

이에 철안鐵案(확정된 옥안)이 의안疑案(의심스런 옥안)으로 바뀌고, 의안이 원옥冤獄(원통한 옥사)으로 바뀌어, 하루아침에 형틀에서 벗어나게 됨으로써, 춤을 추어 하늘에 감사하며 감옥에서 풀려난 자가 줄을 이었으니, 천하에 이보다 더 지극하고 큰 인덕仁德은 없을 것이다."『여유당전서』「발상

　'선실'은 한나라 때의 궁실 이름이다. 한나라 선제宣帝는 형법의 폐단을 바로잡고자, 선실에서 재계하고서 옥사와 형벌을 공평하게 처결하였다 한다.

五月齋居之辰, 如有京外獄案之未及完決者, 必於是時, 悉令覆奏. 蓋欲心專而意精, 思深而慮遠, 切寓古昔宣室決囚之意.

버가 자세히 살피고 삼가는 것으로 살옥殺獄만 한 게 없다. 그래서 무릇 옥안을 재차 살펴보는 것이다. 몇 년 전의 일이라도 문득 관련자의 성명을 잊지 않는 것은, 기억력이 좋아서 그런 게 아니라 정성이 닿았기 때문이다.

다음의 글을 보면 정조가 사형수를 판결하는 데 얼마나 고심을 하였는지 알 수 있다.

"주상은 서울과 외방의 사형수를 판결할 때마다 수많은 문서들을 좌우로 쌓아 두었는데, 반드시 한 가지 안건을 가져다가 줄마다 글자마다 철두철미하게 한 번 보고는, 또다시 살펴보면서 궁리하였다. 이렇게 하기를 거의 네다섯 번씩 하고 난 뒤에는, 다시 다른 안건을 가지고 또한 그렇게 하였다. 게다가 작은 책자에 작은 글씨로 한두 가지씩 초록해 두고서, 이른 아침부터 밤늦게까지 늘 눈으로 꼼꼼히 살펴보아, 반드시 단락과 줄거리가 눈앞에 일목요연하게 드러난 뒤에야 비로소 판결하였다.

하교하기를, '한 번 판결을 내리는 데서 죽고 사는 것이 구분된다. 무릇 큰 옥사를 판결하고 사형수를 단죄할 즈음에, 사소한 것이라도 그냥 지나쳐 버린다면, 어진 자가 어찌 이와 같이 하겠는가? 나는 한 번 옥안을 판결할 때마다 번번이 한 층씩 정신적 기능이 손상된다' 하였다."(『일득록』「정사」)

子之所審愼, 莫如殺獄. 故凡於獄案, 一再披閱. 雖數年前事, 輒不忘干連姓名, 非有記性而然也, 誠之所到故也.

살인한 자를 죽이는 것은 자연스런 상법常法이다. 실정과 법으로 따져 보아 모두 용서할 **만**한 점이 없다면 그다지 애석할 게 없다. 대저 이 옥사에 연좌된 자는 반드시 모두 죽이고야 말겠다는 생각으로 그러는 게 아니다.

그런데 우발적으로 살인에 이른 경우도 이따금씩 있으니, 그것은 실정으로 따져 보면 불쌍히 여길 점이 있다. 그럼에도 법을 집행하는 관리가 한결같이 법으로**만** 단죄하니, 불쌍히 여겨야 하는 뜻에 너무도 어긋난다.

그런 까닭에 심리의 계본啓本(임금에게 올리는 보고서)은 반드시 반복하여 살펴보며, 반드시 죽게 된 가운데서 살리기를 구하는 것이다.

정약용이 형조 참의로 있으면서 정조를 모시고 옥사를 의논한 적이 있었다. 그때 정약용이 한 죄수를 논하며 사형에 처해야 한다고 하자, 정조도 그렇다고는 하면서 그래도 그를 살리고자, "그 정상이 용서할 만한 점이 있다"고 말을 꺼내며 이렇게 말하였다.

"싸우다가 구타하여 살인한 자는 죽일 의도가 없었는데도 불행하게 죽게 된 경우가 열에 일고여덟이며, 간혹 칼을 뽑아들고 곧장 찌른 자는 필시 그 마음에 지극한 원한이 있어서 죽어도 참을 수 없는 경우일 것이다. 그래서 죽일 의도가 없이 죽인 자와 죽일 의도를 가지고 죽인 자에 대하여, 나는 때에 따라 둘 다 신원伸寃해 준다. 이는 내가 살리기를 좋아해서가 아니라, 법이 마땅히 그러하기 때문이다.

또 내가 한 옥사를 신원할 때마다 조정 신하들은 걸핏하면 살리기를 좋아하는 덕이라고 한다. 조정 신하들이 나 듣기 좋으라고 하는 말이겠으나, 나는 이 말처럼 듣기 싫은 게 없다. 대저 선을 좋아하고 악을 미워하는 것은 의義이고 지智이다. 큰 죄를 저질러 죽여야 할 사람을 보고도 살리려고만 한다면, 이는 인仁·의義·예禮·지智의 사덕四德 가운데 그 둘인 의와 지를 빠뜨리는 것이다. 그러니 어찌 덕이 되겠는가? 나는 한 사람이라도 무고하게 죽이는 것을 하지 않으려는 것이지, 내가 살리기를 좋아하는 것만은 아니다.

조정 신하들은 몇 해 동안 나를 섬겼으면서도, 나의 뜻은 모른 채 매번 내가 살리기를 좋아한다고들 하니, 이 말을 나는 가장 듣기 싫어한다."(『여유당전서』「발상형고초본」)

殺人者死, 自是常法. 論以情法, 俱無可原, 則固不足惜. 而大抵坐此獄者, 未必擧皆有必殺之心而然也. 邂逅致此者, 往往有之, 論其情實, 有可矜. 而執法之吏, 一斷以法, 殊非哀矜之意. 故於審理啓本, 則必反覆考閱, 求生於必死之中.

사물의 이치를 궁구할 때는, 반드시 깊이 생각하고 힘써 연구하여, 의심할 게 없는 곳에서 의심을 일으키고, 의심을 일으킨 곳에서 또 의심을 일으켜, 곧 완전히 의심이 없는 경지에 이르러야 한다. 그런 뒤라야 환히 깨달았다고 할 만하다.

옥사를 판결하는 것 또한 이와 같다. 실정이나 법에 털끝만큼도 의심할 만한 게 없다 해도, 또한 의심할 게 없는 곳에서 의심을 일으켜서 의심하고 또 의심하여, 다시 곧 완전한 경지에 이르러 의심할 게 없어야 한다. 그런 뒤라야 비로소 판결을 내릴 수 있는 것이다. 이러한 방법으로 미루어 나가면, 잘못 처리하는 것이 드물 것이다.

정조의 옥사 판결법은 경서經書를 보는 데서 터득한 것이었다. 옛 학자들이 경서를 볼 때는, 한 글자 한 글자에 담긴 의미를 깊이 따져 보며 외울 정도로 되풀이하여 읽었다. 바로 이 방법을 정조는 옥안을 살피는 데도 적용하였다.

"옥안을 살필 때는 경서를 보듯이 해야 한다. 경서를 볼 때는 반드시 의심할 게 없는 곳에 의심을 한 뒤에야 잘 본 것이 된다. 옥안 또한 그러하다. 실인實因(실제 원인)과 사증詞證(증인)에 대해, 이미 갖추어진 설만 가지고 대략 어설프게 보아 넘겨 곧바로 판결을 내린다면, 어찌 억울함이 없을 수 있겠는가?

반드시 참고하고 조사하기를, 구절마다 따지고 글자마다 분석하듯이 해야 한다. 그렇게 하여 반드시 죽게 된 가운데서 살릴 만한 단서를 찾아야 하니, 그런 뒤에야 살릴 만한 자는 살리고, 죽는 자 또한 원통함이 없을 수 있다.

이 때문에 내가 옥안을 살필 때마다, 상세하게 반복하는 걸 싫어하지 않는 것이니, 그것은 조금이라도 소홀함이 없도록 하자는 것이다. 이것은 실로 경서를 보는 것에서 유추하여 터득한 것이다." (『일득록』「정사」)

窮格, 必熟思力究, 無疑處起疑, 起疑處又起疑, 直到十分無疑地, 然後, 方可謂豁然. 決獄亦類此. 情與法, 雖無毫分可疑, 亦當從無疑處起疑, 疑之又疑, 又便到十分地無疑. 然後, 始可決折. 以此推將去, 鮮有誤了處.

수령들이 심리하여 점검하고, 감사들이 한 구절로 판결한 것이, 십분 합당한지 알 수 없다. 그래서 하나의 옥안을 반드시 일고여덟 번 살피고, 일고여덟 번 헤아리는 것이다.

조선시대에는 사형에 해당하는 중죄에 대하여 세 번에 걸쳐 심사하는 삼복법三覆法이 제도적으로 마련되어 있었다. 그럼에도 하나의 옥안을 일고여덟 번 되풀이하여 살펴보는 것은, 하나의 오판이라도 줄이고자 하는 고심에서 나온 것이다.

守宰審檢, 監司句斷, 未知十分稱當. 故一案, 必也七八番看過, 七八番思量.

나는 옥사를 판결한 뒤에는, 그때마다 며칠 동안 잠을 잘 자지 못한다. 그것은 곧 이 마음의 근심스러움을 스스로 금하지 못하기 때문이다.

고심 끝에 판결을 내리긴 했지만, 제대로 판결을 내렸는지, 무고한 사람을 처벌한 것은 아닌지, 그런 근심을 여전히 떨쳐 버리지 못하는 것이다.

予於判獄之後, 輒數日不甘於寢. 卽此心耿耿, 不自禁也.

옥사를 결단하는 법은, 정상이 중요하고 행적은 그 다음이다. 정상과 행적의 구분을 분명하게 살핀 뒤라야, 원통한 옥사가 없게 될 것이다.

범죄가 발생하면 먼저 사건이 일어나게 된 정상부터 파악한 다음, 그 정상을 고려하여 행적(범죄 행위)에 대한 판결을 내려야 한다. 살인 사건의 경우, 의도된 살인과 우발적 살인의 형량이 다른 것도, 정상에 대한 고려에서 나온 것이다.

折獄之法, 情爲重, 跡爲次. 審乎情跡之分, 然後, 庶可以無冤獄.

옥사를 결단하는 법은, 너무 오래 끌면 관리들이 간혹 농간을 부리고, 다급하게 서둘면 백성이 실정을 다 토로하지 못한다. 옥사를 잘 다스리는 자는, 완급의 시기를 잘 살피지 않으면 안 된다.

옥사의 판결을 지나치게 지연시키면, 관리들이 뇌물을 받고 증거를 숨기거나 조작하여 올바른 판결을 방해할 우려가 있다. 그렇다고 판결을 지나치게 서둘러도, 충분한 심사를 하지 못하여 잘못된 판결을 내릴 수가 있다. 그래서 옥사를 판결할 때는 완급을 잘 조절해야 하는 것이다.

折獄之法, 持久則吏或爲姦, 造次則民不盡情. 善治獄者, 不可以不審乎緩急徐疾之際.

옥사는 엄격하게 하지 않아서는 안 되나니, 엄격하지 않으면 농간이 생겨난다. 옥사는 관대하게 하지 않아서는 안 되나니, 관대하지 않으면 원한이 많아진다.

반드시 관대함과 엄격함이 둘 다 적절하게 된 뒤라야, 백성은 원망이 없고 옥사는 농간이 없게 될 것이다.

법 집행이 엄격하지 않으면 요리조리 빠져나가려고 간계를 꾸민다. 그렇게 되면 법은 무용지물이 되고 만다. 반대로 법 집행이 지나치게 엄격하면 그 법에 구속되어 백성들이 고통을 받는다.

예컨대 법가 사상을 받아들인 진나라는 지나치게 엄격한 법률을 적용하였고, 그 때문에 백성들이 혹독한 고통을 받았다. 결국 진나라는 가혹한 법 때문에 망하고 말았다.

진나라의 뒤를 이어 중국을 통일한 한나라 고조 유방은, 법을 간소화한다는 정책을 가장 먼저 시행하였다. 약법삼장約法三章이 그것이다. 즉 살인을 한 자, 남에게 상해를 입힌 자, 남의 물건을 훔친 자만 처벌하고, 나머지 진나라의 가혹한 법은 모두 폐기한다는 약속이었다.

獄不可不嚴, 不嚴則生姦. 獄不可不寬, 不寬則多寃. 必也寬嚴兩得, 然後, 民無寃, 而獄無姦.

큰 간흉은 용납해서는 안 되고, 작은 잘못은 용납하지 않아서는 안 된다. **만약** 큰 간흉을 용납하면 반드시 **나라를** 어지럽힐 것이요, 작은 잘못을 용납하지 않으면 세상에 온전한 사람이 없을 것이다.

큰 잘못을 용서하는 것은 지나치게 관대한 처벌이요, 작은 잘못을 용서하지 않는 것은 지나치게 엄격한 처벌이다.

大姦不可容, 小過不可不容. 若容大姦, 則必亂國家, 不容小過, 則世無完人.

국청鞫廳에서 어떤 사람의 체포를 청하면, 그때마다 그를 끌어들여 발고한 죄수를 재삼 자세히 조사시켜, 명백하게 동참한 행적이 드러난 뒤에야 비로소 잡아오는 것을 허락하였다. 대개 고문을 받다 보면 실정을 제대로 말하도록 하기 어렵다. 그런데 만약 죄수의 공초에 따라 그때마다 의금부의 나장을 보낸다면, 억울하게 걸려들 우려가 생기는 게 이치이다.

근래 여러 차례 큰 옥사를 겪었는데, 그때마다 관대히 처분하는 은전을 베푸는 데 힘썼다. 그 뒤에 비록 악인이 교화되는 것을 보지는 못했지만, 법망에서 풀어주는(解網) 정사는 이와 같이 하지 않을 수 없기 때문이었다.

'해망解網'이란 형정刑政을 너그럽게 사용한다는 뜻이다. 은나라 탕湯임금이 사냥을 나갔다가, 어떤 사람이 사방에 그물을 쳐 놓고, "하늘로부터 사방에 이르기까지 모두 내 그물 속으로 들어오라" 하며 비는 것을 보았다. 탕임금이 다시 3면의 그물(網)을 터(解) 놓고는, "왼쪽으로 가고 싶으면 왼쪽으로 가고, 오른쪽으로 가고 싶으면 오른쪽으로 가되, 나의 명을 따르지 않으려면 나의 그물로 들어오라" 하였다는 고사에서 비롯된 말이다.

鞫廳, 請捕之人, 輒令再三盤覈於援告之囚, 明知有同參之跡, 然後, 始許捉拿. 桉拷掠之下, 難責其情實. 若依囚招, 隨發緹騎, 則橫罹之患, 理所必至. 近來, 屢經大獄, 輒務曠蕩之典. 伊後, 雖未見龍蛇之化, 而解網之政, 不得不如此故也.

옥사를 다스릴 때 관용에 힘써서, 이미 죄를 자백했더라도 의심할 만한 점이 있으면, 대부분 용서하여 풀어주었다. 여러 신하들이 그 점에 대해 논쟁을 벌이니, 하교하였다.

"옛사람이 이르기를, '형틀 아래에서 무엇을 구한들 얻지 못하랴!' 하였다. 저들이 비록 죄를 자백했더라도 실정에 의심할 만한 점이 있는 자라면, 가벼운 죄목으로 처리하더라도 다함께 살리는 덕을 해치지 않을 것이다. 옥사를 다스리는 도리는, 결코 뜻을 선뜻 결정해서는 안 된다."

매앞에 장사 없는 법이다. 정조의 이러한 처결은 현대의 형사소송법에서 규정하는 '자백배제법칙'과 유사한 점이 있다.

"피고인의 자백이 고문, 폭행, 협박, 신체구속의 부당한 장기화 또는 기망 기타의 방법으로 임의로 진술한 것이 아니라고 의심할 만한 이유가 있는 때에는 이를 유죄의 증거로 하지 못한다."(형사소송법 제309조)

治獄之際, 務從寬恕, 雖或已輸款, 有可疑者, 多從宥釋. 諸臣爭之, 則敎曰, "古人云, '桁楊之下, 何求不得!' 彼雖輸款, 情或有可疑者, 付之惟輕之科, 亦不害爲竝生之德. 治獄之道, 決不可快意也."

탐욕 풍조의 성행이 오늘날과 같은 적이 없었음에도, 팽아烹
阿의 형벌을 시행하지 않은 게 오늘날과 같은 적이 없었다. 너
가 비록 관리가 청렴하지 못한 것을 우선 관대하게 용서하고
는 있지만, 너무 느슨히 하는 건 아닌가?

'팽아'란, 아대부阿大夫를 팽살烹殺한다는 말로, 부정한
관리를 처벌하는 것을 비유한다.

중국 전국시대 제나라 위왕威王 때, 아대부에 대한 평판
이 위왕의 귀에 좋게 들렸다. 그러나 그것은 아대부가 위
왕의 측근 신하들에게 뇌물을 바쳤기 때문이었다. 그래서
위왕이 몰래 사람을 보내 살펴보게 하니, 전야는 황폐하
고 주민들은 생활고에 찌들어 있었다. 위왕은 그 즉시 아
대부를 불러 삶아 죽였다.

貪風之盛, 莫如今, 而烹阿之不行, 亦莫如今. 子雖以簠簋不
飾之義, 姑從寬假, 而得無太闊略乎?

탐관오리들이 그칠 줄 모르는 것은, 법이 치밀하지 못한 데서 말미암은 게 아니라, 바로 법이 제대로 시행되지 않는 데서 말미암은 것이다.

법규정이 아무리 치밀하고 엄격해도, 그것이 제대로 시행되지 않으면, 그러한 법은 없는 것이나 다름없다.

법관이 권력과 금력, 또는 혈연과 지연과 학연 따위에 얽매이다 보면, 법이 제대로 시행되지 않는다. 그런 현실에서 관리들은 법을 지키려 하기보다는, 이른바 '인맥'을 관리하는 데 더 공력을 들이게 마련이다. 그러니 탐관오리들이 근절될 리가 없다.

貪官墨吏之不知戢, 非由於法不密, 正由於法不行耳.

옥사를 결단할 때는 마땅히 율문律文을 위주로 해야 한다. 옛 사람이 율문을 제정한 것은 각기 의도가 있는 것이다. 비록 전혀 의심할 게 없는 옥사일지라도, 반드시 적용할 만한 율문을 찾은 뒤에야 바야흐로 처벌할 근거가 마련되는 것이다.

또한 반드시 죽어야 하는 상황에서 살리기를 구하는 게 비록 임금의 마음이기는 하지만, 마땅히 살아야 할 자가 잘못 걸려들거나, 마땅히 죽어야 할 자가 요행히 사면받는다면, 그것이 형벌의 원칙을 잃었다는 점에서는 매한가지이다. 나는 법에 회부할 때 한 번이라도 임의대로 낮추거나 높인 적이 없다.

법관은 판결을 내릴 때 자의적인 판단을 배제하고 법률에 근거한 판단을 내려야 한다. 그래야 법 생활의 안정성이 유지될 수 있다.

그래서 조선은 건국 초기부터 법전을 만들어 반포하였다. 오늘날 대부분의 국가에서 성문법成文法 제도를 시행하고 있는 것도, 그런 이유 때문이다.

斷獄, 當以律文爲主. 古人制律, 各有意義. 雖十分無疑之獄, 必得可照之律, 然後, 方有依據. 且求生必死, 雖是王者之心, 當生者之誤罹, 當死者之倖逭, 其爲失刑則一也. 子則一付之法, 未嘗以意低昂.

나는 한마디 말로 죄를 준 적은 없었으나, 눈치를 살피고 틈을 엿보는 자를 죄주었고, 당파가 같으면 편들고 다르면 공격하는 자를 죄주었다.

정조 즉위년에 윤약연尹若淵은, 정조의 즉위를 방해한 홍인한을 비호하고 두둔하는 상소를 올렸다가 처벌을 받았다. 그리고 한후익韓後翼은 처음 상소를 올렸을 때 그 상소문에 불경한 말이 있다고 신하들이 처벌을 요구하였으나, 정조는 문자를 가지고 죄를 주어서는 안 된다며 불문에 붙이기도 하였다. 그런데 그 뒤 한후익은 홍인한·정후겸 등의 죄상을 기록한 『명의록明義錄』이 조작된 것이라는 말을 퍼트린 죄로 처벌을 받았다.

윤약연과 한후익의 경우를 예로 들어 정조 당시에, "누구는 어떤 상소를 올리고 누구는 어떤 말을 아뢰었다가 결국에는 법에 걸려들어 함께 큰 죄에 빠졌으니, 이것을 앞 사람의 잘못을 거듭하지 말라는 경계로 삼을 만하다" 하는 말이 나돌며, 신하들 사이에 간언하는 것을 꺼리는 풍조가 생겨 나기도 했다.(『일득록』, 「훈어」)

정조의 이 언급은 이러한 소문에 대해 해명하고, 언로言路를 진작시키고자 하는 의도에서 나온 말이다.

予未嘗罪一言者, 窺覘者罪之, 黨同而伐異者罪之.

액례披隷(액정서에 소속된 아전 또는 하인) 이천손李千孫이 임금에게 올릴 산꿩을 훔쳐 먹었는데, 해당하는 각 관사에서 실상을 조사한 보고서를 아뢰었다. 주상께서 승정원에 명하여 그 죄에 해당하는 법률을 적용해 보도록 하니, 법률로는 마땅히 죽여야 했다. 그러자 하교하였다.

"그 사람됨을 보니 무지몽매하다. 필시 임금에게 올릴 것을 훔쳐 먹는 게 죽을죄인 줄 알지 못하여 방자하게 제멋대로 범법했을 것이다. 게다가 옛사람 중에는 비단을 하사하여 그 마음이 부끄러움을 느끼도록 한 경우도 있다. 그가 비록 어리석고 용렬하다 한들, 어찌 일말의 염치가 없겠느냐?"

마침내 수라간에 명하여 이천손에게 특별히 꿩 한 마리를 주게 하고는 그 죄를 용서해 주었다.

당나라 때 장손순덕長孫順德은 당나라의 건국뿐만 아니라, 당 태종이 황제로 즉위하는 데도 큰 공을 세운 장수였다. 그런 그가 어느 날 비단을 뇌물로 받은 적이 있었다. 그 일이 발각되자 당 태종은 처벌하기는커녕 오히려 비단 수십 필을 하사하였다. 신하들이 벌을 내려야 한다고 주장하자, 당 태종은 이렇게 말하였다.

"그가 사람의 성품을 보존하고 있다면 비단을 얻는 모욕이 형벌을 받는 것보다 심할 것이다. 그래도 만약 부끄러움을 모른다면 한 마리 짐승에 불과할 터, 그를 죽인다 하여 무슨 이익이 있겠는가?"

그 후 장손순덕은 청렴한 관리가 되었다고 한다.

잘못을 저질렀다 하여 단호하고 냉정하게 처벌하는 것

만이 능사는 아니다. 스스로 잘못을 깨닫도록 하여, 다시
는 잘못을 저지르지 않도록 길을 열어 주는 게, 처벌보다
더 효과적일 수도 있다.

披隷李千孫, 偷食御供生雉, 諸司謁査實手本. 上命政院照律,
則律當死. 敎曰, "見其爲人, 蒙騃無識, 未必知偷食御供之爲
死罪, 而放恣故犯也. 且古人, 有賜絹而愧其心者. 渠雖迷劣,
豈沒一端廉恥乎? 遂命水剌間, 別與千孫一雉, 仍赦其罪.

사형수 가운데 자기가 먼저 죽겠다고 다투는 남매가 있자, 하교하였다.

"상민과 천민 가운데도 이렇게 윤리와 의리를 잘 아는 자가 있으니, 이는 교화가 아랫사람들에게까지 미덥게 될 기회이다. 그것이 형법에 무슨 문제가 있겠는가?"

그 즉시 정상을 참작하여 유배 보내도록 명하였다.

현대의 형법에도 있는 작량감경酌量減輕(정상참작)과 같은 처분이다. 곧 범죄의 정상에 참작할 만한 사유가 있을 때 재판부의 재량으로 형량을 줄여 주는 것이다. 이 판결은, 백성을 교화시키기 위해서는 엄격한 법 적용보다는 윤리적 가치를 널리 알리는 게 더 중요하다는 판단에서 내린 것이었다. 정조는 윤리적 가치를 보급하기 위해 『오륜행실도』를 간행하기도 하였다.

우애는 도적도 감동시킨다. 한나라 때의 강굉姜肱은 두 아우 해海·강江과 함께 우애가 지극하여, 늘 한 이불을 덮고 잠을 잤으며, 장가를 든 뒤에도 그렇게 하였다 한다. 어느 날은, 강굉이 막내아우와 함께 들에 나갔다가 도적을 만났다. 도적이 이들을 죽이려 하자, 형제는 서로 자기가 먼저 죽겠다고 옥신각신 다투었다. 그 모습을 본 도적은 감동하여, 이 형제를 살려주었다 한다.

死囚中, 有娚妹爭死者, 敎曰, "常賤之中, 能識此箇倫義, 此敎化下孚之機也. 其於刑法何有哉?" 立命酌配.

인신人臣이 죄를 징계하고 성토하는 대의大義에 지성스럽고 간절한 마음은 없고, 한갓 사적인 호오好惡의 감정**만** 충족시키려 한다면, 그 가증스런 정상과 거리낌없는 행적이 도적질을 하는 흉악한 무리들과 무엇이 다르겠는가!

    옥사를 조사하고 판결할 때는 사적인 감정을 배제하여야 한다. 자기가 좋아하는 사람에게는 너그럽게 하고, 자기가 미워하는 사람에게는 가혹하게 한다면, 그것은 공권력의 남용이요, 공권력에 의한 또 다른 폭력이다.

人臣於懲討大義, 苟無至誠惻怛之意, 而徒欲逞其私好惡者, 其情之可惡, 其跡之無忌憚, 何以異於作賊之凶徒!

선전관宣傳官 가운데 왕명을 받고서 어긴 자들이 있었다. 주상은 진노한 채 영화당에 행차하여 장차 곤장으로 다스리려 하면서 근신에게 하교하였다.

"저들 가운데 혹 집안에 병든 아이가 있어, 곤장 맞는 것이 꺼려지는 자가 있는가?"

없다는 대답이 나온 뒤에야, 곤장을 치도록 하였다.

선전관이란, 왕명의 전달과 왕의 호위를 맡은 관리이다. 그런 관리들이 왕명을 어겼으니 당연히 진노할 수밖에…. 그렇다고 분노에 휩싸여 앞뒤를 돌아보지 못하는 지경에 빠지지는 않았다.

아이가 병으로 누워 있는 상태에서 아비마저 곤장을 맞고 눕는다면, 얼마나 비참한 일이겠는가? 만일 사적인 감정에만 따랐다면 결코 이런 배려가 나올 수 없었을 것이다.

宣傳官, 有違越受敎者. 上震怒, 御暎花堂, 將棍治, 敎近臣曰,
"彼輩或有家有兒病以杖拘忌之類乎?" 對以無, 然後乃杖之.

당시에 요망한 말을 방榜으로 내건 자가 있어서, 장차 법에 따라 처벌하려고 빈연賓筵에서 자문하니, 모두 일률一律(사형)로 다스릴 것을 청하였다. 이때 마침 한 중신이 밖에서 들어오더니, 사정을 자세히 알지도 못하면서 말할 순서가 되자 대답하려 하였다. 그러자 하교하였다.

"이것은 사형死刑을 판결하는 일이다. 경은 어찌 사정을 조금도 모르면서 억지로 대답하려 하는가?"

앞뒤 정황을 따져 볼 생각은 않고, 그저 다른 사람들이 말하는 분위기를 눈치껏 살펴 그대로 따라하는 사람이 있다. 앞집 개가 짖으니 뒷집 개가 짖는 꼴이다. 앞집 개야 무슨 이유가 있어서 짖었을 터이나, 뒷집 개는 영문도 모른 채 덩달아 짖어 대며 주인의 단잠을 깨운다.

사람의 목숨이 달린 중대한 일인데도, 나와 무관하니 아무 생각 없이 뒷집 개가 되는 것이다. 나라의 책임 있는 자리에 있는 사람이 결코 해서는 안 될 짓이다.

時有妖言掛榜者, 將抵法, 詢問於賓筵, 皆以一律爲請. 有一重臣, 自外而來, 未詳事實, 而欲循次仰對. 教曰, "此死辟也. 卿豈可一毫未詳, 而强對之耶?"

훈어 訓語

오랜 비가 막 개어 구름이 걷히고
하늘빛이 환히 열리면,
마음이 문득 즐거워진다.
사랑하고 공경하는 마음을
그치지 못하는 자식이,
오랜만에 부모님을 뵙는 그 마음도
바로 이때와 같을 것이다.

주상께서 후원에서 꽃을 감상하고 있을 때, 선인膳人(임금의 음식을 만드는 사람)이 뜰의 풀이 우거진 가장자리에 숯불을 피우자, 하교하였다.

"그것을 빨리 옮기거라. 생의生意를 머금고 이제 막 푸릇푸릇 자라고 있는데, 어찌 차마 불길 속에 타 죽게 할 수 있겠느냐!"

생명을 존중하는 마음이 담겨 있다. 정조에게 그 마음은 비단 꽃과 풀에만 한정되지 않았다.

"한가로이 있을 때 경연 신하들과 함께 경서와 역사서를 논하고 있었다. 갑자기 고양이 한 마리가 쥐를 잡아서 난간을 타고 달려가 지붕 처마로 올라가더니, 이리저리 잡아채고 으르렁대며 잡아먹으려 하였다. 그러자 하교하였다. '범이 먹이를 물어뜯는 것, 매가 먹이를 낚아채는 것, 소리개가 먹이를 움켜쥐는 것, 고양이가 먹이를 잡는 것은, 본래의 성질이며 직분이다. 그러나 나는 그들이 생명으로 생명을 상하게 하는 것을 보고 싶지 않다.' 그리고는 좌우에 명하여 빨리 쫓아 버리도록 하였다."(『일득록』 「훈어」)

이런 마음이 있었기 때문에 정조는 옥사를 판결하는 데 누구보다 신중했고, 판결을 내리고 나서도 근심스런 마음을 떨쳐버리지 못했던 것이다.

臨後苑賞花, 膳人熾炭於庭畔雜草蕘蒨之地, 教曰, "亟移之, 生意藹然方茁靑, 豈忍枉入烘炎中蕭索了!"

내구內廐(궁궐 안의 마구간)에는 내가 즉위한 뒤부터 타던 말이 있었는데, 20년 정도 되니 노쇠한 데다 눈이 멀어서 더 이상은 탈 수가 없었다. 그러나 매번 행행行幸할 때면 차마 버려 둘 수 없어서 반드시 의장마儀仗馬로 데리고 다녔는데, 연전에 결국 죽고 말았다. 지금까지도 그 말이 뛰어다니면서 온 힘을 다한 공로를 생각하면 측은해진다.

이런 것 역시 생명을 존중하는 마음이요, 동시에 자기를 위해 봉사했던 말의 공덕을 잊지 않으려는 마음이다.

內廐, 有自御極後所乘之馬, 幾二十年, 老且瞎, 不堪復乘. 而每當行幸, 不忍廢棄, 必以仗馬自隨, 年前竟故. 至今常思其馳驅盡力之功, 爲之惻然.

신하가 임금을 섬길 때는 마땅히 숨김이 없는 것을 첫 번째 의리로 삼아야 한다. 숨김이 없다는 것은 '성誠'이다. 세상의 모든 일이 '성'이 아니면 아무것도 존재할 수 없거늘, 하물며 임금과 신하의 관계임에랴!

자로가 임금 섬기는 방법에 대해 묻자, 스승 공자는 이렇게 대답했다.

"속이지 말아야 한다. 임금의 얼굴빛이 바뀌어도 직간해야 한다."(『논어』「헌문」)

속이는 것 없이 진실을 다하는 것이 곧 '성誠'이다.

人臣事君, 當以無隱爲第一義. 無隱者, 誠也. 天下萬事, 不誠無物, 況君臣之際乎!

사私 가운데 공公이 있으며, 공 가운데에도 사가 있다. 사 가운데의 공은 외면이 비록 굽어 있어도 내면이 충실하여 용서할 만하며, 공 가운데의 사는 겉모양이 비록 곧아 보이나 마음이 비뚤어져 있다.

'사 가운데의 공'은 사익을 추구하되 마음속에는 공익에 대한 배려가 있는 것이요, '공 가운데의 사'는 겉으로는 공익을 내세우지만 실제로는 사익을 도모하는 것이다.

私中自有公, 公中亦有私. 私中之公, 外雖曲而內實可恕, 公中之私, 貌雖直而心却回互.

옛사람의 궤적을 따르는 것이 어려운 게 아니라, 궤적을 만들어 뒷사람에게 전해 주는 게 어렵다.

눈 쌓인 들판을 걸어갈 때는,　　　　　踏雪野中去
발걸음을 어지럽게 하지 말라.　　　　不須胡亂行
오늘 내가 걸어가는 발자국이,　　　　今日我行跡
뒷사람에게 길이 되리니.　　　　　　遂作後人程

서산대사가 지은 것으로 전해지는 한시이다. 인생의 길을 걸어가면서 난잡한 족적을 남기지 말지어다. 나의 한 걸음 한 걸음이 뒷사람에게 길이 될 터이니….

循古人之軌轍者, 非難也, 制軌轍以遺後人者, 卽難.

오랜 비가 막 개어 구름이 걷히고 하늘빛이 환히 열리면, 마음이 문득 즐거워진다. 사랑하고 공경하는 마음을 그치지 못하는 자식이, 오랜만에 부모님을 뵙는 그 마음도 바로 이때와 같을 것이다.

효성이 지극했던 정조의 마음은 그랬다. 현륭원顯隆園(사도세자의 묘. 고종 때 융릉隆陵으로 승격됨)을 참배하고 환궁하던 길에서 잠시 쉬는 동안 신하들에게 말했다.

"내가 본래 가슴이 막히는 병이 있어 궁궐을 나올 때 꽤나 고통스러웠는데, 이제 다행히도 배알하는 예를 마치고 나니 사모하는 마음이 다소 풀리어 가슴 막히는 증세도 그에 따라 조금 가라앉았다. 그런데 지금 돌아가게 되었으니 내 마음이 어떠하겠는가? 이 지역은 바로 수원의 경계이다. 말에서 내려 머물며 경들을 불러 보는 것은 대저 나의 행차를 지연시키려는 뜻이다."

그리고는 그 지역을 지지대遲遲臺라 명명하였다.(『정조실록』 정조 16년 1월 26일)

지지대는 오늘날 경기도 의왕과 수원의 경계가 되는 고개 이름이다. 공자가 부모의 나라인 노魯나라를 떠나면서 "더디고 더디다. 내 걸음이여(遲遲, 吾行也)"라고 했던 말에서 따온 이름이다.

積雨初收, 雲氣斂, 而天光開, 則意輒欣悅. 愛敬自不能已, 人子覲親於逖違之餘, 其意政如此箇時.

말(馬)의 상相을 잘 보는 사람은 그 말의 신준神駿함을 살펴보지 그 말의 빛깔을 살펴보지 않으며, 글을 잘 읽는 사람은 그 글의 뜻을 본보기로 삼고 그 글의 말을 본보기로 삼지 않으며, 선비를 잘 취하는 사람은 그 사람의 마음을 취하고 그 사람의 외모를 취하지 않는다.

진晉나라 때의 고승 지둔支遁은 항상 서너 필의 말을 길렀다. 어떤 사람이 "도인道人이 말을 기르는 건 운치가 없소" 하고 말하자, "나는 말의 신준함을 소중히 여긴다오" 하고 대답했다 한다.(『세설신어』「언어言語」)

말은 털의 빛깔보다는 잘 달리는 것이 중요하며, 글은 문장의 기교보다는 그 속에 담긴 의미가 중요하며, 사람은 외모보다는 내면의 마음이 중요하다.

善相馬者, 相其神駿, 不相其驪黃, 善讀書者, 法其意, 不法其詞, 善取士者, 取其心, 不取其貌.

다른 사람의 **아름다움을 이루어 주는** 데 힘쓰는 것 역시 인
仁의 일이다.

인仁이란 글자는 그 모양이 시사하듯이, 두(二) 사람(亻 =
人), 곧 사람과 사람이 서로 애정을 가지고 친근하게 지
내는 것을 뜻한다. 그래서 인자仁者는 자기의 이기적 욕망
을 극복함으로써, "자기가 서고자 하면 다른 사람을 세워
주고, 자기가 이루고자 하면 다른 사람을 이루게 해 준
다."(『논어』「옹야」)

그러나 사람이 다른 사람을 사랑하고 친근하게 지내더
라도, 그 사람이 악을 저지르도록 조장해서는 안 되며, 반
드시 선(아름다움)을 이루도록 도와주어야 한다. 그래야 그
것이 '인'이 된다.

"군자는 다른 사람의 아름다움을 이루게 해 주고, 다른
사람의 나쁜 점은 이루게 해 주지 않는다. 소인은 이와 반
대로 한다."(『논어』「안연」)

務成人之美, 亦仁之事也.

공公이라는 한 글자가 인仁에 가장 가깝다.

공公은 무사無私, 곧 사사로운 욕망이 없는 공동체의 보편 타당한 가치를 일컫는다. 공자는 "자기를 이겨 내고 예를 회복하는 극기복례克己復禮가 인仁이 된다"(『논어』「안연」)고 말했다.

여기서 '자기'는 자기의 이기적 마음이요, '예'는 사회의 보편적 가치를 가리킨다. 다시 말해 '인'이란, 개인의 이기적인 욕망(私)을 극복하고, 공동체의 보편적인 가치(公)를 실천하는 것이다.

公之一字, 最近於仁.

인仁과 지智가 있더라도 용勇이 없다면, 결국 그 인과 지를 제대로 발휘할 수 없다.

지와 인과 용을 삼덕三德이라 하는데, 이것은 사람이 갖추어야 할 기본적인 덕목이다.

"지혜로운 사람은 미혹되지 않고, 어진 사람은 근심하지 않으며, 용기 있는 사람은 두려워하지 않는다."『논어』「자한」

지혜로운 사람이 미혹되지 않는 것은 사리를 분별하는 판단력이 있기 때문이고, 어진 사람이 근심하지 않는 것은 사사로운 욕망을 버리고 자연의 섭리에 따르기 때문이며, 용기 있는 사람이 두려워하지 않는 것은 양심과 도의道義에 따라 용감하게 실천하기 때문이다.

사람은 이 세 가지 덕목을 모두 갖추고 있어야 완전한 인격체가 된다. 그런데 '지'가 머릿속에만 있고 '인'이 마음속에만 있을 뿐, 그것을 용기 있게 실천으로 옮기지 못한다면, 그러한 '지'와 '인'은 허울에 불과한 것이다.

仁智而無勇, 則竟做仁智不得.

도리란 알기 어려운 특별한 일이 아니다. 이를테면 밥을 먹거나 잠을 잘 때라도 각각의 경우에 알맞고 타당하기를 구하는 것, 이것이 곧 도리이다.

'도리'란 주어진 상황과 처지에 가장 알맞게 하는 것이다. 밥을 먹을 때는 밥을 먹는 상황에 알맞게, 잠을 잘 때는 잠을 자는 상황에 알맞게, 책을 읽을 때는 책을 읽는 상황에 알맞게, 윗사람은 윗사람의 처지에 알맞게, 아랫사람은 아랫사람의 처지에 알맞게, 친구는 친구라는 처지에 알맞게 처신하는 것, 이것이 곧 도리이다.

道理, 非別般難知之事. 且如喫飯打睡等時, 求箇恰好適當, 便是道理.

이것에 단점이 있는 사람은 저것에 장점이 있다. 그래서 옛 사람이 가죽을 차고 다니거나 활시위를 차고 다녔던 것은, 각각 저쪽의 단점을 가져다가 나의 장점으로 삼은 예이다.

이로써 말해 보면, 사람은 자기의 장점을 자랑스럽게 여기면서 남의 단점을 경시해서는 안 된다.

중국의 전국시대 위나라의 서문표西門豹는 자기의 성격이 너무 급하여, 이를 고치고자 부드러운 가죽을 항상 몸에 차고 다녔다 한다.

반대로 춘추시대 진나라의 동안우董安于는 자기의 성격이 너무 느긋하여, 이를 고치고자 팽팽한 활시위를 항상 몸에 차고 다녔다 한다.

장점으로 단점을 보완하려 했던 사례는, 조선 명종 때의 명재상인 상진尙震의 「자경명自警銘」에서도 찾아 볼 수 있다.

"경박함은 중후함으로 고쳐야 하고, 조급함은 느긋함으로 고쳐야 하고, 편벽됨은 관대함으로 고쳐야 하고, 경솔함은 차분함으로 고쳐야 하고, 난폭함은 온화함으로 고쳐야 하고, 거칠음은 섬세함으로 고쳐야 한다."

短於此者, 長於彼. 故古人之佩韋佩弦, 各取彼之短, 爲我之長. 由是言之, 人不可自矜其長, 忽人之短也.

무릇 사람은 너무 안일하면 마음에 중심이 없게 되며, 너무 방탕하면 기운에 통제가 없게 되나니, 생각을 삼가야 하고 몸가짐을 단속해야 한다.

생각을 삼가고 몸가짐을 단속하는 구체적인 방법으로 구사九思와 구용九容이 있다. 생각을 삼가게 하는 '구사'는 『논어』 「계씨」에 나온다.

"볼 때는 밝게 볼 생각을 하고, 들을 때는 밝게 들을 생각을 하고, 낯빛은 온화하게 할 생각을 하고, 외모는 공손히 할 생각을 하고, 말은 진정성 있게 할 생각을 하고, 일은 공경스럽게 할 생각을 하고, 의심은 물어 볼 생각을 하고, 분노는 제재할 생각을 하고, 이득을 보면 의롭게 할 생각을 하라."

몸가짐을 단속하는 '구용'은 『예기』 「옥조」에 나온다.

"발 모양은 중후하게 하고, 손 모양은 공손하게 하고, 눈 모양은 단정하게 하고, 입 모양은 차분하게 하고, 목소리는 조용하게 하고, 머리 모양은 곧게 하고, 숨소리는 엄숙하게 하고, 서 있는 태도는 덕스럽게 하고, 낯빛은 장엄하게 하라."

凡人, 太安逸則心便無主, 太放浪則氣便無統, 思慮宜警謹, 容儀當收斂耳.

무릇 사람은 밤이 되면 잠을 자고 맑은 새벽에 일어난다. 그런 뒤라야 정신이 응집되고 맑아져서, 몸이 가볍고 기분이 상쾌함을 느끼게 된다.

만약 잠자는 것을 탐내고 눕는 것을 좋아한다면, 근골筋骨이 연약하고 무기력해지며 지기志氣가 혼미하고 막혀 버린다.

주 말이 되어 먹는 것도 잊고 실컷 잠을 자고 일어나면, 도리어 몸이 무거워지고 머리는 영 개운치가 않다. 그런 일이 일상적인 게 되고 나면, 몸은 무기력해지고 정신은 혼탁해질 터이다.

凡人, 夜分而寐, 清早而起. 然後, 精神凝聚澄淑, 得身輕氣暢. 若只耽睡嗜臥, 則筋骨便軟懦, 志氣便昏滯.

근력은 쓸수록 더욱 단단해지고, 총명은 기를수록 더욱 새로워진다.

쇠가 두드릴수록 더욱 단단해지듯, 근육은 쓸수록 더욱 강해지고, 총명은 오랜 세월 깊이 기를수록 더욱 새로워지며, 정신은 힘든 고난을 겪을수록 더욱 굳세어진다. "사람이 항상 스스로 경계하고 검칙하여 혼미와 나태에 빠져 들지 않는다면, 지기志氣가 맑고 상쾌해지며 총명이 더욱 발달한다. 또한 근골을 단단하게 할 수도 있고, 근력에도 도움이 될 것이다."(『일득록』「훈어」)

筋力强之愈固, 聰明養之愈新.

매번 잠자리에 누울 때마다 두 발바닥 가운데를 서로 문지르면 기운이 저절로 펴진다. 내가 밤마다 시험해 보았는데, 처음에는 힘이 드는 듯했으나 오래도록 했더니 신통한 효험이 있었다.

발은 인체의 축소판 또는 제2의 심장이라고도 한다. 발에는 인체의 각 기관으로 연결되는 혈관과 신경이 모여 있기 때문이다. 그러므로 발에 적당한 자극을 주는 발마사지는, 혈액순환을 원활하게 해 주어, 건강을 유지하는 좋은 방법이 될 수 있다.

每臨臥, 將兩足心相摩, 則氣自舒. 予當夜輒試之, 初似用力, 久有神效.

무릇 사람들이 말하는 '주량酒量이 있다'는 자가, 술에 부림을 당하여 절주節酒하고자 하면서도 절주하지 못하니, 매우 가소로운 경우가 아닌가?

절주해야 할 때는 절주하여 비록 반 잔의 술이라도 입에 가까이하지 않고, 음주하고 싶을 때는 음주하되 비록 열 말의 술이라도 마치 고래가 바닷물을 마시듯이 한다면, 이러한 경우에 '주량이 있다' 할 수 있다.

그래서 "오직 술만은 한량이 없다" 하는 것이니, 여기에서 '한량이 없는 술'이란 곧 '한량이 있게 마시는 것'을 이른다는 것을 알 수 있다.

술을 마시되, 술을 통제하지 못하고 도리어 술에 부림을 당한다면, 그것은 진정한 주량이 아니다.

"(공자는) 오직 술만은 한량이 없었지만, 행실이 어지러운 지경에는 이르지 않았다(唯酒無量, 不及亂)."(『논어』「향당」)

凡人, 所謂有酒量者, 爲酒所使, 欲節不能節, 豈非可笑之甚者? 當節而節, 雖半勺不近於口, 欲飮則飮, 雖十斗如鯨之吸, 是可謂有酒量. 故曰, "惟酒無量", 乃知無量之酒, 方可謂有量之飮.

일찍이 선온宣醞(임금이 신하에게 술을 내리던 일)할 때 경연 신하가, '술에 취하는 데서 그 사람의 덕을 본다'고 하자, 하교하였다.

"이 말이 참으로 좋다. 술에 취하는 데서 참으로 덕을 볼 수 있지만, 작록爵祿과 명리名利에 취하는 데서도 그 덕을 볼 수 있다."

술에 취한다는 것은 술에 마음을 빼앗기는 것을 이른다. 술기운이 올라 마음을 빼앗기면, 자기 통제력을 잃고 경계심이 풀어져서 가슴속의 속내를 드러내기도 한다. 그 과정에서 그 사람의 참모습이 드러나는 것이다.

마찬가지로 작록과 명리에 마음을 빼앗기는 데서도, 그 사람의 진면목이 드러난다.

嘗宣醞, 筵臣有言, 醉之以酒, 以觀其德者, 敎曰, "此言政好, 醉之以酒, 固可觀德, 醉之以爵祿名利, 亦可以觀其德."

'하나'란 '둘이 없다'는 말이다. 저것도 옳고 이것도 옳다든지, 짝도 되고 상대도 된다면, 그것은 '하나'의 본질이 아니다.

'하나'란 둘도 없는 것이다. 이것도 옳고 저것도 옳다면, 그것은 이미 '둘'이다. 비교되는 짝이 있고 맞설 만한 상대가 있다면, 그것도 이미 '둘'이다.

이것과 저것의 구분이 없는 것이 '하나'요, 비교되거나 맞설 만한 것이 없는 절대絶對가 '하나'이다. 그래서 '하나'란, 세상의 모든 것이면서 유일唯一한 것이다.

一者, 無二之稱. 可彼可此, 可耦可對, 非一之體也.

평생토록 깊이 간직할 것은, '무물아無物我' 세 글자일 뿐이다.

'무물아'란, 상대와 나의 구분이 없다는 말이다. 나와 상대를 구분하려는 의식 때문에 대립과 갈등이 생겨난다. 따라서 '무물아'는 나와 다른 입장·의견·사상을 배척하지 않고 포용할 수 있게 하는 토대가 될 수 있다.

平生存著, 只是個無物我三字.

진언進言에서 귀하게 여기는 것은 정성과 진실이다. 명예를 파는 것을 미워하고, 사심을 품는 것을 미워하며, 권세에 의지하여 남을 함정에 빠뜨리는 것을 미워한다.

'진언'이란 임금이나 윗사람에게 자기의 의견을 말하는 것이다. 진언을 할 때는 참되고 거짓이 없어야 한다. 명예를 구하기 위한 진언, 사사로운 이익을 챙기기 위한 진언, 임금의 권위를 빌려 다른 사람을 궁지에 몰아넣기 위한 진언은, 모두 정성과 진실이 없는 거짓된 것이다.

所貴乎進言者, 以其誠且直也. 惡沽譽者, 惡挾私者, 惡藉重以傾陷人者.

말은 과장해서는 안 되고 진실하게 해야 하며, 글은 길게 늘여서는 안 되고 정밀하게 해야 하며, 은혜는 함부로 베풀어서는 안 되고 적절하게 해야 하며, 사람은 의심해서는 안 되고 믿어야 하며, 사물에 마음이 흔들려서는 안 되고 순리에 따라야 한다.

사람들이 말을 과장하고, 글을 길게 늘이고, 은혜를 함부로 베풀고, 남을 의심하고, 순리를 어기는 것은, 모두 개인적인 명예와 욕망을 채우기 위해서이다.

言不可夸, 實而已, 文不可蔓, 精而已, 恩不可漫, 適而已, 人不可疑, 信而已, 物不可撓, 馴而已.

말은 가리지 않으면 안 되고, 마음은 확고하지 않으면 안 되고, 뜻은 높지 않으면 안 되고, 도량은 넓지 않으면 안 되고, 일은 성실하지 않으면 안 되며, 학문은 힘쓰지 않으면 안 된다.

말을 가리지 않으면 낭패를 당하고, 마음이 확고하지 않으면 작은 일에도 동요되고, 뜻이 높지 않으면 큰 일을 이루지 못하고, 도량이 넓지 않으면 널리 포용하지 못하고, 일을 성실하게 하지 않으면 성과가 부실해지며, 학문에 힘쓰지 않으면 의혹을 풀어 버리지 못한다.

言不可不擇, 心不可不固, 志不可不高, 量不可不恢, 事不可不實, 學不可不力.

마음에 맞는 사람과 말하는 게 음악을 즐기는 것보다 나으며, 마음에 맞는 글을 읽는 게 진귀한 보물을 가지는 것보다 나으며, 마음에 맞는 일을 하는 게 의복과 음식을 차리는 것보다 낫다.

무엇을 하든 내 마음에 맞아야 한다. 마음만 맞는다면 어떤 고난과 시련도 기꺼이 감내할 수 있다. 그러나 평양 감사도 저 싫으면 그만이듯, 마음에 맞지 않는다면 아무리 좋은 것도 내키지 않는 법이다.

與可意人言, 勝絲竹金石, 看可意書, 勝鼎彝珠貝, 行可意事, 勝衣服飮食.

땅은 마음에 맞는 곳을 만나기 어려우며, 사람은 마음에 맞는 벗을 만나기 어려우며, 세상은 마음에 맞는 일을 만나기 어려우며, 책은 마음에 맞는 글을 만나기 어렵다.

땅은 많지만 내 마음을 끄는 땅은 많지 않다. 사람은 많지만 내 마음을 끄는 벗은 드물다. 일은 많지만 내 마음을 끄는 일은 별로 없다. 책은 많지만 내 마음을 끄는 글은 적다.

그래서 내 마음에 맞는 땅, 내 마음에 맞는 사람, 내 마음에 맞는 벗, 내 마음에 맞는 일, 내 마음에 맞는 책이 소중한 것이다.

地難遇會心境, 人難遇會心友, 世難遇會心事, 書難遇會心編.

입아귀에 온전한 사람이 없는 자는 결코 길한 사람이 아니다.

뭐눈에는 뭐만 보이는 법, 입에 올리는 사람마다 결점을 들추어 내어 트집 잡고 헐뜯는 사람은 결코 좋은 사람이 아니다.

口角無完人者, 其人決非吉人.

마음을 캐내는 것은 말에 달려 있고, 행적을 집어내는 것은 일에 달려 있다. 마음이 태연한 사람은 말이 느긋하고, 마음이 분한 사람은 말이 사납고, 마음이 원통한 사람은 말이 괴롭고, 마음이 다급한 사람은 말이 급박하고, 마음이 겁약한 사람은 말이 황당하고, 마음이 허탄한 사람은 말이 어지럽고, 마음이 거짓된 사람은 말이 왜곡되며, 마음이 유약한 사람은 말이 혼란하다.

말을 따라 마음을 헤아리고, 마음을 미루어 행적을 논하면, 사람이 어찌 숨길 수 있겠는가! 사람이 어찌 숨길 수 있겠는가!

말은 마음의 거울이라 한다. 말이란 마음속에 쌓인 감정이 은연중에 드러나는 것이기 때문이다. 그래서 그 사람이 말하는 것을 살펴보면, 그 사람의 마음 상태를 알아낼 수도 있다.

마음이 편안한 사람은 말도 편안하고, 마음이 불안한 사람은 말도 불안하고, 마음이 따뜻한 사람은 말도 따뜻하고, 마음이 거친 사람은 말도 거칠고, 마음이 교활한 사람은 말도 교활하고….

原情在辭, 執跡在事. 其情泰者, 其辭舒, 其情憤者, 其辭厲, 其情冤者, 其辭苦, 其情急者, 其辭迫, 其情怯者, 其辭謊, 其情誕者, 其辭亂, 其情詐者, 其辭曲, 其情懦者, 其辭漫. 緣辭而參情, 推情而論跡, 人焉廋哉! 人焉廋哉!

무릇 사람이 말을 하고 일을 하는 것은, 자기를 살피는 데 달려 있을 뿐, 세상 사람들의 들뜬 여론은 염려할 필요 없다. 천하에는 일정한 이치는 있으나 일정한 일은 없다. 만약 남을 의식하고 자기를 살피지 않는다면, 끝내 줏대 없는 사람이 되고 말 터이니, 조정에 서는 선비는 더욱 깊이 경계하여야 한다.

"자기의 내면을 돌아보아 잘못이 없다면, 무엇을 근심하고 무엇을 두려워하랴!"(『논어』「안연」)

나를 돌이켜보아 한 점 부끄러움 없이 떳떳하다면, 다른 사람이 이러쿵저러쿵 떠드는 소리는 두려울 게 없다. 평소 나를 돌이켜볼 생각은 않고, 그저 다른 사람을 의식하여 내가 한 말과 행동을 바꾸는 사람은, 줏대도 없고 소신도 없는 사람이다.

凡人之發言行事, 在審己而已, 不必恤世人之浮議. 天下有一定之理, 而無一定之事. 恤人而不審己, 則終爲無主宰之人, 士之立朝者, 尤宜深戒.

좋은 역사책은 좋은 그림처럼, 신운神韻을 얻는 데 달려 있을 뿐이다. 그러므로 이목구비가 닮지 않은 게 없어도, 반드시 뺨 위에 세 가닥 수염을 그려야만, 그 사람이 되는 것이다. 용렬한 화공畫工이 보기에는 세 가닥 수염이 있건 없건 상관이 없을 듯하지만, 아는 사람은 그것이 정신이 모인 곳임을 알기 때문에, 반드시 조심스럽고 신중하게 한다. 역사를 잘 기술하는 사람은 큰 일 작은 일을 따지지 않고, 오직 신운이 깃들어 있는 곳을 기록하는 데 뛰어나다.

그러므로 그림을 잘 그리는 사람은 정신을 그리지 형태를 그리지 않으며, 역사를 잘 기술하는 사람은 정황을 기록하지 사건을 기록하지 않는다.

인물화를 그릴 때는 그 사람의 외형뿐만 아니라, 정신을 전달하고 뜻을 그려 내야 좋은 그림이 된다. 동양화의 이론에서는 그것을 전신사의傳神寫意라 하며, 일류 화가의 그림에는 대개 그것이 담겨 있다.

당나라의 유명한 화가 고개지顧愷之가 배해裴楷의 초상화를 그릴 때, 그림을 다 그리고 나서 뺨 위에 세 가닥의 수염을 더 그려 넣었다. 어떤 사람이 그 이유를 묻자 고개지가 대답했다.

"배해는 뛰어나고 활달하며 식견이 있는데, 바로 이 수염이 그 식견일세."

과연 세 가닥 수염 때문에 신명神明이 있는 듯이 보여서, 그려 넣지 않았을 때와는 현격한 차이가 났다.(『세설신어』「교예巧藝」)

좋은 역사책도 좋은 그림과 마찬가지라, 여러 사건을 나열하며 단순하게 기록하기보다는, 그 사건이 일어나게 된 정황을 잘 기록해야 한다. 사마천의 『사기史記』가 그 대표적인 사례이다.

良史如善畵, 在於得其神韻而已. 故耳目口鼻, 無不似也, 而必加頰上三毛, 然後, 乃得其人. 自庸工觀之, 三毛有無, 似無關焉, 而知者, 知其爲精神之所湊, 故必鄭重焉. 善爲史者, 不問事之巨細, 唯紀其神韻所寓處則幾矣. 故善爲畵者, 畵其神, 不畵其形, 善爲史者, 紀其情, 不紀其事.

글씨를 볼 때는 획과 점을 보아야 하며, 그림을 볼 때는 준법 皴法(산수화의 기법)과 기세를 보아야 하며, 역사를 볼 때는 다스려 졌는지 다스려지지 않았는지 보아야 하며, 사람을 볼 때는 선한지 악한지 보아야 한다.

글씨든 그림이든 역사든 사람이든, 핵심을 꿰뚫어보는 안목을 가져야 한다. 핵심을 놓치고는 무엇을 본들 '장님 코끼리 만지기'가 되기 십상이다.

觀書, 當觀畵與點, 觀畵, 當觀皴與勢, 觀史, 當觀治與忽, 觀人, 當觀善與惡.

기미라는 것은 움직임의 은미한 부분이니, 움직이면 곧 드러나는 것이다. 선악의 기미는 진실로 그중에서도 큰 것이다. 사물마다 각각 그 기미가 있나니, 남들이 보지 못하고 자기가 깨닫지 못하는 가운데, 그 기미는 이미 싹이 터져 나온다.

그러므로 잘 배우는 사람은 먼저 그 은미한 부분을 잘 살펴서, 천리天理를 보존하고 인욕人慾을 차단한다.

어떤 일의 기미나 조짐은 처음에는 작은 데서 시작한다. 그러나 작다 하여 깨닫지 못하고 그대로 내버려 두면, 나중에는 걷잡을 수 없는 지경에 빠지게 마련이다.

그것을 『주역』곤괘坤卦에서는 "서리를 밟으면 단단한 얼음이 이른다"고 경계하고 있다. 늦가을에 서리가 내리는 것은 한겨울 혹한의 기미요 조짐이다. 그러므로 그 기미가 보일 때 미리 대비해야만, 한겨울의 혹한을 무사히 견뎌 낼 수 있을 것이다.

幾者, 動之微也, 動則著矣. 善惡之幾, 固其大者. 而每事各有其幾, 人所不見, 己所不覺之中, 其幾已萌. 故善爲學者, 先察其微, 而存遏之.

오래된 벗이란 오래 지속해 온 관계를 잃지 않는 것이다.

사람과 사람이 오랜 관계를 유지하기 위해서는 마음으로 맺어져야 한다. 그저 서로의 이익을 추구하기 위해 맺어진 관계라면 결코 오래 지속될 수 없다.

"사람들이 서로 좋아하는 것은, 말솜씨 때문이기도 하고, 재예 때문이기도 하고, 권세와 이익 때문이기도 하여, 가지가지로 같지 않지만, 매우 드문 것은 바로 하나의 '심心'이다.

서로 좋아하는 것이 마음 때문이 아니라 다른 이유 때문이라면, 자기가 좋아하는 것은 당장 눈앞에 있는 것일 뿐이니, 어찌 오래갈 수 있겠는가! 벗을 선택하는 자는 상대방이 편안히 여기는 바를 살피지 않아서는 안 된다."(『일득록』「인물」)

故者, 無失其爲故.

영화당에 친림하여 태학(성균관)의 제생에게 시험을 보였는데, 시험 답안지 가운데 더러 (주상을) 칭송하고 찬미하는 구절이 있자, 하교하였다.

"시험장의 문자에서 이같이 지나치게 과장하는 말을 나는 취하지 않나니, 높은 등급에 둘 수 없다."

그리고는 제일 낮은 성적을 주도록 명하였다.

정조는 자기에게 아첨하는 것을 무척이나 싫어하였다. 한번은 이런 일도 있었다.

정조가 즉위하던 해(1776)에 한후익韓後翼이 올린 상소문에 불경한 말이 들어 있다고 신하들이 탄핵하였다. 이때 행부사직으로 있던 신상권申尙權도 상소를 올려 그것을 거들었다. 그 상소문은 이렇게 시작한다.

"이번 한후익의 상소는 곧 상을 모함하는 한 장의 흉서凶書입니다. 오직 우리 전하께서 즉위하신 이래, 모든 일이 성대하고 밝으며 곡진하고 합당하여, 천리天理를 밝히고 인심人心을 바로잡는 것을 근본으로 삼고 있습니다. 덕은 천지天地와 같고 총명은 일월日月과 같아서, 만세토록 태평스러울 것을 발꿈치를 들고 기다리게 되었습니다. 이는 신의 말이 아니라 곧 나라 사람들의 말이며, 나라 사람들의 말일 뿐만이 아니라 외국 사람들도 우리나라 사람을 보면 또한 더욱 마음으로 대우하며, '그대 나라에 성인聖人이 임금으로 나왔다' 하고 있습니다…."

이 상소를 본 정조는 신상권의 관직을 삭탈하였다. 즉위한 지 1년도 채 안 되어 별다른 치적이 없음에도 과도하게 찬양하는 것은, 아첨하려는 뜻에서 나온 것이라는 이

유 때문이었다.(『정조실록』 정조 즉위년 12월 15일)

　요즘에도 새로 대통령이 취임하면 「용비어천가」를 부르는 작태를 심심치 않게 접할 수 있다. 꼴불견이다.

臨暎花堂, 考試太學諸生, 試劵中, 或有頌美之句, 敎曰, "科場文字之此等溢語, 予所不取, 不可以置諸高等." 命置下考.

사람의 병통은 번거로움을 참고 견디지 못하는 데 있다.

번거로움을 견디지 못하면 일이 귀찮아지고, 일이 귀찮아지면 일이 소홀해지게 마련이다.

人之患, 在不耐煩.

성인은 특별한 사람이 아니라, 단지 욕심이 적은 사람이며, 이치에 합당하게 일을 처리할 뿐이다.

세속적 욕망을 초탈하고, 합리적으로 일을 처리하는 사람, 그런 사람이 곧 성인이다.

聖人, 不是別人, 只是寡慾人, 做合理事.

원망을 숨기고 그 사람과 벗하는 것을 성인은 부끄럽게 여겼다. 세상에는 간혹 한편으로는 다른 사람을 사주하여 남의 부형父兄을 논박하게 하면서, 한편으로는 그 사람의 자제들과 교유를 맺어 그 자제들이 그 사실을 모르는 것을 다행으로 여기며, 알랑알랑 두 얼굴을 지어 얘기를 나누는 자가 있으니, 장차 어떤 사람이 되겠는가?

"원망을 숨기고 그 사람과 사귀는 것을 좌구명左丘明이 부끄럽게 여겼는데, 나(공자) 또한 부끄럽게 여긴다."(『논어』 「공야장」)

어떤 이에게 앙심을 품고도, 이해관계에 얽혀 그 사람과 사귀는 것은, 자기와 남을 동시에 속이는 부끄러운 짓이다.

匿怨而友其人, 聖人恥之. 世或有一邊嗾人論人父兄, 而一邊與其子結交, 幸其不知, 而詡詡作兩面說話者, 則將爲何如人哉?

사람들이 사건을 잘못 **판단**하고 사물을 잘못 보는 것은, 안목이 높지 않아서이다.

그래서 세상은 아는 만큼 보인다 하는 것이다. 꾸준히 관찰하고, 꾸준히 사색하고, 꾸준히 연구하여, 인식 체계를 갖추어야 한다. 그래야 옳고 그름을 판단하고, 진짜와 가짜를 구별하는 눈이 열리게 된다.

人或見事惧見物舛, 坐眼目不高也.

시詩와 문文 모두 그 사람을 관찰하기에 충분한 것이지만, 시가 더욱 근사한 것은 시가 성정性情에서 나왔기 때문이다.

"사람의 소리 가운데 정묘한 것이 말이 된다. 시는 말 가운데 또한 정묘한 것이다. 시는 성정에 근본을 두며, 속이거나 꾸며서 이루어지는 게 아니다."(『율곡전서』 「정언묘선서精言妙選序」)

사람의 근본도 마음이요, 시의 근본도 마음이다. 그러므로 시는 그 사람을 살피는 바탕이 될 수 있다.

詩文, 俱足以觀其人, 而詩爲尤近, 出於性情故也.

무릇 사람이 기이한 것을 좋아하고 평상적인 것을 싫어하면, 그르고 편벽된 마음으로 기울어지기 십상이다.

평상적인 것을 싫어하고 기이한 것을 좋아하기 때문에, 세태는 점점 더 자극적이고 더 선정적인 곳으로 흘러가고 있다.

凡人好奇惡常, 則易歸於非僻.

고을은 용렬한 관리에 의해 피폐해지지 않고 능력 있는 관리에 의해 피폐해지며, 문장은 글재주가 없는 사람에 의해 피폐해지지 않고 문장에 다능多能한 선비에 의해 피폐해진다.

지식과 재능을 갖추었으되, 그것을 잘못 쓰면, 차라리 없는 것만 못한 법이다.

"사람은 진실로 재능이 없어서는 안 된다. 그러나 단지 재능이 귀한 줄만 알고, 그것을 널리 베풀 줄 모른다면, 그 재주는 스스로를 즐기는 데만 충분할 뿐이니, 도리어 별다른 재주가 없는 사람이 아무런 해를 끼치지 않는 것만 못하다."(『일득록』「훈어」)

邑不弊於庸吏, 而弊於能吏, 文不弊於無文, 而弊於多能文之士.

성곽과 궁실은 모두 그 기초를 중요하게 여긴다. 기초가 견고하지 않은데도, 누대나 성가퀴만 잘 꾸민다면, 아름답다 한들 어찌 귀하게 여기랴!

집을 지을 때는 먼저 기초를 튼튼히 다져야 한다. 기초를 다지지 않고 집을 짓는다면, 완성하기도 어렵거니와, 완성이 된다 한들 머잖아 무너지고 말 것이다. 그러니 그런 집은 아무리 아름다워도 귀할 게 없는 것이다.

城郭宮室, 皆以基址爲重. 基址不固, 朱樓粉堞, 雖美何貴!

여러 사람들이 헐뜯는 가운데서 실정을 캐어 내는 것과, 보답받지 못할 곳에 은덕을 베푸는 것은, 내가 그윽이 즐겨 하는 바이다.

여러 사람이 헐뜯어도 사실을 알고 보면 그렇지 않은 게 있다. 정조가 옥사에 신중을 기한 것은 바로 이런 마음에서 비롯된 것이었다.

은혜를 베푸는 것은 보답을 바라서 하는 게 아니다. 정조가 애민에 힘쓴 것은 바로 이런 마음에서 비롯된 것이었다.

原情於衆毀之中, 垂德於不報之地, 子竊樂爲爾.

마음으로 망설이면서 결단하지 못하고, 입으로 우물쭈물 말하지 못하는 게, 내가 가장 싫어하는 것이다.

과감하게 결단을 내리지 못하고 우유부단하거나, 할 말을 제대로 하지 못하고 우물쭈물 하는 것은, 무능하거나 나약하기 때문이다.

心猶豫而未決, 口囁嚅而不發, 子所大不取者.

처사는 모두 심장이 뜨겁고, 영웅은 본래 안목이 냉철하다.

진정한 처사라면 초야에 묻혀 조용히 살더라도, 현실의 불의不義에 떨쳐 일어나는 뜨거운 가슴을 지녀야 한다.
진정한 영웅이라면 세상에 나아가 자기의 재지才智와 무용武勇을 발휘하더라도, 현실을 냉철하게 판단하는 안목을 갖추어야 한다.

處士都是熱心腸, 英雄本自冷眼孔.

정조(正祖, 1752~1800)

조선의 제22대 왕(재위 1776~1800)으로, 이름은 성(祘), 자는 형운亨運, 호는 홍재弘齋·탕탕평평실蕩蕩平平室·만천명월주인옹萬川明月主人翁·홍우일인재弘于一人齋이다. 정조에게는 호학 군주, 계몽 군주, 애민 군주, 실용 군주, 문화 군주, 개혁 군주 등의 다양한 수식어가 따라붙는다. 어려서부터 책 읽는 것을 매우 좋아하여, '안 본 책이 없을' 정도의 독서광이었다 한다. 왕위에 오른 뒤에는 평범한 군주가 되는 것을 거부하여, 당쟁을 혁파하고 인재를 고루 등용함으로써 정국을 일신하는 데 힘을 기울였으며, 경제를 안정시키고 문예를 부흥시키는 정책을 써서 조선을 민생이 안정된 문화 국가로 만들려 하였다. 또한 군사君師(임금이면서 스승)로 자처하여 정치적으로나 학문적으로 주도권을 행사하였으며, 효성도 매우 지극하여 이에 관해 많은 일화를 남기고 있다. 능호는 건릉健陵이며, 시호는 문성무열성인장효文成武烈聖仁莊孝이다. 고종 광무 3년에 다시 '경천명도홍덕현모敬天明道洪德顯謨'라는 존호를 추상하고, '선황제宣皇帝'로 추존하였다.

정조의 수결手決